Elizabeth Adler
Casamento em Veneza

Tradução de
Inês Castro

Leya, SA
Rua Cidade de Córdova, n.º 2
2610-038 Alfragide • Portugal

Direitos reservados para Portugal
QUINTA ESSÊNCIA
uma marca da Oficina do Livro – Sociedade Editorial, Lda.
uma empresa do grupo Leya

Título original: *Meet Me in Venice*
Tradução: Inês Castro
Revisão: Cristina Pereira
Capa: Maria Manuel Lacerda/Oficina do Livro, Lda.
Imagem da capa: © Getty Images

1.ª edição Quinta Essência: Janeiro de 2009
7.ª edição Quinta Essência: Setembro de 2012
1.ª edição BIS: Abril de 2014
Paginação: Leya, S.A.
Depósito legal n.º 366 987/14
Impressão e acabamento: BLACKPRINT, a cpi company, Barcelona

ISBN: 978-989-660-319-9

http://bisleya.blogs.sapo.pt

Para o meu pai e a minha mãe,
que teriam gostado imenso de ler esta história

Prólogo

Aₙₐ Yuan, uma jovem sem grande beleza envergando um vestido azul estival e sandálias, não sentiu o mais leve indício de perigo quando embarcou no comboio de dois pisos de Xangai para Suzhou, nas margens do lago Taihu.

A paisagem era de sonho, mais de sessenta por cento água, com colinas baixas que orlavam campos cultivados. Os canais atravessavam a cidade antiga, emoldurados por graciosas pontes em arco. Havia ruelas repletas de árvores, pavilhões com séculos de existência e jardins famosos remontando a quatro dinastias. Não admirava que Marco Pólo tivesse descrito Suzhou como «a Veneza do Oriente».

O trajecto demorou apenas noventa minutos, mas, quando o comboio parou, Ana ficou consternada ao perceber que chovia. No entanto, sabendo que o tempo era temperamental, trouxera um guarda-chuva. Arrependendo-se do vestido estival e das sandálias, apressou-se a entrar num táxi.

Ao chegar ao seu destino, Ana pagou ao motorista. Abriu o guarda-chuva e pôs-se a andar pelo caminho calcetado à beira do canal. Era tarde e a zona estava deserta. A chuva caía agora com mais intensidade e, com as nuvens e o crepúsculo, a água de um cinzento-chumbo e o carreiro coberto de árvores de ramagem densa, o sítio era mais escuro e mais ermo do que teria desejado. De súbito nervosa, olhou em volta, mas não se avistava alguém.

As sandálias de Verão de Ana trepidavam com ruído nas pedras molhadas e resvaladiças enquanto avançava apressada para o seu *rendez--vous*. Com a cabeça resguardada debaixo do guarda-chuva, a tiritar na humidade, não reparou que, mantendo-se cuidadosamente nas sombras sob as árvores, alguém a observava.

Ana deteve-se na ponte em arco, que se assemelhava às de Veneza, olhando em redor, com um meio sorriso. Não ouviu o observador a aproximar-se com passos leves.

Atacou-a com um golpe violento na parte de trás dos joelhos, fazendo--a estatelar-se. O crânio bateu com força na calçada e os olhos rolaram. Ficou inconsciente. Ele arrastou-a para a beira do canal e empurrou-a para dentro de água. Ouviu-se um chape e depois o martelar surdo de passos rápidos a escaparem-se pelo caminho. A chuva densa lavou de forma conveniente qualquer traço de sangue na calçada. Era o crime perfeito.

Na manhã seguinte, descobriram o corpo de Ana no seu vestido azul estival, preso nos juncos mais abaixo no canal, para onde fora impelido pela corrente. A morte foi considerada um acidente: uma queda nas pedras escorregadias onde devia ter batido com a cabeça; um trambolhão, inconsciente, para dentro do canal; um afogamento.

Foi enterrada com grande cerimonial no talhão da rica família Yuan, em Xangai. O seu jovem e formoso marido americano, Bennett Yuan, soluçava, inconsolável, mas, apesar da dor, a família chinesa permaneceu impassível e circunspecta.

Trágico, diziam as pessoas no cortejo fúnebre. Uma rapariga tão meiga, com um casamento feliz e a vida toda à sua frente. E, afinal de contas, que diabo estava ela a fazer em Suzhou?

PARTE I

PRECIOUS

1

XANGAI
Seis meses depois

LILY Song tomava o pequeno-almoço na casa de chá Pássaro Feliz, um local de frente aberta para a rua, numa viela perpendicular à Renmin Road, que devia o nome aos pássaros minúsculos, aves de estimação dos clientes, que os acompanhavam nas suas pequenas gaiolas de bambu, a cantar árias matinais. Comia ali todas as manhãs, exactamente à mesma hora – às oito – e pedia sempre a mesma coisa: crepes de camarão com legumes e chá verde com grãos de sêmola que inchavam como balas de canhão em miniatura no chá quente e sabiam a chumbinhos. Os seus colegas de pequeno-almoço eram todos do sexo masculino, mas isso não a incomodava e, de qualquer maneira, estavam todos demasiado embrenhados nos seus jornais e comida para repararem nela, apesar de ser uma mulher atraente.

Era pequena e muito esbelta, com uma massa ondulante de cabelos pretos brilhantes pela altura dos ombros e olhos de um castanho tão escuro que pareciam pretos também. Tinha a pele clara da mãe europeia e o nariz delicado e sem cana do pai chinês e usava ou roupas ocidentais conservadoras compradas nas melhores lojas da Nanking Road, ou o vestido tradicional de brocado, o *quipao*, em tons de jóias, talhado especificamente segundo as suas indicações por um espe-

11

cialista no seu minúsculo estabelecimento perto da Bubbling Well Road. Em qualquer dos casos, embora não fosse bela, dava a sensação de ser uma mulher atraente e de sucesso. O que, num certo sentido, era verdade.

Esta manhã, contudo, vestia calças pretas estreitas com um *top* de linho preto. O cabelo estava puxado para trás e tinha os olhos escondidos por grandes óculos de sol. Teria passado despercebida no meio de qualquer multidão em Xangai. Levantou a cabeça quando entrou um homem que olhou em volta. Era estrangeiro, mais velho, elegante num fato de executivo leve, bege, e trazia uma pasta de couro. Lily ergueu a mão, fazendo-lhe sinal para se aproximar.

O homem acercou-se, sentando-se na cadeira em frente. Com um «bom-dia» rude, colocou a pasta em cima da mesa. Uma empregada de andar silencioso abeirou-se e Lily pediu chá verde simples para o seu convidado. Perguntou-lhe se desejava comer alguma coisa e, com um vago olhar de aversão, ele declinou a oferta. Era suíço e conservador e não gostava de comida chinesa. A casa de chá não era o local que escolheria para um encontro profissional, mas fora Lily a contactá-lo.

– O meu cliente está interessado em qualquer coisa que tenha para lhe mostrar – disse, sem perder mais tempo. – Ou seja, desde que possa ser autenticada.

Lily já negociara com ele antes. A identidade do cliente estava preservada sob um manto de estrito anonimato, o que lhe convinha perfeitamente. Dessa forma não tinha de lidar com personalidades artísticas, ricas, difíceis, que pensavam saber mais do que ela. Negociava em antiguidades desde os dezasseis anos, em particular antiguidades roubadas, e sabia do que falava.

– Tenho algumas peças que podem interessar ao seu cliente – retorquiu em voz baixa, porque nunca se sabia quem estava a ouvir. – Espero receber muito em breve um lote de antiguidades. *Cloisonné, famille verte,* estatuetas...

– Quando as recebe? – O olhar do homem cravou-se nela, questionando-lhe a integridade. Lily detestou-o pela atitude, mas não o demonstrou. Pelo contrário, sorriu.

– Dentro de algumas semanas. Entretanto, tenho aqui uma coisa muito especial. A peça mais importante que já encontrei. – Estendeu a mão para a bolsa, puxou de uma fotografia e entregou-lha.

O homem examinou-a com atenção.

– O meu cliente não se interessa por jóias – afirmou secamente.

– Julgo que se interessará por esta quando souber qual a sua proveniência. – Lily beberricou de novo o seu chá verde, olhando-o nos olhos por cima da mesa. – O seu cliente terá sem dúvida ouvido falar da grande Dama do Dragão, Cixi, a imperatriz viúva da China?

Soletrou o nome, contando-lhe que se pronunciava *chi xi*, para ele escrever correctamente as suas notas.

– Cixi começou por ser uma concubina, mas acabou a governar a China e consta que foi ainda mais poderosa do que a sua contemporânea, a rainha Vitória. A imperatriz vivia com grande sumptuosidade na Cidade Proibida e, preparando a sua morte, mandou construir uma sepultura magnífica, um complexo gigantesco de templos, portões e pavilhões refulgindo de ouro e pedras preciosas.

– Acabou por ser aí enterrada – continuou Lily –, com a sua coroa trabalhada e vestes esplendorosas, mais as suas maravilhosas jóias e valiosos adornos. E, antes de selarem o caixão, segundo o costume imperial, colocaram-lhe na boca uma pérola enorme e muito rara, do tamanho de um ovo de pisco. Acreditava-se que isso preservaria o cadáver real da decomposição.

Lily fez uma pausa na história e estudou o homem à sua frente. Olhava para a fotografia que ela lhe dera. Percebia pela linguagem corporal que estava interessado, apesar de fingir o contrário. Tinha tudo a ver com dinheiro, pensou cinicamente. Porém, não era sempre assim?

– Vinte anos depois – disse –, as tropas revolucionárias dinamitaram a entrada para a cripta de Cixi. Os soldados despojaram os templos, saquearam todos os tesouros e abriram o caixão de Cixi. Arrancaram-lhe as vestes imperiais e roubaram-lhe a coroa da cabeça. Depois atiraram o corpo nu para o solo lamacento.

Lily interrompeu a narrativa e os olhos espantados do homem fixaram-se nos dela, à espera do que diria a seguir.

– Conta-se que o corpo estava intacto – prosseguiu Lily baixinho. – E, da boca, furtaram aquela pérola colossal, rara e ímpar. Um raio lunar de luz e frescura como a própria morte.

O homem baixou os olhos para a fotografia e Lily sorriu: sabia que lhe despertara o interesse.

– Sim – declarou suavemente –, é essa mesma. Diz-se que existiu uma segunda pérola, arrancada da coroa da imperatriz. Corre o boato de que essa segunda pérola foi adquirida pelo primeiro-ministro Chiang Kai--shek e acabou como adorno, junto com outra bela pérola, nos sapatos de cerimónia da sua mulher, a famosa Soong Mai-ling. O resto das jóias desapareceu no esquecimento e em colecções secretas.

Fez nova pausa, obrigando-o a esperar.

– Até que, de repente, há uns sessenta anos aproximadamente, sur-giu um colar, incrustado de esmeraldas e rubis, diamantes e jade, ao que parece oriundo do túmulo de Cixi. E, no centro, tinha a famosa pérola.

Sorrindo, Lily viu-o a inspirar fundo. A seguir o homem pergun-tou:

– E está a dizer-me que tem esse colar com a pérola em seu poder? Ela baixou os olhos.

– Digamos apenas que sei como o conseguir.

Lily sabia que ele percebia que a existência do colar devia ser man-tida em segredo, que se as autoridades descobrissem alguma coisa acerca da peça em questão, ela correria certamente perigo.

– E o preço?

– Aberto a discussão, como sempre. Obviamente que não será barato. E claro que há sempre um suplemento por causa de uma história e pro-veniência tão sinistras quanto estas. Muitos homens apreciariam tocar na pérola da boca da imperatriz morta, uma mulher que foi outrora uma concubina famosa. Creio que lhes daria uma excitação especial. – Sorriu para o homem, pegando na sua bolsa. – Tenho a certeza de que podere-mos chegar a acordo – concluiu, oferecendo-lhe a mão.

Os pequenos pássaros trinaram alegremente quando ela saiu.

2

PARIS

A QUASE dez mil quilómetros de distância, a prima de Lily, Precious Rafferty, estava sentada num café cheio de gente perto da Rue de Buci na margem esquerda de Paris. Eram dez da manhã de um sábado chuvoso. Beberricava o seu *café crème* e mordiscava uma fatia torrada de *baguette*, observando as pessoas que faziam as suas compras no movimentado mercado de rua a abrirem os guarda-chuvas e a caminharem um pouco mais depressa pelas bancas com pilhas de fruta e legumes, ervas aromáticas e queijos.

Os clientes começavam a rarear; um sábado chuvoso não era bom para o negócio, embora felizmente a sua própria loja, Rafferty Antiques, não dependesse de transeuntes para vender.

Acabou de beber o café, fez um aceno de adeus ao empregado, que a conhecia bem porque ela era do bairro e tomava ali o pequeno-almoço todos os dias há anos, e abriu caminho através das mesas apinhadas. Deteve-se um instante sob o toldo, à porta, apertando o lenço azul por cima do cabelo para o proteger da chuva, e olhando para o casal jovem sentado a uma mesa, afrontando as forças da natureza. Estavam de mãos dadas e fitavam-se amorosamente. Calculou que fossem turistas, provavelmente em lua-de-mel, e pensou, de forma nostálgica, que pareciam muito felizes.

Como, gostaria de saber, se fazia para encontrar aquele tipo de felicidade? De onde vinha? Haveria algum elemento invisível a flutuar no ar que agarrávamos, involuntariamente, e, de súbito, lá ficávamos apaixonados e ditosamente felizes? Um casal em vez de uma pessoa só. Fosse o que fosse, certamente que ainda não o encontrara.

Parando na pastelaria para comprar um napoleão de framboesa para comer a meio da manhã, apressou-se a voltar, debaixo de chuva, virando para a Rue Jacob onde vivia por cima da sua loja de antiguidades.

Preshy dirigia o negócio há quinze anos, desde que o avô Hennessy morrera, mas ainda sentia um arrepio de excitação ao ver «*Rafferty Antiques*» escrito a letras douradas na montra. Parou para espreitar lá para dentro, imaginando ser uma cliente, mirando as paredes outrora vermelhas, desbotadas ao longo dos anos para um fúchsia suave, e admirando os apliques de alabastro em forma de concha que acrescentavam uma luz velada.

A divisão estreita estava a abarrotar de antiguidades, banhadas por uma aura suave que provinha da iluminação especial do tecto. Havia uma bela cabeça de um rapaz em mármore com os caracóis apertados da juventude; uma pequena taça etrusca que era provavelmente uma cópia de um período posterior e um mármore de tamanho natural de Afrodite a emergir do mar, a mão delicada estendida.

Ao lado da loja, altos portões de madeira conduziam a um desses pátios parisienses encantadores e reservados com uma velha árvore paulównia ao centro que, na Primavera, ficava coberta de flores vistosas que deixavam cair as suas pétalas brancas nas pedras cinzentas.

O avô de Preshy, Arthur Hennessy, que combatera com o exército americano em França e se apaixonara por Paris, descobrira o apartamento no pátio resguardado. Comprara-o por uma bagatela e abrira a loja de antiguidades especializando-se em artefactos de Itália e dos Balcãs, que eram fáceis de arranjar no período imediatamente a seguir ao conflito.

Os pais de Preshy morreram quando ela tinha seis anos, num acidente de avião a caminho de uma conferência de escritores, durante uma tempestade de neve. A avó falecera também jovem, por isso o avô Hennessy enviara a sua tia austríaca a São Francisco para a trazer de volta para Paris. E fora a tia Grizelda, a condessa von Hoffenberg, uma mulher mundana, excêntrica, atraente, sem filhos, sedutora e absolutamente sem qualquer ideia sobre a forma correcta de educar uma criança, quem criara Preshy.

Ter uma criança consigo, no entanto, não entravara por certo o estilo de vida de Grizelda. Contratou simplesmente uma preceptora francesa e levou Preshy a reboque com ela para todo o lado, subindo a parada a cada poucos meses e levando-a do castelo von Hoffenberg nas montanhas, perto de Salzburgo, para a sua *suite* permanente no Carlyle, em Nova Iorque, ou para a do Hotel Ritz, em Paris. De facto, Preshy tornou-se uma espécie de Eloise, a personagem infantil ficcional e internacional, íntima de porteiros, governantas e criados e estragada com mimos por chefes de mesa e gerentes de hotéis.

Adorava a tia Grizelda e também o avô, que finalmente se interessou por ela quando atingiu a idade de frequentar a faculdade em Boston, e adorava visitá-lo em Paris, onde aprendeu o negócio das antiguidades.

Confiante de que ela se daria bem com as antiguidades, o avô deixara-lhe em testamento a loja e o apartamento por cima. Mas, poucas semanas após a sua morte, Preshy descobrira que o negócio estava num caos. Com a idade, o avô deixara as coisas resvalarem e só restava o *stock* – que não era abundante – e muito pouco dinheiro. Gradualmente, com bastante trabalho e dedicação, Preshy aperfeiçoara o negócio. Ainda não estava a ganhar uma fortuna, e a maior parte do que entrava tornava a sair quase de imediato, reinvestido em produtos novos. Mesmo assim, era daquilo que vivia e sentia-se optimista em relação ao futuro.

Entretanto, parecia ter chegado de súbito aos trinta e oito anos sem nunca se ter comprometido numa relação séria. Claro que houvera casos amorosos e até um par de homens que acreditara serem excitantes, ou românticos, durante algum tempo, mas, afinal, nenhum deles dera certo.

«És demasiado exigente», queixara-se a tia Grizelda quando mais outro pretendente saíra de cena, mas Preshy só se rira. Lá no fundo, no entanto, começava a perguntar a si própria se alguma vez encontraria alguém de quem realmente *gostasse*. Alguém que apreciasse e com quem se pudesse rir. Alguém por quem se apaixonasse loucamente. Julgava que seria muito improvável.

Não havia nada de errado com ela. Era uma mulher alta, magra e atraente, com uma massa de cabelos encaracolados de um loiro acobreado que frisavam de forma horrível com a chuva, as maçãs do rosto salientes da mãe e a boca larga dos Hennessy. Não se preocupava muito com roupas, o que enlouquecia a tia muito vaidosa, mas acreditava vestir razoavelmente bem quando tinha de o fazer, confiando naquele velho trunfo, o pequeno vestido preto. Mas no dia-a-dia usava *jeans* e *T-shirts* brancas.

Era culta e encantadora; gostava de boa comida e era rigorosa em relação ao vinho. Assistia aos filmes mais recentes e ia a inaugurações de exposições, concertos e teatro com as suas amigas. De facto, gozava a vida, mas, pensou com tristeza, poderia gozá-la mais se alguma vez encontrasse uma alma gémea.

Entrou no pátio e subiu os degraus para o apartamento «por cima da loja» que era de pedra e do século XVI. A casa era um refúgio acolhedor no Inverno e, no Verão, com as janelas altas, abertas de par em par para a brisa, era um espaço fresco na cidade, repleto de luz solar e do som dos pássaros a fazerem ninhos na árvore paulównia.

O telefone estava a tocar e Preshy galopou pela sala e agarrou-o com um «Está» ofegante.

– Olá querida, sou eu.

A voz alta e aguda da sua melhor amiga Daria, de Boston, ressoou-lhe no ouvido e afastou o telefone com um franzir de testa exasperado.

– Não é um bocado cedo para estares a telefonar? – perguntou, tentando calcular a diferença horária.

– Pois, bem a Super-Kid esteve acordada toda a noite. Presh, o que se deve fazer quando a nossa filha de três anos tem pesadelos? Levá-la a um psiquiatra?

Preshy riu-se.

– Deixar de lhe dar refrigerantes e doces, acho eu. É uma solução mais barata do que um psiquiatra. E, além disso, não creio que ela já tenha vocabulário suficiente para falar com um psiquiatra.

Sorria ao dar esta resposta, brincando como sempre faziam. A filha de três anos de Daria chamava-se Lauren, mas fora sempre conhecida como Super-Kid, e era afilhada de Preshy. Daria casara com um professor de Física, Tom, e estava sempre a insistir com Preshy para encontrar «o homem certo». O dia de hoje não constituía excepção.

– Então, é sábado – começou Daria. – O que vais fazer esta noite?

– Oh, sabes, Daria, estou cansada. Foi uma longa semana. Fui de carro a Bruxelas para a feira de antiguidades e depois, quando regressei, a minha assistente ficou com gripe, embora pessoalmente esteja tentada a acreditar que é o tipo de gripe que tem a ver com um homem.

– Hmm, que pena que não tenhas sido tu – retorquiu Daria com esperteza. – Podias muito bem aproveitar esse tipo de gripe «homem», Presh. Quero dizer, como é que uma rapariga com o teu aspecto, que é... bem como *tu*, pode ficar em casa sozinha num sábado à noite em Paris?

– Porque quero, Daria. Há a inauguração de uma exposição a que podia ir, mesmo ao fundo da rua, mas não me apetece nada a maçada do vinho branco e da conversa com o artista e, além disso, não gosto do trabalho dele. E estou demasiado cansada para um filme.

– Tens de organizar a tua vida, Presh – disse Daria com severidade. – Recorda-te de que só temos direito a uma volta. Porque não vens até cá e deixas que te apresente um simpático professor do quadro? Ias ser a esposa ideal para um académico.

– *Eu*? Oh, pois, claro. E ele vivia em Boston e eu em Paris. Grande casamento, eh?

– Então deixa que Sylvie te arranje alguém.

Sylvie era a outra «melhor amiga» das duas. Era francesa, uma *chef* que abrira o seu próprio *bistrot* bem-sucedido, o Verlaine, há um par de anos, e estava tão envolvida no seu trabalho que não tinha tempo para sair com homens.

– Sylvie só conhece outros cozinheiros e com os horários de trabalho que eles têm, quem é que os quer? – replicou Preshy. – De qualquer modo, já alguma vez pensaste que posso estar perfeitamente satisfeita tal como estou? Não quero mudanças algumas; não tenho tempo para mudanças. Tenho a minha vida, saio quando quero...

– *Com quem?* – inquiriu Daria, não lhe deixando escapatória, mas Preshy só se riu.

– Estou a falar a sério, querida – continuou Daria com um suspiro exasperado. – Deixa a loja com a assistente da «gripe homem» durante uma semana e vem passar uma temporada aqui. Prometo que te vais divertir.

Preshy disse que ia pensar no assunto e conversaram mais um pouco. Quando desligou, acercou-se da estante e olhou para a fotografia, numa moldura de prata, das três melhores amigas, aos dezoito anos.

Daria estava no meio, o cabelo comprido, liso e loiro a flutuar na brisa marítima, as pernas longas e esbeltas assentes com solidez, os olhos azuis firmes a sorrir como de costume. A estudante betinha de colégio particular personificada, de calções e pólo.

Sylvie encontrava-se à esquerda, com um corte traquina no cabelo preto lustroso e olhos escuros solenes, roliça mesmo naquela altura, porque naquele Verão trabalhara num restaurante local e estava sempre a provar a comida «para se certificar de que estava boa».

Preshy achava-se à direita, mais alta e escanzelada do que as outras, o cabelo dourado frisado num halo, por causa do ar húmido do mar, os olhos de um azul-esverdeado a cintilarem de divertimento, a boca larga aberta numa gargalhada. Nenhuma delas se podia considerar uma grande beldade, mas eram jovens e atraentes e nitidamente cheias de vida.

Enquanto raparigas, as três tinham passado as semanas de Verão na velha casa de férias forrada a ripas cinzentas da família de Daria, em Cape Cod, a mandriar, vendo passar as horas que pareciam esticar-se agradavelmente até ao infinito, a cobrirem-se de protector solar e a estenderem-se completamente ao sol, determinadas a conseguir aquele bronzeado invejável. Davam longos passeios pela praia, namoriscando com os rapazes da faculdade que topavam pelo caminho, encontrando-se com eles de novo quando o Sol se punha para uma cerveja e paté de queijo no alpendre de madeira quebradiça e a descascar. A seguir, dança na discoteca enquanto a Lua subia, batida pelo vento e feliz, os rapazes com a testosterona elevada e elas próprias muito sensuais de calções e *tops* curtos, exibindo os seus bronzeados.

Preshy conhecera Sylvie numa das escolas que ocasionalmente frequentava sempre que estava em Paris e, mais tarde, quando conhecera Daria no colégio, em Boston, trouxera Sylvie com ela porque sabia muito simplesmente que as três se iriam dar bem. Eram amigas íntimas desde essa altura. Não havia nada que não soubessem umas das outras e Preshy amava-as como se fossem suas irmãs.

Dominada por uma súbita nostalgia pelo passado, quando todas eram tão despreocupadas, tão jovens, com o mundo todo e o futuro a acenarem-lhes com novas vidas, Preshy perguntou a si mesma se, no final de contas, teria feito as escolhas erradas. Mas aquele passado desaparecera e agora tudo o que podia aspirar era transformar-se numa mulher com uma carreira bem-sucedida. Casamento e bebés não estavam definitivamente no seu horizonte.

Convencendo-se de que não devia ser tão tola e sentimental, voltou a colocar a fotografia na prateleira ao lado da do avô Hennessy e da sua bela noiva loira austríaca. Fora tirada no dia do casamento e a noiva usava um colar bizarro feito com o que pareciam ser diamantes e esmeraldas com uma pérola do tamanho de um ovo de pisco no centro. Parecia uma peça de joalharia estranha para uma jovem noiva usar com o vestido tradicional simples, mas Preshy nunca vira o colar propriamente dito. Não aparecera entre os haveres do avô e dava a ideia de ter simplesmente desaparecido.

Claro que havia também uma fotografia dos pais de Preshy, cujos rostos representavam para ela apenas uma mancha do passado, porém conservava ternas recordações deles e, em especial, uma ocasião em que a tinham levado a Veneza, um acontecimento que toda a gente dizia que acontecera quando ela era demasiado jovem para se lembrar, mas que ela sabia guardar na memória.

Havia igualmente várias fotografias da tia Grizelda: uma a beberricar um *gin fizz* com o príncipe Rainier num terraço da Côte d'Azur; outra a receber o troféu de vencedora num hipódromo qualquer com o rei de Espanha ao lado; e outra ainda envolta numa nuvem de tule escarlate numa mesa de celebridades internacionais na gala anual da Cruz Vermelha, em Monte Carlo, a comprida trunfa de cabelo ainda mais vermelha do que o vestido e o sorriso largo e luminoso realçado por uma pincelada de batom escarlate. E com ela, claro, estava a sua melhor amiga, de longa data, Mimi Moskowitz, loira, esguia, ex-bailarina das Follies, viúva de um banqueiro rico e de uma família distinta.

Grizelda adorava o clima ameno do Sul de França, as modas, as festas, os *gin fizzes* e a companhia interessante. E Preshy também. Tratavam-na sempre com grande entusiasmo e como se fosse uma adulta – ou seja, à excepção dos *gin fizzes*.

Agora as duas viúvas partilhavam um luxuoso apartamento *penthouse*, em Monte Carlo, viajando juntas para visitar os amigos que ainda lhes restavam. Nenhuma delas tinha filhos e consideravam Preshy como sua filha, por isso, ao longo dos anos, haviam feito o possível para a estragar com mimos.

– Mas temos de aceitar o facto, querida – dissera Grizelda, por fim derrotada. – Não se consegue estragar a rapariga com mimos. Não dá qualquer importância a jóias ou roupas. Só gosta daquelas maçadoras antiguidades. Nem sequer se interessou a sério por um homem.

E tinha provavelmente razão, pensou Preshy a sorrir.

Contudo, pensando no que Daria dissera, decidiu que naquela noite envergaria o seu pequeno vestido preto, os saltos altos e a fina gargantilha de diamantes que a tia Grizelda lhe oferecera no aniversário dos seus dezasseis anos – tão diferente do fantástico colar perdido da avó –, bem como o anel de diamante amarelo-canário, uma prenda pelos seus vinte e um anos. («Já que nenhum homem te deu ainda um anel de diamantes, suponho que é melhor dar-to eu», dissera a tia G quando lho ofertara e, uma vez que Grizelda considerava que o tamanho contava, o anel era colossal.) Preshy sentia-se sempre elegante quando o usava e Daria dizia que a fazia parecer uma menina rica e lhe acrescentava um pouco de classe ao porte.

Preshy suspirou fundo. Iria àquela inauguração na galeria de arte e depois jantaria tarde, fora de horas, com Sylvie no Verlaine. Era apenas mais outra noite de sábado em Paris.

3

XANGAI

LILY vivia na zona histórica de Xangai conhecida como Concessão Francesa, numa casa de estilo colonial antigo que, graças aos seus esforços, sobrevivera à destrutiva explosão de desenvolvimento dos últimos anos.

No final do século XIX, princípio do século XX, a zona albergara as casas de diplomatas, homens de negócios e empresários franceses, bem como *socialites* dadas a festas, mas depois da revolução passara por tempos difíceis. Agora, no entanto, estava a ser recuperada e a ganhar vida, com uma mistura de pequenos negócios e lojas de rua tradicionais ao lado de restaurantes e bares elegantes, com *boutiques* chiques espalhadas entre as suas vielas e avenidas largas, orladas de árvores.

Enfiada num *longtang*, uma ruela estreita, com um clube nocturno de um dos lados e uma loja de massas chinesas do outro, a casa de Lily era uma jóia do passado, erguendo-se no seu pátio privado com um telhado de telhas vermelhas, portadas altas pintadas de verde e um alpendre largo.

A casa pertencia à família Song há várias gerações e fora o único bem que o pai de Lily não perdera ao jogo. Tinha representado a única âncora nas suas vidas caóticas e a única coisa que Lily sentira que ninguém lhe poderia tirar. O pai apostara tudo o que tinha até ao oblívio financeiro jogando *baccarat* e *pai gow* em Macau e noutras capitais do mundo do jogo, deixando que a mulher lutasse pela vida. Mas Lily era feita de um material diferente. Quando muito nova, decidira que teria sucesso na vida, custasse o que custasse.

A mãe, que era a filha mais velha dos Hennessy, desobedecera-lhes e fugira para Xangai com o jogador e *playboy* Henry Song. Os Hennessy nunca mais lhe falaram. Enquanto o pai de Lily percorria as mesas de jogo, a mãe tentava ganhar a vida a vender cópias baratas de antiguidades. De algum modo, a família conseguiu aguentar-se. Quando tinha dezasseis anos, o pai morreu e Lily abandonou a escola e assumiu o negócio. A mãe faleceu cinco anos depois. Lily ficou sozinha no mundo, sem ninguém com quem contar senão consigo própria.

Dirigia o seu negócio de antiguidades a partir de casa e «comprava» a maior parte das coisas barato em pequenas aldeias e vilas, procurando peças de família antigas em casas simples de pessoas do campo que não tinham ideia alguma do seu valor real. Não considerava isso roubar, meramente um bom negócio. Mais recentemente, no entanto, quando o Yangtze, o grande rio amarelo, fora escavado para construir uma barragem, quadrilhas de ladrões tinham descoberto os túmulos escondidos perto de aldeias antigas e estavam, secreta e ilegalmente, a desmantelá-los, roubando os tesouros dos antepassados.

Supersticiosa, este facto enervara Lily, mas em breve encolhera os ombros afastando as preocupações e encontrara uma nova e lucrativa fonte de rendimento, comprando às quadrilhas, ou «fornecedores» como preferia chamar-lhes, e depois vendendo a clientes particulares como o homem de negócios suíço, que actuava em nome de um rico coleccionador. Como fachada para as suas actividades ilegais, mantinha o negócio normal de fabrico de réplicas de antiguidades: os tradicionais budas, *souvenirs* de Mao e os famosos guerreiros de terracota de Xi'an, que vendia a lojas para turistas, bem como para o estrangeiro.

Estacionou o SUV preto no pátio e pressionou o botão electrónico que fechava os portões atrás dela. Havia câmaras de segurança a vigiar a rua, porque geria o negócio a partir de casa e aí armazenava por vezes antiguidades valiosas.

Embora a casa fosse de estilo colonial francês, o jardim era rigorosamente chinês, com um lago de gordos peixes dourados, símbolo de prosperidade e dinheiro, e uma fonte mural simples, a gotejar serenamente para as flores de lótus cor-de-rosa, cujo odor doce perdurava no ar.

Era aí que gostava de se sentar ao fim do dia, isto é, quando tinha um momento livre, com um copo de vinho e os seus pensamentos e o pequeno canário por companhia. Não havia namorado; simplesmente não tinha tempo para esse tipo de relação complexa. Todo o tempo de Lily era dedicado a fazer dinheiro.

Mary-Lou Chen saiu para o terraço, interrompendo os pensamentos de Lily.

– Oh, estás aí, Lily – chamou. – Alguém telefonou há uns minutos. Um homem. Não quis deixar o nome. – Sorriu para Lily. – Um novo namorado?

– Ah! – Lily lançou a cabeça para trás com desdém. – Nem pensar! No entanto, creio que sei quem poderá ser.

– Pedi-lhe o número de telefone, mas não mo quis dar. Disse que voltava a ligar dentro de meia hora.

Lily sorriu.

– Óptimo – respondeu. Sabia agora com toda a certeza que o suíço havia sido fisgado.

Mary-Lou Chen era a sua melhor amiga, colega de trabalho e parceira no crime. Conheciam-se desde sempre. Na escola chinesa foram as duas únicas forasteiras birraciais, com os seus pais chineses e mães caucasianas. E ambas as famílias eram pobres, a de Lily devido à espiral descendente habitual nos jogadores, a de Mary-Lou devido aos péssimos métodos de gestão e à preguiça do pai. Enquanto cresciam, ambas acalentavam a mesma ambição ardente. Enriquecerem. Desse por onde desse, iam ser ricas.

Mary-Lou era uma beldade, com a pele macia de porcelana da mãe e olhos enormes, ligeiramente oblíquos, cor do âmbar das orquídeas sarapintadas. Usava o espesso cabelo preto curto à maneira tradicional chinesa com uma franja baixa sobre aqueles olhos espantosos.

Com as maçãs do rosto altas e feições delicadas tentara ao princípio transformar-se numa estrela de cinema, mas não tinha talento para representar. Claro que tivera imensas ofertas para actuar noutro tipo de filmes e, com a pobreza a acenar-lhe, para dizer a verdade estivera tentada a aceitá-las. Lily salvara-a daquilo. Trouxera-a para o negócio, ensinara-lhe as regras e, agora, as duas amigas trabalhavam juntas, embora não vivessem na mesma casa.

Mary-Lou tinha um apartamento moderno no Bund, a rua mais elegante de Xangai com vista para o rio Huangpu e orlada de edifícios de escritórios palacianos, restaurantes finos em arranha-céus, bares chiques e condomínios de luxo. O pequeno apartamento ficava apenas no terceiro andar, o menos dispendioso, mas decorara-o com prodigalidade com peças modernas importadas de Itália. Fazia compras nas *boutiques* mais elegantes adquirindo a última moda europeia e, para conseguir financiar o seu estilo de vida, sem Lily saber, negociava secretamente com jóias roubadas, tornando a lapidar e engastar as pedras para as disfarçar e vendendo-as depois.

Mary-Lou não subscrevia qualquer tipo de moral ou escrúpulos. Quando se era tão pobre como ela havia sido, lutava-se para sair dessa condição da forma que se pudesse. «Rica a qualquer custo» era o seu lema. Não devia lealdade a ninguém. Nem sequer a Lily.

Seguiu Lily para dentro de casa, os saltos altos a baterem com estrépito no soalho polido de bambu.

– Quantas vezes tenho de te lembrar para tirares os sapatos? – queixou-se Lily, irritada. – Sabes que trazem imensa sujidade. Há chinelas limpas atrás da porta.

– Desculpa.

Embora tivesse sido educada à chinesa, Mary-Lou não subscrevia o velho costume de retirar os sapatos quando se entrava em casa. Tornara-se, disse para consigo própria e enquanto descalçava, ressentida, as sandálias, mais ocidental do que Lily.

A casa estava escassamente mobilada com um sofá de aspecto duro, um par de cadeirões bons de madeira de olmo e uma mesa de altar antiga lacada a vermelho e encimada por um buda dourado. Havia uma bonita bandeja de madeira com paus de incenso perfumados a arderem num suporte de *cloisonné* e um molho de crisântemos cor de bronze. Havia também uma fotografia emoldurada da mãe de Lily por cima da mesa de altar, mas não se via qualquer foto do pai, que ela detestava. Mesmo quando o pai estava a morrer, Lily não fora capaz de lhe perdoar por ter arruinado a vida dela e a da mãe, deixando-as praticamente na miséria.

Para além dos cadeirões e da mesa de altar, havia poucas antiguidades na casa de Lily, nenhumas peças maravilhosas, nem tão-pouco delicadeza. O quarto continha o único verdadeiro clássico; uma cama de casamento chinesa, igualmente lacada num vermelho carregado, a cor do sucesso e da felicidade. Estava embutida na parede com um dossel de madeira e portadas que a fechavam por completo, como se fosse uma pequena divisão separada. E era aí, sabia Mary-Lou, que Lily dormia sozinha. Nenhum homem, tinha a certeza, alguma vez transpusera a porta daquele quarto e fechara aquelas portadas sobre si próprio e uma Lily desnuda, amando-se até à exaustão. Da forma como Mary-Lou gostava de fazer com os seus namorados.

Ajudou Lily a empilhar as caixas de cartão com as réplicas dos guerreiros de terracota na cave e depois Lily mandou-a tratar de uma incumbência. Mary-Lou calculou que Lily queria ficar sozinha para receber o telefonema. Ficou com a impressão de que alguma coisa se passava e que não a incluía. E sentiu-se ofendida.

4

QUANDO a chamada chegou, Lily atendeu o telefone ao primeiro toque.

– Falei com o meu cliente. Ele está muito interessado. – A voz do homem de negócios era firme e decidida. – Naturalmente que precisará de ver algum tipo de autenticação.

– Hmmm, isso poderá ser difícil, dadas as circunstâncias. Como sabe, a peça foi roubada há quase oitenta anos. Contudo, a época e autenticidade podem ser comprovadas, embora obviamente precisemos de encontrar um perito adequado, e com isso quero dizer um perito *muito discreto*. Que afiance que mantém a boca fechada.

– Trataremos disso. A próxima coisa que precisamos de discutir é o preço.

– Faça-me uma oferta – respondeu Lily, desligando.

Não se ia pôr a regatear com o homem de negócios. Levaria tempo, talvez meses, mas ele apresentaria por fim o valor certo. E seriam muitos milhões de francos suíços. O suficiente para finalmente nunca mais ter problemas.

Dirigiu-se para o fundo da cave. Estava escuro, mas conhecia o caminho. Pressionou o botão escondido atrás de uma viga e um painel deslizou para trás expondo um velho cofre de ferro, do tipo em que é preciso rodar e marcar uma combinação especial. Sabia os números de cor e a pesada porta abriu-se. Entre os maços de notas de banco guardados lá dentro via-se um estojo de jóias achatado e vermelho-escuro. Lily puxou-o para fora. Aproximou-se da luz e abriu-o.

O colar reluziu no seu ninho de veludo negro, as jóias antigas, esmeraldas, rubis e diamantes no seu pesado engaste de ouro. E a grande pérola, cintilando como um ser vivo na obscuridade. Estendeu um dedo hesitante para lhe tocar e sentiu o choque da sua frieza na carne. Puxou rapidamente a mão para trás.

Lily só tinha o colar há algumas semanas. No seu quadragésimo aniversário, recebera a visita de um desconhecido, um homem idoso, de barba grisalha e vestido como um erudito dos velhos tempos, com uma veste cinzenta comprida por cima de calças estreitas. Era uma figura de outra era, contudo, de certo modo, sentiu que o conhecia.

– Chamo-me Tai Lam – contou-lhe. – Venho na qualidade de amigo da sua mãe.

Surpreendida, convidou-o a entrar; serviu-lhe chá, tratando-o como um convidado de honra. Disse-lhe que não sabia que a mãe tinha tido amigos. O homem inclinou a cabeça solenemente e retorquiu que na realidade assim fora. A mãe dela procurara-o pela primeira vez para que a aconselhasse e tinham-se depois tornado amigos.

– Durante a maior parte da sua vida a sua mãe foi uma boa mulher – disse –, embora sempre voluntariosa. Apenas uma vez desceu ao ponto de roubar e foi por ressentimento. Contou-me que se deveu ao facto de não conseguir impor a sua vontade e obter o consentimento dos pais para casar com Henry Song. Era muito jovem na altura – acrescentou, oferecendo a Lily o pacote que trazia. – Antes de morrer, há muitos anos, pediu-me que lhe desse isto quando fizesse quarenta anos. Queria que fizesse com isto o que desejasse. E depois contou-me a história da origem da peça que aí tem.

– O colar pertencera à própria mãe – prosseguiu Tai Lam – Mrs. Arthur Hennessy, de Paris, e fora um presente de casamento do marido. Constava que o comprara com um lote de antiguidades e jóias que entrara em França através da confusão do mercado do pós-guerra e, embora viesse com uma história associada, Arthur não transaccionava jóias e não tinha uma ideia concreta do seu verdadeiro valor. Sabia apenas que as pedras eram extraordinárias e que constituía um belo presente para a sua nova mulher. Quando a filha, a sua mãe, fugiu com Henry Song, roubou o colar. Contou-me que nunca se perdoaria por isso, mas era demasiado orgulhosa e obstinada para o devolver. E durante todos aqueles anos escondeu-o do marido jogador, para que este não o perdesse nas mesas de jogo, com tudo o resto. Por fim, quando ficou doente e sabia que podia morrer, a sua mãe veio ter comigo. «Fica com isto, guarda-o para a minha filha Lily» disse. «É tudo o que tenho para lhe deixar. Mas não lho dês antes de ela fazer quarenta anos, porque só nessa altura será suficientemente esperta para saber o que fazer com ele e não deixar um homem roubar-lho só por pensar que está apaixonada.» A sua mãe deixou-lhe também a carta. Nela narra a história que vinha com o colar. É a história verdadeira.

Escutando-o, Lily apertara o comprido estojo de jóias vermelho-escuro contra o peito. As lágrimas queimavam-lhe os olhos. A mãe dera-lhe a única coisa de valor que possuía no mundo. A única coisa que lhe restava. Guardara-a todos aqueles anos, para ela.

Lily sabia da sua família francesa, os Hennessy, e que tinha uma prima que, dissera a mãe, se chamava Precious Rafferty. Mas era tudo.

Mais tarde, quando ficou sozinha, lera a história do colar, reconstituída meticulosamente a partir da informação que o avô conhecera, mas a que não ligara muita importância considerando-a algo tipo de conto de fadas, sobre a pérola e a imperatriz do Dragão. Investigara mais o assunto e descobrira fotografias e provas de que a história era verdadeira. E agora a famosa pérola pertencia a Lily e podia fazer com ela o que lhe apetecesse. Mas devia ser mantida em segredo. Se as autoridades descobrissem, acabaria na prisão.

5

MARY-LOU tinha vários «pequenos segredos», e o de negociar com joalharia roubada era apenas um deles. Outro era o facto de espiar Lily. E nessa manhã, quando Lily a mandou sair numa incumbência, seguiu-a e escondeu-se nas sombras da cave. Viu Lily premir o botão que fazia deslizar o painel de madeira, revelando o velho cofre de ferro.

Mary-Lou já sabia tudo sobre o cofre. Descobrira-o há vários meses, numa ocasião em que vigiava Lily. Ocultando-se na cave, aproximara-se silenciosamente, erguendo a câmara do telemóvel, fotografando a combinação enquanto Lily marcava os números. Depois voltara a subir as escadas sem se fazer notada, em passinhos de lã.

Mais tarde, quando Lily saíra, descera de novo os degraus íngremes de madeira, passando por todos os engradados das cópias de gesso dos guerreiros da dinastia Qin e dos Maos e dos Budas. O painel deslizou quando carregou no botão. Marcou a combinação, o cofre abriu-se e o seu conteúdo passou a pertencer-lhe.

Até ao momento contivera apenas dinheiro. *Apenas dinheiro*, pensara Mary-Lou. *O meu fluido vital*. Depois apercebeu-se de que descobrira o esconderijo da ladroagem de Lily, o local onde, não podendo colocá-lo num banco legítimo, Lily guardava o lucro das suas transacções em antiguidades roubadas. O dinheiro encontrava-se em maços bem-arrumados, mas Mary-Lou tinha quase a certeza de que Lily nunca os contava. Porque o faria, quando acreditava que mais ninguém sabia do cofre escondido e da sua combinação?

Mary-Lou servira-se copiosamente ao longo desses meses, confiante de que se Lily fosse na verdade verificar, nunca a poderia acusar de furto, porque como é que ela poderia saber alguma coisa sobre o cofre, ou sobre a sua combinação? E, de qualquer modo, não sentia qualquer remorso em roubar a amiga. Precisava do dinheiro, por isso tirava-o.

Esta manhã, contudo, sempre em sintonia com o estado de espírito de Lily, pressentiu que alguma coisa se passava e, em vez de ir tratar da incumbência que Lily inventara para ela, deixou-se ficar nos degraus da cave, agradecendo ao destino o facto de Lily lhe ter recordado que devia descalçar os sapatos. De pés nus, não produziu qualquer ruído quando se acercou. E, como fizera anteriormente, tirou uma fotografia quando, desta vez, Lily retirou o estojo de jóias achatado do cofre.

Erguendo a câmara do telemóvel, Mary-Lou tirou rápida e silenciosamente várias fotografias enquanto Lily abria o estojo, mas mal conseguiu conter uma exclamação de espanto quando divisou o que continha.

Nunca vira jóias como aquelas: as esmeraldas enormes, os diamantes e os rubis e a pérola do tamanho de um ovo de pisco. Onde, perguntou-se, atónita, apanhara Lily aquilo?

Voltou a subir as escadas em silêncio, os pulsos a latejar com a excitação, a adrenalina a percorrê-la. O colar devia valer uma fortuna. Bastava descobrir o comprador certo. Ah! Claro que era desse telefonema que Lily estivera à espera. Tinha um comprador em mente!

Mary-Lou apressou-se a chegar à rua onde o seu pequeno carro estava estacionado. Entrou e afastou-se com rapidez para que Lily não saísse e a encontrasse ainda ali e suspeitasse de que a espiava. Conduziu sem destino, a cabeça a trabalhar. Seria fácil roubar o colar, mas primeiro precisava de descobrir um comprador.

NO DIA SEGUINTE, COM LILY fora de casa, Mary-Lou foi à cave e abriu o cofre. Retirou o colar, deixando-o deslizar pelos dedos, maravilhando-se com o peso e a claridade das jóias e o tamanho da pérola cintilante de um branco cremoso. Os olhos abriram-se ainda mais quando leu a nota de Lily sobre a respectiva proveniência. Valeria ainda mais do que calculara.

O facto é que o colar podia representar o fim de todas as suas atribulações; facultar-lhe-ia os milhões de que precisava para a boa vida que ambicionava e acreditava que merecia. Valia qualquer risco. Se Lily lhe causasse problemas, trataria dela «adequadamente». Mary-Lou não sentia qualquer receio disso. O seu único problema agora era descobrir um comprador.

6

Alguns dias depois, Mary-Lou saía do escritório do lapidador de diamantes, no segundo andar de um pequeno edifício nojento num bairro pouco agradável, ensanduichado entre um «salão de massagens» barato e um desses estabelecimentos meio escondidos onde os jogadores vêm comprar bilhetes da lotaria, na esperança de um grande prémio.

O edifício fechava-se por trás de portas duplas de aço e a rua estreita tremeluzia com os vívidos letreiros de néon pendurados, por vezes em filas de três, por cima de bares e casas de chá com mau aspecto que rescendiam a enguias fritas, a miolos de carneiro e a arroz a nadar num caldo de carne acre e ralo. Homens esfarrapados sem sorte na vida ou simplesmente bêbados ou pedrados, acocoravam-se nos passeios, as costas comprimidas contra o edifício, a fumar e a fitar o espaço, ocasionalmente escarrando e cuspindo mucosidades.

O nariz perfeito de Mary-Lou torceu-se de repugnância. Detestava vir aqui. Sabia que atraía a atenção com o seu ar exótico e era por isso que se vestia sempre de *jeans* e *T-shirt*, sem jóias, nem sequer um relógio. Mesmo assim, receava pelo carro, apesar de ser pequeno e barato. Nada era seguro nestas ruas e isso punha-a nervosa, em especial por causa do que escondera no bolso. Dois diamantes, cada um com aproximadamente quatro quilates, roubados a uma família rica, acabados de ser lapidados de novo pelo lapidador de diamantes clandestino, perdendo algum do seu peso em quilates, mas transformando-se agora em gemas não identificáveis. Usando o dinheiro de Lily, chegara a acordo com os ladrões e podia agora vender os diamantes.

Colocando os óculos escuros, saiu para a rua. Estacionara o carro mesmo à porta do edifício, mas neste momento havia um velho camião parado no seu lugar. Lançou um gemido de raiva e rodou sobre si, fulminando acusadoramente com o olhar os vadios da rua. Estes retribuíram o olhar furioso, rindo e um deles escarrou e cuspiu na sua direcção.

– Bolas!

Deu um passo para trás, enojada, e sentiu o salto do sapato bater num pé. Os braços de um homem enrolaram-se à sua volta e Mary-Lou gritou. Estavam já a juntar-se pessoas, a observar a cena e a sorrir. Enfurecida, virou-se e arremessou um soco direito à cara do homem. Ele segurou-lhe o braço antes que o murro o atingisse.

– Cuidado – disse. – Pode magoar alguém.

Mary-Lou ergueu o rosto e fitou o homem mais atraente que alguma vez vira. Alto, de ombros largos, esguio à maneira americana, com cabelo escuro e olhos azul-vivos, não sorridentes, que se prenderam sensualmente aos seus. E conhecia-o. Ou antes, sabia quem era. Há relativamente pouco tempo, as notícias sobre a morte acidental da esposa rica tinham dominado os media durante várias semanas.

– Conheço-o – afirmou ela, ainda com o semblante carregado.

– E eu gostaria de conhecê-la – retorquiu ele. – Isto é, se prometer não me esmagar o pé com o seu salto e não tentar esmurrar-me.

Mary-Lou olhou-o nos olhos durante o que pareceu muito tempo.

– Está bem – disse por fim.

O homem largou-lhe o braço.

– Então o que aconteceu?

– Roubaram-me o carro.

Ele assentiu com a cabeça.

– Não me surpreende. Nesta zona até lhe roubariam os dentes da boca. Devia trazer sempre um guarda e deixá-lo no carro enquanto trata do assunto que a trouxe aqui.

Não lhe perguntou que assunto poderia ser esse, nem ela indagou por que motivo ali se encontrava ele. Perguntas directas sobre a razão de uma visita a esta zona pouco recomendável eram proibidas. Toda a gente guardava os seus «assuntos» para si.

– O meu carro está mesmo ao fundo da rua – explicou ele. – Que tal se lhe der uma boleia e depois contacta a polícia e conta-lhes os pormenores?

– Vai adiantar muito – replicou ela com amargura, fazendo-o rir--se de novo.

– Hei, é só um carro. Presumo que tivesse seguro.

– Sim – retorquiu sombriamente –, mas vai demorar séculos e envolver montes de papelada antes de que se resolvam as coisas. Também sei como funciona.

– Para uma mulher tão bonita, é uma verdadeira cínica – declarou ele, fazendo sinal ao guarda para lhe abrir a porta do carro.

Mary-Lou entrou no *Hummer* verde-camuflado. Ele deu a volta pelo outro lado e sentou-se ao lado dela.

– Para onde? – perguntou.

Ela rodou a cabeça para o fitar, um olhar longo e profundo.

– Para o bar mais próximo, mas que seja bom – respondeu na sua voz sussurrante e rouca.

7

Bennett Yuan levou-a ao Bar Rouge, no Bund, não muito longe do sítio onde Mary-Lou vivia. Era um local chique e modernista, com enormes fotografias ampliadas de beldades asiáticas com lábios destacados a batom vermelho, emolduradas em madeira lacada a vermelho a condizer, que também funcionavam como biombos, facultando privacidade aos cubículos e mesas. Dezenas de candelabros venezianos de um vermelho-rubi derramavam uma luz rosa velada e as janelas e terraço ofereciam vistas magníficas sobre os contornos da cidade de Xangai.

Ele sentou-se à frente e não ao lado de Mary-Lou como ela estivera à espera. Fez beicinho de forma encantadora.

– Consigo ver-te melhor assim – explicou ele. – Sabes por que razão te trouxe aqui?

Ela abanou a cabeça.

– Porque és mais bonita do que qualquer uma dessas raparigas nas paredes. – Olhou-a nos olhos, um olhar longo e profundo, que fez Mary-Lou estremecer até à boca do estômago. – Ainda não me disseste como te chamas. Ou preferes manter-te anónima?

– Chamo-me Mary-Lou Chen. E sei como te chamas, vi a tua fotografia nos jornais.

Bennett encolheu os ombros, com desdém.

– Nesse caso sou eu que prefiro o anonimato. Que queres beber, Mary-Lou Chen?

Chamou o empregado enquanto Mary-Lou pensava.

– Quero uma taça de champanhe – decidiu, mas Bennett mandou vir uma garrafa.

Ficaram sentados em silêncio, ainda a fitarem-se nos olhos, reconhecendo a possibilidade do que poderia suceder entre eles, até que o empregado reapareceu com um balde de gelo prateado num descanso e o champanhe. Envolveu a garrafa num guardanapo branco e depois desarrolhou-a com mestria, quase sem um estalido, apenas um leve sopro de ar a sair do gargalo. Serviu um pouco para Bennett provar e, quando este acenou aprovadoramente, o empregado encheu os dois copos altos. Um segundo empregado trouxe um prato de bolachas minúsculas e depois deixaram-nos sozinhos no seu cubículo resguardado sob o clarão esfumado do candelabro vermelho.

Bennett Yuan pegou no copo. Ergueu-o para ela e disse:

– À nossa, Mary-Lou Chen.

– Sim – respondeu ela, de súbito nervosa.

Havia uma força nele que nunca encontrara antes em qualquer homem. Era, pensou, um homem que sabia o que queria e que sabia que o conseguiria sempre. E sentiu um pouco de medo dele.

– Então, fala-me de ti. – Bennett recostou-se para trás, um braço estendido ao longo do bordo superior do cubículo.

Desligado de repente dos olhos dela, Bennett pareceu assumir uma imagem diferente. Mais informal, tranquilo, um homem completamente à vontade consigo próprio. E tão atraente que Mary-Lou não lhe detectava qualquer defeito. O cabelo escuro penteado suavemente para trás; aqueles olhos intensos de um azul-escuro sob sobrancelhas escuras direitas; um nariz quase demasiado perfeito para um homem, o queixo quadrado e uma boca larga e firme que a levou a perguntar a si própria como seria beijá-lo.

Mary-Lou abanou a massa negra do cabelo curto e ondulante, beberricou o champanhe e começou a falar do seu trabalho e de Lily.

– Então quem é essa Lily Song? – perguntou ele, voltando a encher-lhe o copo.

– Uma velha amiga da escola. Sempre negociou com antiguidades, mas sobretudo fabrica e vende aquelas peças para turistas. Sabes, os *souvenirs* de Mao, os guerreiros, os budas.

– E isso é rentável?

Bebeu novo gole de champanhe e lançou-lhe um olhar profundo:

– Uma parte é.

– E que parte será essa?

Mary-Lou riu-se, abanando a cabeça e voltando a fazer oscilar o cabelo preto curto.

– Não te posso dizer – respondeu, espreitando por baixo da franja. – Afinal porque estamos a falar tanto sobre mim? Quero é saber tudo sobre ti.

– Não há muito a contar que, imagino, já não saibas. Estou envolvido no negócio de componentes de mobiliário. – Encolheu de novo os ombros, impaciente, como se não gostasse da forma como ganhava a vida. – Estou sediado aqui em Xangai, mas viajo muito. Mantém-me ocupado.

Encheu ambos os copos e fez sinal ao empregado para trazer uma segunda garrafa.

– Talvez seja bom – comentou Mary-Lou, pensando na mulher falecida, Ana Yuan. – Considerando o que aconteceu... Quero dizer, mante-res-te ocupado para não teres de pensar...

Ele lançou-lhe um olhar frio e ela parou, consciente de que estava, muito literalmente, a avançar para águas profundas. Esvaziou a taça de champanhe.

– E o que vais fazer em relação ao carro? – perguntou Bennett. Ela esquecera completamente que o carro havia sido roubado. Ele passou--lhe o telemóvel. – Toma, é melhor dares parte da ocorrência – acrescentou.

A apresentação da queixa levou mais tempo do que ela previra e, quando terminou, a segunda garrafa de champanhe já se esgotara. Sentindo-se deliciosamente tonta, naquele momento Mary-Lou não se ralava nada com o facto de poder não voltar a ver o carro.

– Vivo mesmo ao fim da rua – declarou, convidando-o com os olhos.

Ele assentiu com a cabeça, compreendendo. Pagou ao empregado, pegou-lhe no braço e conduziu-a ao elevador. Desceram sem se tocar, sem falar, ela com a cabeça baixa mirando os *mules* de camurça vermelha, a pensar no que estava para vir, ele a fitar o tecto, o rosto inexpressivo.

O guarda estava à espera com o *Hummer* e percorreram os poucos quarteirões que os separavam do edifício de Mary-Lou.

Bennett mirou de forma apreciadora o moderno arranha-céus. Pedindo ao guarda para deixar que o empregado de serviço estacionasse o carro, dispensou-o.

– Diz-me, Mary-Lou Chen, como é que uma mulher que vende cópias de Mao e de Buda e algumas «antiguidades» pode dar-se ao luxo de viver num sítio como este?

Ela sorriu-lhe enquanto o elevador subia apenas três andares do arranha-céus.

– Isso é porque sou uma mulher esperta. Ou ainda não tinhas reparado? – Abriu a porta e entraram.

– Estava demasiado ocupado a reparar na tua beleza – respondeu ele, fechando a porta e puxando-a para si. – A tua pele parece seda chinesa macia – continuou num murmúrio, beijando-lhe a orelha esquerda. – E cheiras as especiarias, a flores de gengibre e sândalo.

A boca dele viajou-lhe até ao pescoço, beijando-lhe a pulsação palpitante na base da garganta e subindo depois para os lábios.

– E a tua boca sabe a champanhe – disse, saboreando-a até ela mal poder respirar.

Afastando-o, Mary-Lou pegou-lhe na mão e conduziu-o ao quarto, um espaço pequeno com paredes de um vermelho-papoila, uma cama enorme com uma cabeceira de pele cor de ébano, uma colcha de seda preta, amplos cortinados de seda vermelhos e bonitos candeeiros de quebra-luzes dourados.

– Como o quarto de uma prostituta de luxo – observou Bennett, rindo e embora na verdade Mary-Lou tivesse ficado um pouco ofendida com o comentário, riu-se também com ele.

– Espera aqui – retorquiu, empurrando-o de costas para cima da cama e saindo do quarto.

Regressou alguns minutos depois envergando um robe de seda preta bordado com dragões vermelhos e sem nada por baixo. Trazia outra garrafa de champanhe e dois copos altos.

– Pensei que talvez pudéssemos beber um pouco mais – disse, enchendo os copos.

Bennett devorou-a com os olhos quando ela lhe estendeu o champanhe. Pousou o copo na mesa e agarrou o cinto do robe, atraindo-a para ele.

– Vem cá – chamou com voz rouca.

Desapertando o cinto e abrindo completamente o robe, contemplou o corpo desnudo e belo. Depois puxou-a para o seu colo e começou a beijá-la.

Mary-Lou contorceu-se para livrar os braços das mangas e deitou-se para trás nua na cama, olhando-o nos olhos enquanto ele se debruçava ávido sobre ela. Então Bennett pegou na garrafa de champanhe e virou-a ao contrário, deixando o vinho gotejar-lhe por cima dos seios, na barriga, na sua nudez.

– Maravilhosa – disse, lambendo-o da pele suave e fresca. – Deliciosa, Mary-Lou Chen.

8

NAS semanas seguintes, quando não estava a pensar em Bennett Yuan, Mary-Lou pensava no colar. Era a resposta a todas as suas preces – ou seja, se alguma vez rezasse. Seria bastante fácil deitar-lhe a mão; o problema era encontrar um comprador suficientemente rico para pagar o que ela queria. Não conhecia os ricaços internacionais; frequentavam um mundo diferente do dela.

Estava à janela do seu apartamento a fumar e a contemplar o movimentado tráfego de barcas no rio, a pensar que funcionava bem como «namorada» de um homem rico, mas que nunca ninguém mencionara a palavra casamento. Homens ricos não casavam simplesmente com raparigas como ela. Forjavam alianças. O dinheiro desposava o dinheiro, especialmente aqui na China.

Porém Bennett Yuan era diferente. Toda a gente sabia como a mulher morrera. A especulação sobre o caso andara nos noticiários da noite na televisão durante uma semana, bem como em todos os jornais. O boato era um dos grandes circuitos de informação da cidade e ela ouvira dizer que quando a filha dos Yuan casara com Bennett, a família endinheirada insistira para que ele alterasse o apelido ficando com o dela, para que a «dinastia» continuasse através dos filhos. Vira também as fotografias da mulher de Bennett na televisão. Ana Yuan era uma jovem sem grande beleza, modestamente vestida e, claro, abundavam os rumores de que o atraente jovem americano casara com ela pelo dinheiro.

Não havia nada de errado naquilo, pensou Mary-Lou. Ela própria teria feito o mesmo se tivesse tido essa oportunidade. No entanto, os boatos diziam que afinal os Yuan tinham o dinheiro de Ana retido num fundo familiar e que Bennett estava maniatado de tal forma que nunca poderia deitar-lhe a mão.

Após a morte de Ana, tinham tentado impedir Bennett de utilizar o seu prestigiado apelido, não o conseguindo. Mas tinham anulado o fundo de Ana de forma que todo o dinheiro e bens, incluindo o sumptuoso apartamento conjugal numa das mais exclusivas torres de Xangai, reverteram para a família. Auscultados sobre a razão de tais medidas drásticas, dizia-se que a resposta implacável fora: «É um estrangeiro. Não é "família". Não tem filhos Yuan. Não tem agora qualquer valor para nós.»

Claro que se dizia também em toda a cidade que tudo isto era verdade e que Bennett não herdara um tostão. Tudo o que Mary-Lou sabia era que ele lhe dissera que amara a mulher e que ficara devastado com a sua morte trágica. E que nunca conseguira descobrir o que ela estaria a fazer em Suzhou.

E era isso. Bennett estava sozinho. E não era de maneira alguma um homem rico, embora ainda se comportasse como tal. De facto, Bennett era como ela: um «aventureiro», um homem atraente que acreditava ter direito à boa vida, fosse de que forma fosse. Bennett casaria com outra herdeira, tinha a certeza. E tinha igualmente a certeza de que não se casaria com ela.

Franziu o sobrolho de frustração e apagou a beata do cigarro. Queria duas coisas na vida. Queria Bennett. E queria vender o colar e enriquecer. De certo modo as duas estavam interligadas... havia o colar e Bennett.

A solução surgiu-lhe de repente. *Claro!* Bennett conhecia homens de negócios abastados, não apenas na China, mas também no estrangeiro. Era o candidato perfeito para a ajudar a encontrar um comprador. Significaria que teria de renunciar a cinquenta por cento do lucro, mas uma vez que de qualquer maneira o colar era roubado – seria *tudo* lucro. Excepto... Assaltou-a outra ideia e desta vez sorriu. Sabia como obter exactamente as duas coisas que queria. Bennett *e* o dinheiro. E desta vez não acabaria como a namorada descartável.

Riu-se ao pensar como o seu plano era inteligente – e *simples*. Bennett descobriria um comprador e ela roubaria o colar do cofre. *Mas* não o entregaria a não ser que ele casasse primeiro com ela. Depois ele venderia o colar e seriam ambos ricos. Era o círculo perfeito: comprador – casamento – colar – dinheiro. Viveriam felizes para sempre.

Satisfeita com o plano, telefonou a Bennett e combinou encontrar-se com ele às sete da tarde no bar Cloud 9, no topo do Hotel Grand Hyatt, do outro lado do rio, na zona empresarial denominada Pudong.

9

CONDUZINDO o seu novo *Mini Cooper* vermelho pelo túnel que ligava os dois distritos, Mary-Lou pensava em Bennett de maneira completamente diferente. Já não o via como o atraente homem de sociedade, o amante perfeito de que parecia nunca se fartar. Estava pela primeira vez a usar a cabeça e a pensar como uma mulher de negócios.

Sorria quando entregou o carro ao empregado para o estacionar e entrou na imponente Torre Jin Mao, o terceiro edifício mais alto do mundo. O hotel ocupava vários andares, do quinquagésimo terceiro ao octogésimo sétimo e Mary-Lou apanhou o elevador de alta velocidade até ao topo, saindo no resplandecente bar *art déco* com uma espantosa vista sobre toda a cidade de Xangai, erguendo-se tão alto no céu que as nuvens pairavam junto às próprias janelas. Daí o nome do bar, Cloud 9 (Nuvem 9).

Olhando em volta, não viu Bennett, por isso sentou-se num compartimento e pediu um vodca martíni.

– Com três azeitonas – explicou ao empregado, dizendo-lhe que gostava dos seus martinis muito frios com apenas um salpico de vermute. Mary-Lou sabia sempre com exactidão o que queria.

Beberricou a bebida, pensando em como abordar a questão do colar com Bennett. Acabara de decidir qual a táctica a adoptar quando o viu entrar no bar. Ele falou com a bonita hospedeira que, reparou irritada, lhe sorriu de forma cativante antes de o acompanhar pessoalmente à mesa.

Reparou também que Bennett presenteou a rapariga com aquele seu sorriso muito intenso e pessoal e ficou de novo extremamente irritada.

– Desculpa chegar atrasado – Bennett deslizou para o assento à frente dela. Não a beijou nem tentou agarrar-lhe a mão, apenas lhe endereçou um sorriso cansado. – Trânsito – acrescentou.

Mary-Lou não tivera problemas com o trânsito, mas não mencionou o assunto, esperou meramente que ele pedisse um *Jack Daniel's* com gelo e o empregado se fosse embora, antes de dizer alguma coisa.

– Tenho um segredo – declarou, olhando-o nos olhos.

– Aposto que sim. Espero só que não me diga respeito.

Acendeu um cigarro sem lhe oferecer um a ela e Mary-Lou franziu o sobrolho. Havia qualquer coisa que não estava bem.

– Se calhar não to conto – disse, tirando ostensivamente o seu próprio cigarro e esperando que ele lhe oferecesse lume, o que, sorrindo-lhe zombeteiramente, ele acabou por fazer.

– Então não contes – respondeu ele. – É uma forma segura de guardar um segredo.

– Ah, mas este diz-te na realidade respeito. E é uma coisa que vais gostar muito de saber. – Incapaz de se conter por mais tempo, puxou do telemóvel e depositou-o em cima da mesa entre eles. – Vê aí essa fotografia – proferiu com suavidade. – Creio que vais ficar surpreendido.

Bennett bebeu um trago do seu *Jack Daniel's*, não fazendo menção de pegar no telemóvel.

– Anda lá – insistiu ela. – Garanto-te que vais gostar do que vais ver.

Suspirando, Bennett pegou no aparelho e premiu o botão. Uma fotografia indistinta do colar surgiu no ecrã.

– O que é isto?, está tudo desfocado – retorquiu impaciente.

– Volta a carregar no botão.

Ele assim fez e, desta vez, o colar apareceu com mais nitidez. Observou-o por uns instantes, depois fechou o telemóvel e voltou a entregar-lhe.

– E então? – perguntou, recostando-se para trás e beberricando o uísque.

Mary-Lou assentou os cotovelos na mesa e inclinou-se para a frente. Lançando uma olhadela em volta para se certificar de que ninguém a escutava, disse baixinho:

– Esse colar é uma coisa em grande. Não só possui jóias que valem uma fortuna, como tem igualmente uma origem que faz com que compradores internacionais mais refinados estejam preparados para pagar um preço muito elevado.

Voltou a endireitar-se, à espera que Bennett mostrasse entusiasmo e espanto, mas isso não sucedeu. Olhou simplesmente para ela de forma fria e repetiu:

– E então?

– Vou contar-te a história.

Sentindo-se como Xerazade, narrou a história da famosa pérola da imperatriz do Dragão.

– Sei onde está este colar – concluiu. – Consigo deitar-lhe a mão agora, ou amanhã, ou na próxima semana, se quiseres. Mas, primeiro, preciso de um comprador. E é aí, meu querido Bennett, que entras tu.

Um sorriso triunfante iluminou-lhe o rosto adorável quando se recostou para trás a olhar para ele. Ele devolveu-lhe friamente o olhar.

– Calculo que o colar seja roubado. Estás a pedir-me que me transforme em receptor, Mary-Lou?

– Receptador não. Associado. – Estava muito séria agora. – Eu tenho a mercadoria, tu arranjas o comprador.

Não lhe falou da terceira parte da equação – o casamento – nem o faria até o comprador estar preparado e desejoso de entregar o dinheiro e receber o colar em troca. Bennett encolheu descontraidamente os ombros.

– Não preciso deste tipo de negócio, já tenho o meu para gerir.

Mary-Lou sabia tudo sobre o «negócio» de Bennett. Fizera questão de descobrir como era. Os Yuan tinham-no ajudado a montar a exportação de componentes de mobiliário, mas com o término do casamento a empresa estava também a desmoronar-se. Bennett era um grande gastador. Precisava de dinheiro para viver à grande, tal como ela. Eram os dois do mesmo género, o par perfeito.

– Bennett, este colar pode tornar-nos a ambos muito ricos. Nunca mais terias de pensar em mobílias. Eu tenho a mercadoria, tu descobres o comprador, dividimos a meias.

Bennett terminou a sua bebida de um trago e fez sinal ao empregado para lhe trazer outra.

– Só vi uma fotografia. Só ouvi uma história. Como é que sei se tudo o que me contas é verdade e se esse colar realmente existe?

– Suponho, Bennett – disse Mary-Lou, lançando para trás a franja curta, lustrosa e preta e oferecendo-lhe de novo aquele sorriso encantador – que vais ter de confiar em mim.

10

Bennett considerava que Mary-Lou era maravilhosa. Era sensual e divertida, mas, para ele, era como se fosse um *hors d'oeuvre*, saboroso, para ser mordiscado e apreciado com uma bebida. O «prato principal» tinha de ser mais substancial e trazer mais qualquer coisa para a mesa do que apenas beleza. Pensara ter conseguido isso quando casara com Ana Yuan – por causa, claro, dos milhões dela. Porque não? Mas, apesar de todo aquele planeamento cuidadoso, a coisa correra muito mal. Sofrera como o rapaz pobre à mesa do homem rico, os Yuan. Desta vez, precisava de descobrir uma herdeira sem família anexada. E certificar-se-ia de que ela tinha o dinheiro no seu próprio bolso antes de se casar com ela.

A mulher morrera há mais de seis meses e encontrava-se num ponto da sua vida em que estava apenas a marcar passo, a decidir o que fazer a seguir. Mary-Lou fora uma distracção temporária excitante. Mas estava na altura de seguir em frente e esta noite planeara dizer-lhe isso mesmo. Agora porém, ela falara-lhe neste esquema do colar, com base, tanto quanto percebia, numa fotografia pouco nítida que afirmava ter tirado dessas jóias «raras» e na história da pérola do «cadáver». Uma história que o atraía, de facto, embora duvidasse da sua veracidade.

– *Quem* é que tem na realidade o colar? – Tirou outro cubo de gelo do balde de cristal e adicionou-o à bebida.

– Não te posso dizer.

Bennett levantou os olhos, com as sobrancelhas erguidas.

– Queres dizer que estás a contar que venda jóias por ti sem saber qual a sua proveniência? Ora vamos, Mary-Lou, não encontras qualquer criminoso na cidade que enverede por esse caminho. Como é que sei que não vais matar alguém para deitares a mão a esse colar?

Os olhos cor de âmbar sarapintado de Mary-Lou tornaram-se tão glaciais quanto o uísque gelado dele.

– Fá-lo-ei. Se tiver de ser.

Bennett recostou-se para trás e pegou no copo. Cogitou que Mary--Lou podia ter o rosto de um anjo, mas tinha uma alma forjada em aço, puro e frio. Gostava daquilo. Eram semelhantes, de muitas formas. Beberricou o uísque, observando-a.

– Ainda não estou convencido. E, de qualquer modo, não trabalharia contigo sem saber por onde anda o colar e quem o tem neste momento.

– Não te posso dizer.

Ela era teimosa, mas Bennett sabia que estava a enfraquecer.

Estendeu o braço por cima da mesa para lhe agarrar a mão.

– Escuta, querida – disse, no tom paternalista que ela conhecia bem de outros homens «ricos» que a haviam abandonado pela rapariga bonita seguinte – estás a pedir-me para trabalhar no escuro, para me colocar em possível risco legal, sem conhecimento dos factos. Falemos a sério. Conta--me como é ou digamos simplesmente «adeus, foi divertido enquanto durou». Neste preciso momento.

Foi aquela parte do «digamos adeus neste preciso momento» que a afectou, tal como ele sabia que afectaria. As lágrimas inundaram os olhos formosos e ela apertou-lhe a mão com força.

– Não digas isso – sussurrou – por favor, Bennett, não digas isso.

Ele retirou a mão e recostou-se na cadeira com um encolher de ombros indiferente.

– Pedes demasiado – disse, chamando o empregado para pedir a conta.

Ouviu-a inspirar fundo, trémula. Depois:

– É a minha sócia, Lily – admitiu. – É ela quem tem o colar. Pertence à família há várias gerações. Não sei como ou por que razão ficou com ele agora. Juro que não o tinha antes, se não seguramente que o teria vendido. Sei, no entanto, que anda à procura de um comprador e é por isso que eu – que *nós* – temos de entrar no esquema antes de que a peça seja vendida.

Bennett pensou em Lily, a mulher que Mary-Lou dera a entender estar preparada para matar se tivesse de ser. Perguntou-se se não estaria melhor com Lily do que com Mary-Lou. No final de contas, Lily era dona legítima do colar, embora com aquela proveniência lhe parecesse que seria provavelmente confiscado pelo Governo se alguma vez reaparecesse. Mesmo assim, valia a pena explorar a questão.

– Gostaria de conhecer Lily – retorquiu, pagando a conta e acrescentando uma generosa gorjeta.

Mesmo quando estava com pouco dinheiro, Bennett deixava grandes gorjetas; acreditava que compensava, garantia-lhe sempre uma excelente mesa e o melhor serviço e criava boa impressão.

Mary-Lou observou-o intrigada, perguntando-se porque quereria conhecer Lily. Como se em resposta à sua interrogação, Bennett disse:

– Preciso de saber exactamente com quem estamos a lidar, se é que vamos entrar juntos neste negócio. – Levantou-se da mesa e estendeu-lhe a mão. – Vamos, sócia, vamos telefonar a Lily e levá-la a jantar fora.

O sorriso de Mary-Lou iluminou o bar quando saíram juntos do Cloud 9.

11

LILY encontrava-se no seu tranquilo jardim interior, a alimentar os peixes dourados. O único som que ouvia era o do deslizar suave da água por cima da superfície lisa de cobre da fonte no muro, até que o retinir do telefone a sacudiu do seu estado de espírito Zen. Irritada, pensou por um momento em não atender, mas depois verificou que era Mary-Lou. Suspirando, pressionou o botão para falar.

– Não quero discutir assuntos de trabalho – disse abruptamente. – Não pode esperar até amanhã?

– Oh, Lily, não é para discutir trabalho. É só porque estou com uma pessoa especial, uma pessoa que quero que tu conheças...

A voz de Mary-Lou era doce como açúcar e Lily adivinhou que quem quer que fosse essa «pessoa» especial, devia estar mesmo ao lado dela.

– Não pode esperar até amanhã? – perguntou.

Estava a pensar num copo de vinho refrescante e em sentar-se no terraço acompanhada pelo som dos sinos tubulares semelhantes aos sinos dos templos, do gotejar da fonte e do pequeno canário na sua gaiola de bambu, que cantava sempre de forma tão encantadora quando ela se sentava perto dele. Nessa altura, todos os pensamentos sobre túmulos profanados e sobre a ira que os seus antepassados por certo sentiriam se soubessem o que ela andava a fazer deslizariam temporariamente para o fundo da sua mente. Por vezes não conseguia dormir à noite por causa desses

pensamentos, mas «rica a qualquer custo» era o seu *mantra* e, como Mary-
-Lou, vivia segundo esse lema.

– Queremos que venhas jantar connosco. Vem lá, Lily, é importante.

É importante para ti, pensou Lily, mas Mary-Lou soava excitada,
como se necessitasse da aprovação dela. E, no final de contas, era sua
amiga.

– Oh, está bem – suspirou – diz-me então onde e quando.

– No restaurante italiano do Grand Hyatt, dentro de meia hora.

– Quarenta e cinco minutos – retorquiu Lily, pensando no trânsito.

De facto demorou uma hora e eles já estavam sentados numa mesa
discreta, meio escondidos por um biombo, à sua espera. A escolha do restaurante coubera a Bennett porque sabia que a maioria da clientela seriam
turistas e homens de negócios estrangeiros e haveria poucas probabili-
dades de ser reconhecido.

Lily decidira usar um vestido *cheongsam* verde-jade pela altura do
joelho que lhe realçava as pernas bonitas e trazia uma mala boa e antiga
de cetim bordado, guarnecida de jade e contas. Tinha um aspecto elegante e autoconfiante, embora não se sentisse assim. Desejava não ter
tido o trabalho de se arranjar e batalhar no trânsito todo o trajecto do
túnel sob o rio até Pudong só para conhecer o último namorado de Mary-
-Lou, quando podia ter ficado confortavelmente em casa, no seu próprio
terraço, sozinha com os seus pensamentos.

Bennett levantou-se quando ela se aproximou. Lily não sorria e, com
o seu vestido chinês, ele pensou que parecia uma mulher de negócios a
experimentar um visual mais feminino. Não tinha dúvidas de que Lily
Song era um osso duro de roer, mas não encontrara ainda uma mulher
que não cedesse ao seu encanto especial.

– Lily – disse, sorrindo e olhando-a profundamente nos olhos
daquela forma muito pessoal que tinha de cumprimentar as mulheres.
– Mary-Lou falou tanto em ti que sinto que já te conheço, mas devo confessar que não esperava que fosses tão bela.

Lily ergueu uma sobrancelha escura e céptica, estudando-o enquanto
ele lhe prendia a mão ligeiramente mais tempo do que era necessário. Um

sedutor profissional, pensou, e mesmo o tipo de homem por quem Mary-
-Lou se apaixonaria.

Mary-Lou observava-os com ansiedade. Não detectou qualquer sinal
de reconhecimento no rosto de Lily e pensou que era provavelmente a
única mulher em Xangai que não reconhecia Bennett Yuan. Mas Lily
raramente via televisão ou se preocupava com as notícias; estava demasiado absorvida pelo pequeno mundo dos seus negócios.

– Apresento-te Bennett Yuan – proferiu e surpreendeu a reacção de
alvoroço que atravessou o rosto de Lily. Parecia que se tinha enganado e
que até Lily ouvira falar da morte trágica de Ana Yuan.

– Boa noite, Mr. Yuan.

Lily retirou a mão da dele. Conhecia bem a história e sabia também
que haviam passado apenas pouco mais de seis meses desde que a mulher
morrera. Olhando para o lado, captou o olhar de Mary-Lou e perguntou
a si própria o que andaria a amiga a fazer com aquele viúvo recente.

– Foi Bennett quem me ajudou quando o meu carro foi roubado –
disse Mary-Lou. – Recordas-te de que te falei nisso?

– Ah, pois, recordo-me.

Bennett perguntou o que Lily gostaria de beber e ela decidiu-se por
água *San Pellegrino* com limão. A seguir chegou o empregado com a ementa,
começou a falar-lhes dos pratos especiais e a conversa voltou à comida.

Depois, no entanto, Bennett dispôs-se a desanuviar o ambiente: fez-
-lhe perguntas sobre a casa na Concessão Francesa, dizendo que era um
sítio onde sempre desejara viver e que gostava da sua história colonial
francesa.

– Eu também – retorquiu Lily. – Especialmente porque a minha mãe
era francesa. Quer dizer, o pai era americano e a mãe austríaca, mas ela
nasceu e foi criada em Paris e sempre se considerou francesa.

Bennett mandara vir uma garrafa de bom vinho italiano, um *Chianti*
da propriedade dos Frescobaldi. O empregado encheu-lhes os copos e
Lily bebeu um pequeno gole. Reparou que, por alguma razão, Mary-Lou
vigiava Bennett como um cão de caça, pronto a saltar; ao passo que ele
era a calma em pessoa, o viajante experimentado, falando sobre Xangai,
Paris e Nova Iorque.

– Se a tua mãe vivia em Paris, deves conhecer bem a cidade – comentou.

Mas Lily respondeu que nunca lá tinha estado e depois começou a contar-lhe como a mãe fugira da família para casar com Henry Song.

– *Não* foi grande ideia – acrescentou causticamente –, mas a minha mãe nunca reflectiu muito bem. Creio que foi estragada com mimos pelo pai e queria sempre fazer as coisas à sua maneira. Nada mudou muito – continuou com um sorriso triste. – Devia ter-se ficado pelos Hennessy. Contou-me que eram muito ricos. Havia um castelo da avó na Áustria e mobiliário antigo e quadros fabulosos e, claro, a loja de antiguidades. Foi uma pena ela ter desistido de tudo.

– E ainda lá está tudo? – Bennett brincava com o seu *branzino* grelhado. – A loja de antiguidades? E o castelo?

– Creio que sim. Chamava-se Hennessy Antiques, embora agora o nome tenha provavelmente mudado, na Rue Jacob. A minha mãe tinha uma irmã, sabes. Casou e teve também uma filha, mais nova do que eu, contou-me a minha mãe. A família da minha avó era rica e as tias e tios também. Imagino que tenham deixado à minha prima o dinheiro da família e se calhar também o castelo austríaco da avó.

Lançou a Bennett um olhar entendido, pensando no seu casamento com a rica rapariga Yuan e, com uma pequena cotovelada a Mary-Lou que tinha um ar demasiado satisfeito consigo própria, disse:

– Chama-se Precious Rafferty. Talvez devas ir visitá-la da próxima vez que fores a Paris, Bennett. Ouvi dizer que estás sempre interessado em conhecer mulheres com dinheiro.

Mary-Lou deu-lhe um pontapé furioso por baixo da mesa, mas Bennett riu-se e perguntou qual era o interesse em conhecer pessoas «sem». No final de contas, não nos serviam para nada.

– Sinto que somos muito parecidos, Lily – continuou em tom de admiração. – Sozinhos e decididos a progredir na vida.

– *A enriquecer* – disse Lily, erguendo o copo num brinde a Mary-Lou e ao velho *mantra* das duas.

Bennett ergueu também o seu copo, pensando que as únicas palavras que ela deveria ter acrescentado eram «a qualquer custo».

Matutou no colar que Lily supostamente herdara, perguntando a si próprio se isso seria verdade ou se simplesmente o roubara. A história de Mary-Lou era tão pouco sólida que lhe custara acreditar nela e, embora estivesse desesperado para fazer dinheiro, a ideia de transaccionar jóias roubadas não o atraía. Os seus pensamentos viraram-se antes para Paris e para a rica neta dos Hennessy, a que herdara o dinheiro todo, bem como o castelo. Uma herdeira era mais o seu estilo.

Afirmando estar cansada, Lily foi-se embora antes da sobremesa. Agradeceu a Bennett, que, de novo, lhe apertou a mão durante demasiado tempo, algo que ela suspeitava que fazia com todas as mulheres, jovens ou velhas, atraentes ou não. Estava simplesmente a treinar os seus dotes de sedução. Bennett disse que esperava que se pudessem encontrar outra vez e depois Mary-Lou insistiu em acompanhá-la à porta.

– Então? – perguntou, os olhos a brilharem. – O que achas?

– É o viúvo de Ana Yuan e, se queres saber a verdade, penso que anda a ter encontros românticos demasiado cedo após a trágica morte da mulher. Embora – acrescentou, olhando para o rosto furioso da amiga – suspeite que não queres.

– Não podemos estar à espera de que fique simplesmente em casa, um homem destes, precisa de uma mulher...

– Tenho a certeza de que precisa. – Lily ficou de repente séria. – Mas aconselho-te a pensares se precisas de um homem como Bennett. – E dizendo isto entrou no elevador e desapareceu.

Mary-Lou voltou teatralmente para a mesa onde Bennett já pagara a conta e estava pronto para se ir embora. Mary-Lou contara que se demorassem a tomar mais um copo e a beber café, mas ele parecia cheio de pressa. Quer levar-me para a cama, magicou, com aquele calafrio na boca do estômago que sentia sempre que pensava no sexo com Bennett.

Mas não, Bennett largou-a em frente do apartamento com um brevíssimo beijo, dizendo que estava cansado e que necessitava de dormir.

– Mas precisamos de conversar – replicou ela com desespero.

– Hoje não. Depois telefono-te – disse, e, entrando no carro e fazendo-lhe um aceno, afastou-se.

Mary-Lou observou o *Hummer* a serpentear através do movimentado tráfego no Bund, sentindo-se de súbito muito sozinha. E ela que pensara que a noite correra bem, primeiro a conversa sobre o colar e a proposta de que trabalhassem juntos; depois o encontro com Lily. Até Lily fazer aquele estúpido comentário sobre Bennett ir para Paris e apreciar mulheres ricas. Apesar de a última parte ser verdade.

E, então, no dia seguinte, Bennett não telefonou. Nem no dia a seguir. E quando ela tentou telefonar-lhe, não obteve resposta. Passou-se uma semana e continuava a não ter notícias dele. Mary-Lou não sabia o que pensar nem o que fazer. Bennett era a sua única esperança. E, além disso, estava apaixonada por ele.

12

PARIS

Preshy sentia-se feliz. Daria estava de visita a Paris com o seu marido professor, que viera em serviço, e embora Tom não pudesse ir ao jantar, estava ansiosa por se encontrar sozinha com a amiga. Sylvie também não podia vir, porque, claro, tinha o restaurante para gerir. Abrira-o há dois anos e com a ênfase colocada na frescura dos alimentos fora um êxito imediato.

Iam encontrar-se às sete no Deux Magots mesmo ali perto no Boulevard St. Germain, onde tomariam uma bebida e decidiriam onde jantar. «Um sítio simples», dissera Daria. E Preshy conhecia exactamente o local adequado.

Assim envergou de novo o pequeno vestidinho preto, os sapatos de salto alto e os diamantes de «rapariga rica». Atrasada como sempre, correu pelas escadas abaixo e saiu para a rua, onde reparou num homem a olhar para a montra da loja. Estava de costas para ela e rapidamente, antes que ele pudesse vê-la, verificou a luz azul que assinalava que o alarme estava ligado, correndo depois a atravessar a rua para se encontrar com Daria. Esta noite não ia abrir a loja nem discutir antiguidades com ninguém.

O Deux Magots devia o seu nome às duas estatuetas antigas de rechonchudos agentes comerciais chineses – os *magots* – que estavam expostas no interior, mas, na sua maioria, os clientes gostavam de se sentar cá fora e de se entregarem ao desporto nacional de observar as pessoas. A popular esplanada do café estendia-se do movimentado *boulevard* para a praça calcetada com a sua igreja simples, a mais antiga de Paris, a Église St. Germain-des-Près.

O café estava apinhado como sempre, mas Daria chegara cedo e conseguira arrebanhar uma das mesas minúsculas e um par de cadeiras bastante instáveis, além de já ter pedido dois copos do champanhe da casa, *Monopole*, que chegou ao mesmo tempo que Preshy.

Pespegou um beijo na face de Daria e disse:

– Estás com um aspecto muito parisiense.

– Cortei o cabelo. – Daria abanou a cabeça para Preshy ver e o cabelo loiro nórdico oscilou ao mesmo tempo que ela, tombando brilhante e sedoso.

– Fabuloso. Nunca o cortes muito curto, só isso.

– Oh, não sei, estive tentada, mas Tom nunca me perdoaria. Disse-me sempre que se apaixonou pelo meu cabelo antes de se apaixonar por mim. – Daria inclinou-se para a frente a sorrir. – Queres saber o que disse mais? É a pura verdade. Nunca contei a ninguém antes porque queria que vocês pensassem que ele caiu por mim «que nem um patinho», como se costuma dizer. Só que não tenho propriamente a certeza de que alguém se apaixone assim.

– Então que coisa tão terrível foi essa que ele disse?

Preshy bebeu um gole fortificante do champanhe. Escorreu fresco e tonificante na sua língua. Daria mandara vir também um prato de azeitonas; não condiziam bem com o champanhe, mas Daria adorava-as.

– Disse que não percebia como podia alguém apaixonar-se por uma maria-rapaz betinha e estragada com mimos como eu. Claro que isso foi depois de lhe ter ganho ao *softball*, derrotado facilmente no ténis e a seguir vencido a corrida de natação para a qual me tinha desafiado na baía. Oh, e despira-o até ficar de cuecas no póquer.

Preshy ria-se.

– Então como conseguiste que ele ficasse?

– Olhei para ele com aquelas cuecas, com um aspecto pálido e professoral e um pouco vulnerável, mas sabes... meio sensual ao mesmo tempo e desejei-o tanto que teria feito qualquer coisa para ficar com ele. Assim, capitulei simplesmente, cedi por completo. Cá vai o meu segredo para um casamento feliz. Deixa-o ganhar. Em qualquer coisa... gamão, xadrez, póquer, ténis – ele ganha. Excepto na natação. Tenho de o deixar pensar que consigo fazer uma coisa bem, senão porque ainda me amaria?

Riram-se juntas, beberricando o champanhe e mordiscando as azeitonas verde-escuras de Nice. O rosto esguio de Daria, ainda ligeiramente tisnado de um par de semanas em Cape Cod, a estância batida pelo vento, estava animado, os olhos brilhavam e empurrou para trás o cabelo pesado, suspirando de satisfação.

– Se não estivesse com tantas saudades da Super-Kid diria que não era possível estar mais feliz do que neste momento, aqui contigo na minha cidade favorita. – Estendeu o braço para a mão de Preshy. – Tenho saudades tuas, sabes.

– Sei. – Preshy apertou com força a mão de Daria. – Também sinto saudades tuas. E, a propósito, falaste com a Super-Kid hoje?

– Falei. E ela disse que não precisava de me apressar a voltar para casa porque os avós iam levá-la ao Disney World. Anda demasiado ocupada a ser estragada com mimos para sentir a minha falta. Tom disse que sabia que havia uma altura em que todos os pais se tornam supérfluos, só não percebera que era aos três anos de idade. Bem, onde vamos comer?

– Pensei no La Coupole? É simples, agradável...?

– Parece perfeito.

La Coupole era a *brasserie* mais parisiense de todas. Inaugurado nos anos vinte, era grande e de pé direito muito alto, com pilares compactos maravilhosamente pintados por artistas famintos de Montparnasse em troca de refeições. Com os seus murais coloridos, candeeiros *art déco*, banquetas vermelhas, um bar famoso e as suas filas de mesas com toalhas brancas, amontoadas umas ao lado das outras, o espaço estava em geral apinhado com uma miscelânea de actores, políticos, gente do mundo editorial, modelos, locais e turistas. Preshy explicou que era divertido para comida simples e para observar pessoas e era isso mesmo o que lhes apetecia.

Ainda era cedo para os parisienses e o sítio estava quase vazio. Foram conduzidas a uma das mesas alinhadas contra a parede e tão perto umas das outras que se conseguia ouvir todas as palavras proferidas pelos vizinhos. Daria pediu peixe e Preshy o *steak frites*. Estavam sentadas muito satisfeitas a beberricar vinho tinto e a apreciarem a conversa em que punham em dia as novidades sobre a vida, família e amigos em Boston, quando Daria lhe deu uma cotovelada.

– Vê só o que vem na nossa direcção – ciciou entre dentes.

Preshy seguiu-lhe o olhar e viu-o. Alto, moreno e atraente como um modelo Armani, era o homem dos sonhos de qualquer mulher. E, nesse instante, ele virou a cabeça e olhou para ela. Os olhos azul-escuros pareceram colidir com os dela. Era como se a estivesse a absorver profundamente naquela cor azul, a sorvê-la durante um longo momento, não a deixando partir. A ligação durou apenas segundos, mas um arrepio correu pela espinha de Preshy abaixo quando por fim afastou o olhar.

O chefe de mesa estava a conduzi-lo para uma mesa em frente delas, quando o ouviu dizer:

– Não, esta serve. – E sentou-se na mesa ao lado dela.

Preshy beberricou o vinho, não olhando para ele, mas pequenos sinais eléctricos pareciam passar entre eles. Estava tão perto que ela poderia ter estendido a mão e tocado nele.

– *Bonsoir, mesdames* – disse ele, cumprimentando-as, como faziam os franceses educados quando ficavam sentados muito perto num restaurante, mas Preshy percebeu pelo sotaque que ele era americano.

– *Bonsoir, m'sieur* – responderam. Daria acotovelou-a de forma significativa.

– Sorri-lhe – sussurrou, mesmo no momento em que a comida chegou.

– Desculpe – falou o desconhecido – não quero incomodar, mas não sei o que pedir aqui e o que está a comer tem muito bom aspecto. Pode dizer-me o que é?

Uma vez que era perfeitamente óbvio que se tratava de bife com batatas fritas, Preshy lançou-lhe um olhar divertido de soslaio. Arremessou para trás dos ombros, coquete, os compridos caracóis de um louro-acobreado, pensando que era uma sorte estar a usar o seu belo vestidinho preto.

– Olá, chamo-me Bennett James – continuou o atraente desconhecido. – Estou em Paris a negócios.

– De onde é? – perguntou Preshy.

– De Xangai. – Franziu o sobrolho. – Fica muito longe.

– Xangai? – replicou ela, surpreendida. – Tenho lá uma prima. Nunca a conheci pessoalmente, mas chama-se Lily Song.

Bennett James encolheu os ombros.

– Xangai é uma grande cidade – retorquiu sem sorrir e Preshy sentiu-se ridícula por ter imaginado que ele poderia conhecer a prima.

– Como é que se chama?

– Precious Rafferty. – Corou ao dizer isto e acrescentou com rapidez – Mas quando fiz nove anos abreviei para Preshy.

– Compreendo perfeitamente – comentou ele e todos riram.

Depois Preshy apresentou Daria, que disse que recomendava sem dúvida o *steak frites* se queria comida caseira, por isso ele pediu esse prato e uma garrafa de vinho tinto e começaram a falar de Boston e de Paris. Conversaram apenas um pouco sobre Xangai, no entanto, porque Bennett declarou que estava de «férias» esta noite na cidade mais bela do mundo. Mas acabou por referir que geria um negócio de exportações que estava a expandir-se demasiado para dirigir sozinho e que precisava de recrutar novos gestores para o ajudarem.

Beberricou o vinho e os seus olhos ficaram outra vez presos nos de Preshy que sofreu de novo aquele choque eléctrico de atracção.

Preshy sentiu o cotovelo de Daria nas costelas e lançou-lhe um olhar de esguelha. Havia um sorriso no rosto de Daria quando disse:

– Desculpa, querida, mas está a fazer-se tarde. Prometi a Tom regressar ao hotel às nove.

Pegou na mala e no *blazer* azul-pálido com botões dourados – Daria seria betinha até ao fim – e deslizou da banqueta.

– Vais deixar-me sozinha com ele – murmurou Preshy, quando Daria se inclinou para lhe dar um beijo de despedida.

– Podes crer – sussurrou-lhe Daria em resposta.

Bennett James levantou-se.

– Prazer em conhecê-la, Daria – disse, lançando-lhe o seu olhar azul longo e intenso e pegando-lhe na mão entre as suas.

Daria acenou e retorquiu:

– Divirta-se no resto da sua estadia em Paris – e com um gesto afastou-se a passos largos através das mesas agora apinhadas.

Preshy sentiu um afluxo quente de pânico a subir-lhe pela espinha acima; estava sozinha com um homem que acabara de conhecer e por quem já se sentia muito atraída. Iria despedir-se educadamente dele, como Daria havia feito, deixando-lhe o seu número de telefone e depois rondar ansiosamente à volta do aparelho durante a semana seguinte na esperança de que ele telefonasse? Ou iria entregar-se a esta onda quente que a impelia na direcção dele e muito possivelmente para a sua cama? Era uma loucura; no final de contas, não era uma mulher promíscua e, de qualquer maneira, mal o conhecia.

Sentiu os seus olhos cravados nela e virou-se para os defrontar. No silêncio, era como se ele a tivesse tocado.

Por fim, Bennett perguntou:

– Já alguma vez andou nos barcos turísticos do rio Sena?

Ela abanou a cabeça.

– Só os turistas fazem isso.

Ele sorriu.

– Então seja turista comigo. Podíamos ver Paris à noite do rio. Haveria coisa mais bonita?

Estendeu o braço e pegou-lhe na mão. A dele tinha a pele macia, era quente e ligeiramente tisnada. Uma leve sugestão de pêlos pretos espreitava do punho da camisa com os dispendiosos botões de punho de ouro e esmalte e um relógio simples de ouro. Aqueles sinais eléctricos pareciam afluir aos próprios dedos dos pés de Preshy.

– Está bem – exalou.

– Óptimo! – Fez sinal ao empregado a pedir a conta, afastando com um gesto os protestos de Preshy e insistindo em pagar também a conta dela e de Daria.

– Estou simplesmente contente por tê-la conhecido – disse, lançando-lhe de novo aquele olhar muito envolvente.

13

Sᴇɴᴛᴀᴅᴀ ao lado de Bennett no táxi a caminho de Pont de l'Alma, Preshy perguntava-se se ele tentaria beijá-la. E, se isso acontecesse, se deveria deixá-lo. No final de contas conhecia-o há apenas um par de horas. O que pensaria dela? Mas, para sua surpresa, ele não tentou beijá--la. De facto, manteve uma distância discreta entre eles, fazendo-lhe perguntas sobre si própria e a vida em Paris para preencher o silêncio que se formara.

– Não percebo nada de antiguidades – referiu quando o táxi se deteve por fim com um chiado no *quai*. – Vai ter de me ensinar.

Quereria aquilo dizer que desejava voltar a vê-la, perguntou-se Preshy, enquanto ele a apressava na direcção do *bateau mouche* reluzente e brilhantemente iluminado. Quando o barco de turismo com o seu tecto de vidro deslizou suavemente pelo rio abaixo, Bennett conduziu-a para um assento na proa. Os projectores do barco iluminavam o panorama mágico, enquanto vogavam sob as pontes mais belas de Paris, alumiando sucessivamente os magníficos edifícios públicos e monumentos dourados; a cúpula branca do Sacré-Coeur; os contrafortes maciços e os florões elevados encimados por gárgulas de Notre-Dame.

Preshy nunca vira Paris por este ângulo.

– É de cortar a respiração – murmurou, procurando instintivamente a mão de Bennett.

Os lábios dele estavam muito próximos do seu ouvido quando sussurrou:

– Tenho uma confissão a fazer.

– Conhecemo-nos há apenas algumas horas, o que poderá ter para confessar? – retorquiu ela, surpreendida.

– Já a tinha visto, antes de falar consigo em La Coupole. Estava a observar uma montra da sua loja de antiguidades. Foi o seu cabelo que me atraiu a atenção. – Pegou numa mecha do comprido cabelo cor de cobre, alisando-o entre os dedos. – Não consegui ver-lhe o rosto e foi-se embora tão depressa, que... bem, segui-a muito simplesmente. – Riu-se ao dizer aquilo. – Afianço-lhe que nunca tinha seguido uma mulher em toda a minha vida, mas havia qualquer coisa em si, aquela passada larga e rápida e os cabelos a esvoaçarem por todo o lado... Bem, de qualquer modo sentei-me perto de si no Deux Magots. E depois descortinei-lhe o rosto.

– Estou surpreendido por não ter sentido o meu olhar – acrescentou. – Fitava-a com tanta intensidade. Estava a ganhar coragem para me aproximar e falar-lhe... na verdade para tentar engatá-la – confessou a sorrir – quando ouvi dizer que iam ao La Coupole. Assim, segui-a, mais uma vez. A minha sorte manteve-se e consegui uma mesa ao seu lado. – Encolheu os ombros. – Claro que agora deve estar a pensar mal de mim. Mas sou um homem honesto, tinha de lhe contar.

Nunca nada tão romântico acontecera a Preshy em toda a sua vida e estava deslumbrada.

– Sinto-me lisonjeada – disse baixinho. – Creio que nunca fui seguida por um homem antes.

– E espero que nunca mais seja – replicou Bennett. Depois, enquanto o barco deslizava silenciosamente na escuridão por baixo de uma ponte, inclinou-se e beijou-a.

Os lábios de Preshy tremeram sob os dele. No entanto, o beijo não era apaixonado. Estava antes repleto de uma ternura inquiridora. Bennett James parecia saber que não devia apressar as coisas; parecia estar a controlar-se, a fazer as coisas com calma, deixando que ela se acostumasse à novidade da situação. Preshy sentiu-se grata pelo facto de ele reconhecer que ela não era o género de mulher que se atirava rapidamente para a cama, que gostava de curtir. Precisava de ser tratada com gentileza; precisava de romantismo.

Ainda enfeitiçados pela magia de Paris iluminada vista do barco de turismo e pelo beijo trocado, apanharam um táxi de volta ao Deux Magots, onde se sentaram a tomar um último copo de champanhe, conversando e observando os artistas de rua, os acrobatas e os malabaristas, vestidos com os seus trajes excêntricos, enquanto um guitarrista solitário tocava um flamenco espanhol desafinado, provocando-lhes o riso. E então, mais tarde, Bennett acompanhou-a a pé até à Rue Jacob.

Pararam no pátio, um em frente do outro. Ele pegou-lhe nas duas mãos e, de novo, Preshy sentiu aquela corrente eléctrica fluir entre eles. Estudou-lhe o rosto esguio, admiravelmente esculpido; era, sem sombra de dúvida, o homem mais formoso que alguma vez vira.

– Nunca apreciei tanto Paris – afirmou Bennett. – Obrigado por uma noite maravilhosa.

– Obrigada por me engatares.

– Podias... – Hesitou. – Quero dizer, davas-me o teu número de telefone?

Preshy revolveu a mala à procura de um cartão profissional. Claro que não encontrou nenhum, não tinha sequer uma caneta, por isso escreveu o seu nome e o número de telefone com um lápis para os lábios num lenço de papel e entregou-lho.

Ele abanou a cabeça a sorrir.

– Que tipo de mulher de negócios não tem o seu cartão à mão?

– Não sou uma mulher de negócios assim tão bem-sucedida, acontece apenas que adoro antiguidades.

Bennett assentiu e, a seguir, em vez de a beijar como ela esperava, pousou-lhe suavemente um dedo nos lábios.

– Depois telefono – disse e, virando-se, afastou-se a passos largos pela rua.

Quando os portões do pátio ressoaram atrás dele, Preshy subiu a correr os degraus, atrapalhando-se a destrancar a porta. Entrando, correu para a janela e esquadrinhou a rua à procura de um sinal da sua presença. Mas ele já se fora. Afundando-se no sofá, verificou as mensagens telefónicas. Só havia uma: «Telefona-me», dizia Daria, «logo que chegues.» Marcou rapidamente o número.

Daria atendeu de imediato.

– Não conseguia dormir a pensar em ti – declarou de supetão. – Então... conta-me o que se passou.

– Oh, Daria – retorquiu Preshy com voz trémula – creio que me estou a apaixonar perdidamente.

14

Às dez da manhã seguinte o telefone tocou. Preshy precipitou-se para ele.

– Está? – disse, na esperança de que fosse ele, contudo surpreendida quando confirmou que era mesmo.

– Preshy, fala Bennett...

– Ohhh... Bennett... olá... quero dizer... como estás? – Dominando--se, continuou: – Espero que tenhas dormido bem.

E depois desejou não o ter dito, pois soava como se ela tivesse estado a pensar nele, o que era realmente o caso, mas não queria que ele o soubesse.

– Não muito bem – replicou. – Estive demasiado entretido a pensar em ti.

Desta vez, ela não conseguiu encontrar palavras para responder.

– Escuta Preshy, tenho de regressar amanhã a Xangai. Jantas comigo esta noite?

– Esta noite? Claro que sim, gostaria muito.

– Diz-me onde queres ir jantar que eu marco.

Preshy pensou com rapidez. Ele ia regressar a Xangai; poderia nunca mais o ver passada aquela noite; poderia acabar por ser apenas uma breve aventura em Paris...

– Não, eu reservo a mesa – disse com firmeza. – Porque não me vens aqui buscar às oito?

– Às oito. Fico a aguardar com ansiedade.

– Hmmm, eu também. Então até logo.

Sorria quando desligou o telefone. Levá-lo-ia ao Verlaine. Sylvie ficaria de olho nela. Não a deixaria meter-se em sarilhos.

O VERLAINE ERA UM DESSES pequenos *bistros* numa rua estreita bordejada de árvores perto da Igreja de St. Sulpice, em St. Germain. As paredes estavam forradas de espelhos prateados e desbotados que reflectiam as luzes rosadas dos candeeiros como se através de uma neblina. Cortinados de tafetá de um verde-escuro estendiam-se nas janelas, evitando que pessoas estranhas olhassem lá para dentro, ao mesmo tempo que tornavam a sala de jantar mais acolhedora. Tudo o resto era muito simples: toalhas de um verde-pálido, pequenos candeeiros com *abat-jours* de velino, banquetas verdes e cadeiras douradas robustas com almofadas verdes. Um grande ramo de flores silvestres que pareciam ter sido recentemente apanhadas nalgum prado soalheiro – margaridas, girassóis, verga-de-ouro, lilases e flores de cerejeira, dependendo da época do ano – cumprimentavam-nos quando se entrava. E o facto de Sylvie utilizar apenas produtos da estação e frescos vindos do mercado, combinados com o seu verdadeiro talento como *chef*, era o que agradava aos clientes e os fazia voltar.

Sylvie era pequena e roliça e com um ar adorável de menina de rua, de olhos castanhos alegres, cabelo preto curto e algum génio quando se zangava. O que, no seu trabalho como *chef* e proprietária do Bistrot Verlaine, significava uma boa quantidade de vezes. Os cozinheiros eram a cruz da sua vida e não tinha qualquer dúvida de que ela própria era a cruz da vida deles porque, como lhes dizia com frequência – e com vigor – e com exactidão – nenhum deles estava à altura dos seus elevados padrões.

Todos os pratos produzidos no Verlaine tinham de ser perfeitos: ingredientes perfeitos perfeitamente preparados e com toda a certeza perfeitamente apresentados. O que não significava grandes quantidades de comida, nem porções pequenas e mesquinhas disfarçadas de selectas; nem aquelas pinceladas de pesado azeite «extra virgem» espargidas por cima de tudo, destruindo por completo os sabores individuais cuidadosamente cozinhados.

Esta noite tinha intenção de se esmerar. Preshy ia trazer um namorado – bem, não seria propriamente um namorado, só o conhecera a noite passada, e o tipo ia partir para Xangai amanhã. Não lhe soava na realidade muito prometedor, mas Daria dissera que ele era muito atraente e Preshy parecia louca por ele, por isso pretendia examiná-lo com cuidado. Xangai ficava muito longe de Paris. Era fácil para um homem de negócios de visita à cidade ter uma aventura rápida e depois esquecer tudo sobre o assunto e Sylvie não ia deixar que isso acontecesse com a amiga.

Chegaram às oito e meia, emaranhados pelo vento e ligeiramente molhados devido a um súbito aguaceiro.

– Bem-vindos, bem-vindos – exclamou, avançando para os cumprimentar, elegante na sua roupa branca de *chef*.

Uma Preshy corada e sorridente apresentou Bennett, que lhe apertou a mão com firmeza. Sorria, mas não demasiado, pensou Sylvie, não como se a quisesse impressionar e tentar que ela se tornasse sua amiga.

Sentou-os numa mesa num canto sossegado, disse-lhes que não havia escolha e que o jantar era com ela e não queria reclamações. Mandou servir uma garrafa gelada de champanhe *Heidsieck Rosé Sauvage* e um *amuse--bouche*, que era um minúsculo bolinho de caranguejo de caril envolvido em folhas de espinafres, e depois voltou para a cozinha onde as coisas estavam literalmente a aquecer, uma vez que a sala de jantar estava agora repleta.

Isso não perturbou Sylvie; estava habituada ao caos desorganizado de uma cozinha de restaurante. O seu olhar penetrante confirmou que toda a gente estava no posto designado, que os seus cozinheiros estavam a cortar, a mexer, a cozinhar e a empratar. Pôs em marcha a sua interferência usual, depois dirigiu-se para o fogão e preparou-se para dar a Bennett James a refeição da sua vida. Veria o que ele teria a dizer. Aí perceberia as verdadeiras capacidades do homem.

Quando enviou o primeiro prato de raviólis de lagosta, deu uma espreitadela pela esquina da porta. Estavam sentados muito juntos na banqueta, não em frente um do outro, que fora como tinham começado. *E* estavam de mãos dadas. Puxa! Aquilo parecia sério.

– Ela é amorosa – disse Bennett mais tarde, observando Sylvie a movimentar-se entre as mesas, conversando, além disso e como sempre, com os outros comensais. – E não apenas isso, é uma *chef* fabulosa. Onde aprendeu a cozinhar assim?

– Podes não acreditar, mas interessou-se na realidade quando foi passar algum tempo na casa de Verão da família de Daria em Cape Cod. Costumávamos andar por lá juntas no Verão e Sylvie arranjou um emprego na marisqueira. Trazia os restos para casa e transformava-os no dia seguinte em pratos fantásticos para o almoço. Entre aquilo e os churrascos dela aumentámos todas de peso e o destino de Sylvie ficou traçado. Queria ser uma *chef* e nunca pensou duas vezes.

– Parece divertido – retorquiu Bennett, pegando-lhe na mão e levando-a aos lábios. O olhar que trocaram queimava.

– Estás a cortar-me a respiração – murmurou Preshy, libertando a mão. – Creio que preciso de mais vinho.

– Será que te vai fazer recuperar a respiração? – perguntou Bennett, enchendo-lhe o copo com o simples *Brouilly* fresco que Sylvie recomendara para acompanhar a entrada.

Preshy tremeu quando beberricou o vinho, mas não por causa da frescura da bebida.

– Confesso que não a quero recuperar. – Sorriu-lhe. – De certo modo gosto de estar «sem fôlego».

– E isso dificulta a tua capacidade para comer?

Ela atirou a cabeça para trás e riu-se.

– Nada me faz parar de comer – replicou, atacando o tenro e húmido frango de Bresse que tinha um sabor diferente do de qualquer outra galinha no mundo inteiro.

– Folgo em saber – disse Sylvie, ao passar. – Está tudo bem? – perguntou em francês.

– Sylvie, esta comida é... – Bennett parecia não encontrar palavras. – É maravilhosa – prosseguiu. – Nunca comi nada tão bom em toda a minha vida.

– Nem em Xangai? Ouvi dizer que lá a comida é maravilhosa, tão inventiva, tão exótica.

– Mas isto é diferente. Poderei ter de me mudar para Paris só para comer no Verlaine com mais frequência.

Sylvie irradiou alegria com o cumprimento.

– És sempre bem-vindo – assegurou-lhe e depois, enquanto eles comiam uma salada pequena mas perfeita, seguida de uma selecção de queijos impecáveis, regressou à cozinha e preparou a mais simples e antiga das sobremesas francesas, chamada ilhas flutuantes. Tratava-se de um creme leve de leite e ovo tendo por cima claras macias batidas com açúcar a que se tinham dado, com colheres de sopa, a forma de «ilhas» que «flutuavam» no creme. A receita era rematada com amêndoas trituradas que se polvilhavam por cima. Tinha um aspecto bonito e perfeitamente simples, mas nas mãos de Sylvie transformava-se numa mistura sublime de sabores e texturas delicados.

– Ilhas flutuantes – exclamou Bennett quando ela apresentou o prato. – Quase parece chinês. Penso que terei de te raptar, Sylvie, fazer com que abras um restaurante em Xangai.

Riram-se e, olhando de relance para Preshy que fitava Bennett com admiração, Sylvie ficou contente por a ver tão feliz. E, além disso, o homem não despegava os olhos dela. Sylvie estava surpreendida por terem tido sequer tempo para comer as ilhas flutuantes, estando tão absorvidos um pelo outro.

Mais tarde foi ter com eles enquanto se demoravam a beber o café, recordando com Preshy os Verões passados com Daria em Cape Cod.

– Tenho de te levar lá um dia – disse Preshy com entusiasmo para Bennett. Depois, compreendendo o que dissera, voltou com rapidez atrás. – Claro que estás demasiado ocupado para qualquer coisa do género.

– Posso arranjar tempo – replicou Bennett, lançando-lhe aquele olhar demorado que, notara Sylvie, reduzia a amiga a um silêncio fervilhante.

Bennett deu uma espreitadela pesarosa ao relógio – caro, observou Sylvie, agradecida por, pelo menos, Preshy não ter sido apanhada por um artista necessitado à procura de uma oportunidade, algo que já acontecera à amiga na sua busca do «amor». Não só Bennett James era atraente, como também parecia respeitável e rico.

Ele disse que tinham de partir e saíram numa agitação de beijos de boa-noite e promessas de regressar da parte de Bennett. Assim que se foram embora, Sylvie ligou para Daria.

– Então? – perguntou Daria.

– É demasiado tarde, ela já se atolou.

– É assim tão mau?

– Ele parece demasiado bom para ser verdade. O único defeito é a questão de Xangai. Dez mil quilómetros é uma grande distância.

– Pois, mas podiam sempre descobrir uma forma de contornar isso – disse Daria e depois riu-se. – Olha para nós, parecemos um par de velhas casamenteiras e Preshy só o conhece há vinte e quatro horas.

– Talvez seja o suficiente – retorquiu Sylvie, relembrando como haviam olhado um para o outro.

15

–GOSTASTE mesmo? – perguntou Preshy enquanto Bennett e ela passeavam de mãos dadas pelo labirinto de ruazinhas secundárias que conduziam à Rue Jacob.

– Achei maravilhoso. – Bennett estava a olhar para ela. Gotas de chuva pulverizavam-lhe o cabelo e os olhos dela tinham uma tonalidade verde-azulada subaquática. – Mas estava feliz só por estar contigo – acrescentou.

Preshy apertou-lhe a mão a sorrir.

– Eu também – disse com timidez.

Ignorando a chuva, detiveram-se para apreciar as montras iluminadas das lojas, criticando os quadros nas muitas galerias e admirando os antiquários e *boutiques* de roupa. Quando chegaram por fim ao pátio, desta vez Preshy perguntou se ele gostaria de subir. «Para uma última bebida», adicionou com um risinho, porque soava como um estratagema, que na realidade era. Não ia deixá-lo escapar-se esta noite.

Bennett seguiu-a, olhando em volta para o local agradável que ela transformara em lar. Ajudou-a a despir o casaco encharcado, retirou o seu e depois abraçou-a.

– Nada de bebidas – murmurou, empurrando-lhe os caracóis molhados para trás das orelhas. – Somos só nós, Preshy... tu e eu... – Ela entrelaçou os braços à volta do pescoço dele, à espera do beijo. – É isto que realmente queres, querida Preshy? – indagou ternamente. – Não quero apressar-te.

Preshy abanou a cabeça, e voaram gotinhas de chuva do cabelo ainda molhado.

– Não me estás a apressar. – Os seus lábios estavam muito próximos dos dele.

Fechou os olhos quando se beijaram. Os joelhos tinham-se transformado em gelatina e estava a fundir-se nele, no odor dele, na sensação da boca dele na sua, do corpo dele contra o seu. Nunca sentira esta emoção prodigiosa antes, nunca soubera que desejar alguém podia ser assim, em que tudo o que queria era entregar-se e dar e receber prazer do seu homem. O mundo real ficou lá fora quando Bennett pegou nela e a levou para o quarto para o que Preshy sabia ser o momento determinante da sua vida.

QUANDO A MADRUGADA ROMPEU, Preshy caiu num sono de exaustão. Não ouviu Bennett levantar-se, tomar um duche, vestir-se e passar à sala. Esteve alguns minutos à janela a olhar lá para fora, com o rosto franzido enquanto pensava na forma de prosseguir este jogo.

Virou-se e inspeccionou o conjunto de fotografias de família nas prateleiras junto à lareira. Pegou numa que calculou representar a tia rica que Lily dissera que deixaria a Preshy todo o seu dinheiro, resplandecente de *chiffon* escarlate na Gala da Cruz Vermelha, em Monte Carlo. Estudou-lhe o rosto durante alguns minutos e depois o seu olhar foi atraído pela fotografia de casamento do avô Hennessy e da sua noiva vestida com o traje tradicional austríaco. *E um colar de pedras preciosas com uma única pérola gigantesca.* Observou-a durante muito tempo. Afinal, Mary-Lou tinha razão em relação ao colar. E Lily era realmente dona dele. Uma ideia começou a tremeluzir-lhe na cabeça. Poderia haver uma forma de alcançar ambos os objectivos – a herdeira e o colar. Pôs a fotografia na algibeira e voltou ao quarto.

Preshy ouviu Bennett pronunciar-lhe o nome. Estava sentado na beira da cama, completamente vestido, a olhar para ela.

– Tenho de te deixar – declarou. – Não porque queira, acredita que não quero, mas tenho um avião para apanhar.

– Claro. – Sentou-se apressada, amarfanhando o lençol contra o peito, embora não entendesse porque se mostrava tão pudica depois do que se passara entre eles.

Ele pegou-lhe no queixo com a mão, puxando-lhe o rosto para cima, para o dele.

– Sabes que volto – disse com suavidade.

Ela assentiu, paralisada de súbito com medo de que ele pudesse não voltar.

– Preshy – continuou ele de forma tranquilizadora. – Estou a falar a sério. Volto para ti.

Inclinou-se e beijou-a ternamente na boca, depois ergueu-se e encaminhou-se para a porta. Voltou-se para olhar para ela uma última vez, sentada na cama com o lençol ainda apertado contra o peito, os olhos redondos e tristes.

– Em breve – afirmou. – Prometo.

E depois foi-se embora. Para Xangai, a milhares de quilómetros de distância.

16

CHINA

LILY conduzia lentamente o SUV preto pela estrada não alcatroada, no cimo de um estreito desfiladeiro do rio Yangtze. Passava da meia--noite, as trevas eram densas e quase tangíveis como acontece apenas em zonas rurais remotas, longe do brilho de halogéneo da cidade, e chovia bastante. Os faróis iluminaram a paisagem dura e árida, que parecia algo saído de uma pintura antiga chinesa, cinzento-enublado e branco-profundo com as silhuetas negras e hirtas das árvores despidas das suas folhas pelas rajadas perpétuas de vento.

Empurrou com impaciência o cabelo do rosto ossudo e delicado, perscrutando a noite chuvosa, à procura do seu destino.

A seu lado, Mary-Lou ajustou os óculos sem aros que reflectiam os faróis, procurando um ponto de referência, qualquer coisa que lhes dissesse que se aproximavam do local do encontro, mas a sua cabeça andava um pouco absorta. Estava preocupada. Ainda não tivera notícias de Bennett.

Ambas usavam gorros de malha, *jeans* e casacos pretos, bem almofadados para se protegerem do vento gelado. E no bolso de Mary-Lou escondia-se uma pistola preta de cano curto. Uma *Beretta*. Claro que Lily não sabia da *Beretta*, mas se houvesse alguma dificuldade Mary-Lou queria ter a certeza de que pelo menos *ela* saía dali viva.

A estrada afastava-se do rio, subindo um monte íngreme, serpenteando entre finos conjuntos de árvores que se dobravam ao sabor do vento predominante, passando por arrozais encharcados e pequenos campos. Na obscuridade, Lily apercebeu-se dos contornos dos casebres de madeira. Desligou rapidamente os faróis, apalpando o caminho por entre uma aldeia adormecida e desceu até ao cemitério. As indicações tinham sido boas e descobriu-o sem qualquer problema.

Um par de guardas armados ergueu as espingardas quando avistou o jipe e Lily deu três curtas e abafadas buzinadelas, o sinal combinado. Mais à frente, sob o muro, viu uma pequena carrinha de caixa aberta e uma camioneta maior.

Desligou o motor e as duas mulheres saíram e ficaram a tremer à espera do sinal para avançarem. Um homem apareceu por trás da carrinha, cuja parte traseira estava protegida da chuva por uma lona. Fez-lhes um gesto para se aproximarem, observando-as com atenção para ver se não vinha mais ninguém. O seu negócio era perigoso, envolvia muita concorrência e todo o cuidado era pouco.

Fez-lhes sinal para avançarem para a carrinha, erguendo o encerado para mostrar os tesouros enlameados escondidos por baixo. O túmulo que roubara era muito antigo e os artefactos – jarras e recipientes, estátuas e esculturas de jade – eram apreciados pela sua antiguidade. Conhecia o respectivo valor no mercado negro e sabia o que poderia receber de Lily Song, mas primeiro havia que regatear.

Os chineses eram mestres na arte de regatear e Lily não constituía excepção. Interessada em conseguir um bom preço, Mary-Lou e ela escolheram as peças que queriam e depois Lily e o homem sentaram-se na carrinha para discutir longamente o ajuste.

Mary-Lou deixou-se ficar para trás, vigiando atentamente os guardas. Quando estes por fim viraram costas e se abrigaram do vento atrás do muro para um cigarro rápido, encaminhou-se em silêncio para o cemitério. Escondida nas sombras, observou um grupo de homens a arrombar as portas de um segundo túmulo. Lançando um olhar célere em volta, avistou o que procurava: uma pequena pilha de artefactos à espera de serem recolhidos e levados para o camião. Agachando-se, aproximou-se meio a rastejar. Em segundos apanhou uma pequena taça. Estava ainda coberta de pó e sujidade, mas pelo aspecto sabia que era de jade imperial. Sabia também qual seria o seu potencial valor.

Com o coração a martelar de excitação, enfiou-a no bolso ao lado da arma e depois correu sem ruído pela vereda até à carrinha. Se fosse apanhada, estes homens não seriam misericordiosos. Lily e ela seriam ambas abatidas a tiro e atiradas para o rio, mas, de alguma maneira, sabia simplesmente que tudo daria certo.

Sentada na camioneta, Lily entregou um maço de notas ao «fornecedor». Este contou o dinheiro, abanando a cabeça de indignação por uma mulher ter levado a melhor, grunhindo a sua aprovação.

Mary-Lou estava à espera dela e as duas recuperaram o seu saque, carregaram-no no SUV e depois voltaram a entrar no carro.

Lily sentiu o olhar sinistro do fornecedor a fulminá-la quando ligou o motor; viu os guardas erguerem as espingardas, seguindo-as pela mira quando elas passaram. A suar, quase esperou sentir as balas a caírem com um baque sobre o veículo, mas nada aconteceu. Lily Song era uma boa cliente; pagava à vista e o fornecedor queria repetir o negócio. Talvez a matasse um dia, mas não esta noite.

Os artefactos roubados e os panos acolchoados que os envolviam balançavam nas traseiras do SUV enquanto as duas mulheres se dirigiam para o rio e para a sua longa viagem de regresso a Xangai, pela noite dentro.

– Conseguimos – exclamou Lily jubilante, puxando de um cigarro.

– Conseguimos – concordou Mary-Lou, reparando, com a faísca da chama do isqueiro, que as mãos de Lily tremiam ligeiramente.

As dela não. Fechou os dedos à volta da pequena taça de jade escondida no bolso e sorriu. Enriqueceria a qualquer custo. Lily não sabia que a amiga era também uma ladra.

17

PARIS

PASSADOS dez dias, fiel à sua promessa, Bennett entrou sem se fazer anunciar na loja de Preshy, rindo da sua expressão espantada quando ela se virou e o viu ali de pé. E, em segundos, foi como se ele nunca tivesse partido.

Deu-lhe o número do telemóvel e o endereço de *e-mail* e começou a voltar de dez em dez dias, mais ou menos. Em dois meses viram-se seis vezes. Sete, pensou Preshy, se contasse com o primeiro encontro, mas era como se se conhecessem desde sempre. Melhor, acreditava, do que muitos amantes que estivessem juntos há anos.

Conversavam continuamente, ou seja, quando não estavam a fazer amor, e não havia nada que Bennett não soubesse sobre ela e, tinha a certeza, nada que ela não soubesse sobre ele. Conhecia-lhe o corpo formoso intimamente e a maneira como fazia amor; sabia dos seus amores passados – não tantos como pensara. Sabia o que ele pensava sobre a natureza e a comida, sobre o desporto e as viagens, os acontecimentos mundiais, os filmes e os livros. Sabia também tudo sobre a infância dele.

Bennett contou-lhe que fora abandonado pela mãe solteira quando tinha cinco anos e que passara o resto da infância em New Hampshire num lar para rapazes.

– Era demasiado velho para ser um bom candidato para adopção – disse – por isso tive de continuar com a vida, viver numa instituição com outros miúdos como eu. Nunca conheci a minha mãe, ela largou-me simplesmente ali e nunca mais a vi. Quanto ao meu pai, nem sequer sei quem era. Talvez a minha mãe também não o soubesse e foi por isso que não quis saber de mim.

Abanou a cabeça como se para negar o facto, ou então para afastar as más recordações, e havia uma frieza no seu olhar que fez Preshy estremecer.

– Não se criam muitos amigos num ambiente daqueles – continuou com amargura. – Tudo o que queremos é sair dali. Ganhei uma bolsa para Dartmouth. Foi lá que aprendi tudo o que havia a saber sobre a «vida real» como lhe chamo. E é por isso – disse, sorrindo lugubremente para ela – que sou o que sou agora. E porque ando tão atarefado a fazer dinheiro, a tentar eliminar aqueles anos de pobreza e falta de prerrogativas. Estou constantemente em actividade, portanto não tenho tempo para formar verdadeiras amizades. Ou talvez esteja simplesmente tão preocupado em ter êxito que nunca tenha arranjado tempo para relações mais íntimas. Até agora – acrescentou, tomando-a nos braços. – Até te conhecer, Preshy.

Ela estava apaixonada pelo romantismo de tudo aquilo: apaixonada pelo seu primeiro encontro; apaixonada pelas suas separações, quando ele partia e lhe telefonava para desejar uma boa-noite de sono, independentemente da diferença horária. Estava apaixonada pelos seus reencontros quando ele regressava a Paris, de volta ao apartamento na Rue Jacob, de volta aos seus braços e à sua cama. Partilhava tudo com ele, as histórias da sua vida, da sua família; do avô Hennessy e da rica tia Grizelda; dos pais e do pouco que sabia sobre a outra neta do avô, Lily, que vivia em Xangai e que nunca conhecera.

Comprou-lhe presentes: uma edição rara dos poemas de John Donne que pareciam dizer tudo o que havia a dizer sobre a paixão e o amor; uma garrafa especial de vinho; um chaveiro meio cómico com a Torre Eiffel –

«para te recordares de Paris e de mim» declarou a rir-se. E ele chegou com champanhe e flores e levou-a numa viagem ao campo, tendo ficado hospedados num enorme castelo transformado em hotel e jantado como se pertencessem à realeza, rodeados por empregados.

Como é que o romantismo não haveria de florescer, perguntou-se Preshy, deitada em lençóis de seda numa cama do século XVII num vasto quarto dourado com a Lua lá fora a banhar os jardins e a tapada com a sua luz pálida? E, olhando para o homem atraente a dormir a seu lado, pensou que isto era certamente o Amor com A grande.

Como se sentindo o seu olhar, Bennett abriu os olhos.

— Preshy — disse, sonolento — creio que não consigo viver sem ti. Casas comigo por favor?

Apaixonada pelo momento, pelo romantismo, pelo lugar, Preshy não hesitou:

— Sim — respondeu e cobriu-lhe o rosto de beijos.

— Quando? — exigiu ele saber.

— Neste preciso momento — retorquiu ela, a rir-se. E depois — Oh, não posso. Primeiro tenho de contar à tia Grizelda.

— Não te preocupes com a tia Grizelda — disse Bennett. — Faço as coisas como deve ser. Vou a Monte Carlo e peço-lhe a tua mão em casamento.

NO DIA SEGUINTE, DE VOLTA a Paris, levou-a a jantar no restaurante Jules Verne, no alto da Torre Eiffel, onde a meio de champanhe e ostras lhe ofereceu solenemente um anel, um diamante antigo lapidado em rosa rodeado por diamantes mais pequenos. Colocou-o no dedo de Preshy enquanto os outros comensais aplaudiam com gritos encorajadores de «Bravo».

O que poderia ser mais romântico do que isto, perguntou-se Preshy, olhando para o seu anel de noivado de diamantes a cintilar como as luzes de Paris espraiadas à sua frente? Mas Bennett parecia fazer sempre tudo de forma perfeita.

— Viveremos aqui — decidiu ele. — Vou trabalhar a Xangai, mas tentarei vir a casa com mais frequência. Com tanta frequência quanto possível – acrescentou, os olhos a devorá-la e provocando palpitações em lugares que ela não sabia que podiam palpitar. – E amanhã pedirei à tua tia Grizelda a tua mão em casamento. Espero que ela aprove – concluíu, parecendo de súbito receoso e fazendo-a rir-se de novo.

– Claro que sim, não podes falhar – retorquiu ela.

18

CHINA

MARY-LOU aparecia todas as manhãs no trabalho taciturna e incapaz de se concentrar e Lily não demorara muito a perceber qual era o problema.

– Então, onde pára Bennett? – perguntou, enquanto conduziam as antiguidades roubadas ao armazém particular de um cliente.

– Porquê? O que queres dizer?

Mostrava-se tão na defensiva que Lily se riu.

– Suponho que não preciso de mais nenhuma resposta. Não durou muito, não foi?

– Não atende o telefone, não me liga... Calculo que tenha ido aos Estados Unidos a negócios. Ou a Paris – acrescentou, reflectindo e recordando a conversa ao jantar quando Lily mencionara a prima.

– Vai com frequência a Paris?

– É o que ele diz. Mas...

Lily afastou os olhos da estrada e lançou uma mirada rápida a Mary-Lou. Esta tinha a boca cerrada numa linha fina e as sobrancelhas franzidas.

– Mas... o quê?

– Ohh, não sei – continuou Mary-Lou com ar abatido. – Pensei que fosse a sério desta vez – disse sem mentir. – Pelo menos da minha parte era.

Lily deu-lhe umas palmadinhas compreensivas no braço.

– Lamento. Talvez esteja simplesmente muito ocupado. Os homens por vezes são assim. Falo por experiência própria, porque como mulher de negócios é assim que sou também – acrescentou. – Não há tempo para distracções.

– Nunca pensei que fosse meramente uma distracção – replicou Mary-Lou com amargura, fazendo com que Lily sorrisse.

Concluíram a entrega e afastaram-se depressa de carro, as responsabilidades terminadas. Lily não queria saber do avião particular à espera no aeroporto ou como os compradores iam carregar a mercadoria a bordo e levá-la para fora do país. Não tinha nada a ver com isso. Tinha o dinheiro na mala e era tudo o que lhe interessava.

Pagou a Mary-Lou um generoso bónus, como sempre fazia quando tomava parte numa operação arriscada, e disse-lhe que havia outra viagem planeada.

– Dentro de umas duas semanas. Está bem?

Mary-Lou assentiu, mas a sua cabeça estava bem longe do rio Yangtze. Tirou o resto do dia de folga e gastou o seu bónus nas *boutiques* da Nanking Road, mas nem sequer estava verdadeiramente concentrada nas compras. A venda do colar percorria-lhe a mente numa fiada interminável de rubis, diamantes e da pérola de valor incalculável... E magicava o que fazer para encontrar um comprador.

Tinha um único contacto no mundo da joalharia – o lapidador de diamantes, Voortmann, que usava para dar nova forma às jóias roubadas que recebia. Telefonou-lhe e para lá se dirigiu de imediato.

Voortmann era um holandês miserável, careca e de barriga mole, que aprendera o seu ofício nos mercados de diamantes de Amesterdão. Há muito tempo, fora condenado por roubo. Não fora um grande assalto, mas no negócio dos diamantes quando se era condenado passava-se a ser um proscrito. Seguira via Banguecoque para Xangai, onde agora não dava nas vistas, lapidando diamantes para o nível mais baixo da indústria e fazia bem o seu trabalho. Mas toda a gente em Xangai tinha um biscate e o dele era vender jóias roubadas, bem como lapidá-las de novo. O trabalho ocasional que Mary-Lou lhe trazia não era substancial, mas nunca recusava um negócio. Naquele momento ela dizia que tinha uma proposta a fazer-lhe.

Carregou no botão para lhe abrir os portões duplos de aço, ouvindo os saltos altos ressoar enquanto ela subia os degraus de madeira até ao seu gabinete no segundo piso. Mary-Lou parou em frente da porta fechada e Voortmann carregou de novo no botão para ela entrar.

– Senta-te – disse, desligando o candeeiro de lâmpada de alta intensidade por cima da sua bancada de trabalho e fazendo girar a cadeira para olhar para ela.

Pensou, surpreendido, que ela parecia assustada. Os cabelos ergueram-se em forma de aviso, não se podia dar ao luxo de arranjar problemas.

– O que se passa? – perguntou abruptamente.

– Não se passa nada. Só que tenho uma proposta a fazer-te. É muito especial. Única, de facto.

Mary-Lou fizera uma cópia da fotografia do colar na sua impressora em casa. Abriu a carteira e tirou-a, mas não lha entregou de imediato.

– O que te vou mostrar é confidencial. Não deve passar daqui, da nossa conversa. Isto é um assunto sério, Voortmann. Compreendes?

Voortmann ergueu uma sobrancelha céptica.

– Alguma mulher da sociedade em Hong Kong perdeu um diamante de dez quilates?

Mary-Lou abanou a cabeça impaciente.

– Mais, *muito* mais do que isso. Escuta primeiro o que tenho para te dizer.

Contou-lhe a história das jóias roubadas da imperatriz viúva e da pérola do túmulo e depois recostou-se para trás à espera da reacção dele.

Voortmann encolheu os ombros, aborrecido, lançando uma olhadela ao relógio. Estava na altura de fechar a loja e ir para os bares. Conseguia manter-se sóbrio o dia todo para que a mão não lhe tremesse – ainda. Não se podia dar ao luxo de isso suceder na sua área de negócio. Mas às sete da tarde, transformava-se num homem diferente.

– E então? – disse.

Ela entregou-lhe por fim a fotografia.

– Isto foi o que aconteceu a essas jóias. E essa é pérola de má fama.

Voortmann estudou-a em silêncio. Era uma foto desfocada, tirada obviamente em segredo e com uma luz deficiente, mas se a história fosse verdadeira estava a contemplar uma coisa notável.

– Como é que sei que não é falso?

– Confias em mim – respondeu ela com simplicidade.

Voortmann olhou para Mary-Lou. Não estava a dar-lhe música ou a inventar justificações e desta vez acreditou que podia confiar nela. Recostou-se no cadeirão, os braços cruzados no peito, fitando-a com intensidade. A beleza dela não exercia nele qualquer efeito. O álcool e o ópio eram os seus amantes e todos os cêntimos que fazia serviam para alimentar esses vícios.

– Então? O que pretendes de mim?

– Quero que me descubras um comprador.

– Hum. Presumo que tenhas o colar na tua posse?

– Posso deitar-lhe a mão... imediatamente se necessário.

– É óbvio que é roubado. Uma peça destas, a polícia deve andar em cima dela. É um jogo perigoso.

– Ninguém sabe do assunto, está escondido há muitos anos.

– Quem o tem? – Não podia deixar nada ao acaso.

– Pertencia a uma família. E quando eu o levar, a usurpação nunca poderá ser denunciada à polícia. Esta peça seria confiscada, Voortmann. E o seu proprietário iria para a prisão. Claro que isso não nos interessa, nem a ti nem a mim. Só quero que descubras o comprador certo. E depressa.

Voortmann pensou naquilo. Tal como Mary-Lou, viu a riqueza a dançar-lhe diante dos olhos. Isto poderia ser o negócio do século. Mas como concretizá-lo? Implicaria usar os seus antigos contactos em Amesterdão... Poderia dar certo...

– Verei o que consigo fazer – respondeu por fim. – Mas primeiro preciso de ver o colar.

Mary-Lou fechou a mala com um estalido.

– Nem pensar – declarou, agora com confiança.

Voortmann suspirou.

– Com boatos só chegamos a um determinado limite – disse com frieza. – Uma peça importante como esta, o comprador vai precisar de a ver.

Mary-Lou atirou a mala por cima do ombro e levantou-se. Pela primeira vez sorriu-lhe.

– Enfrentaremos esse problema quando lá chegarmos. E recorda--te, tens de trabalhar depressa.

Voortmann carregou no botão para a deixar sair do gabinete emporcalhado. Ouviu-lhe os passos rápidos a correr pelas escadas abaixo e depois a campainha a indicar que queria sair para a rua. Abriu-lhe os portões e ouviu-os bater de novo quando se fecharam. Recostou-se na sua velha cadeira de pele, balançando suavemente de um lado para o outro, as mãos juntas e erguidas à sua frente, os olhos fechados, a pensar no que poderia ser, se ela estivesse a contar a verdade, o negócio da sua vida.

Passado algum tempo ergueu-se e colocou a fotografia do colar no bolso. Depois fechou o escritório, saiu pelos portões de aço que o tinham aprisionado desde Amesterdão e dirigiu-se para o seu bar favorito. Amanhã faria alguns telefonemas.

19

MONTE CARLO

O APARTAMENTO em Monte Carlo a que as duas viúvas e velhas amigas, Grizelda von Hoffenberg, a aristocrata, e Mimi Moskowitz, a ex-corista, chamavam lar era como um cenário de filmagens dos anos trinta, branco sobre branco com apontamentos cromados ou prateados. Uma parede de janelas com vista sobre a baía estava revestida com frágeis cortinados de *voile* que ondeavam com a brisa marítima. Tapetes brancos felpudos estendiam-se por cima de soalhos de pedra calcária pálida e os sofás de tamanho desproporcionado estavam cobertos de brocado branco. Havia consolas e mesas de café de vidro com pés cromados; mesas e armários espelhados. As paredes e tecto estavam pintados de uma tonalidade conhecida como rosa-nupcial que, embora não exactamente cor-de-rosa e não exactamente branco, contribuía para dar um brilho suave à sala.

Claro que havia flores por todo o lado porque Grizelda dizia não conseguir viver sem elas e, além disso, Nice era a capital mundial das flores. Assim, havia sempre rosas – brancas ou de um rosa pálido, claro – e molhos de flores de cerejeira ou mimosas e lírios, bem como uma planta favorita aveludada a que Grizelda chamava «cicuta dos prados» e Mimi «renda da rainha Ana» («porque sou mais requintada do que Grizelda», dizia Mimi). E claro que havia a *yorkie* de Mimi, do tamanho de uma chávena de chá, que se chamava *Lalah*, e a *poodle* miniatura de Grizelda,

Schnuppi, que nos meses mais frios de Inverno vestia um macacão de pele de marta completo com um pequeno capuz de onde a sua poupa assomava muito atraente.

Hoje, devido ao facto de Preshy trazer o novo namorado para as conhecer, Grizelda e Mimi tinham-se esforçado ao máximo e o apartamento do último andar estava recheado de flores suficientes, disse Mimi, para abastecer uma florista. Jeanne e Maurice, o casal que trabalhava para elas há mais de vinte e cinco anos como empregado e cozinheira-governanta e que Grizelda e Mimi consideravam como «família», tinham preparado um jantar especial, dispondo a mesa redonda mais pequena para quatro pessoas com uma toalha de organdi branca bordada, a loiça de *Vietri* e as pratas *Christofle*.

O telefonema de Preshy chegara apenas a noite passada.

– Vou levar uma pessoa para vos conhecer – dissera numa voz excitada e ofegante que elas nunca tinham ouvido antes. – Chama-se Bennett James, vive em Xangai e conheço-o há dois meses.

– Xangai! – exclamara Grizelda, imaginando perder a «filha» para uma cidade no outro lado do mundo.

– Dois meses! – bramira Mimi. – E é a primeira vez que nos falas dele?

– Perdão, andei demasiado ocupada.

Preshy dera uma risadinha e depois acrescentara:

– De qualquer modo vão conhecê-lo agora. E espero que gostem dele, porque eu gosto muito.

E neste momento estavam a caminho.

– Temos de criar boa impressão – disse Grizelda para Mimi, ajeitando o centro de mesa de gardénias brancas boiando numa taça de cristal.

– Estava muito bem antes de pores as mãos nele – retorquiu Mimi zangada.

A tarefa dela fora arranjar as flores e considerava o seu trabalho perfeito. Grizelda lançou-lhe um olhar fulminante.

– Mimi, eu arranjo bem as flores. Tu fazes boa música. Cada uma tem o seu forte.

– Então para a próxima arranjas *tu* – retrucou Mimi, alisando o cabelo platinado bem-penteado.

– Hoje não tive tempo.

– Demasiado excitada, suponho.

Grizelda suspirou.

– Bem, não é a primeira vez que Preshy traz um namorado para casa, mas é a primeira vez que a ouço falar desta maneira.

– Intoxicada com o amor – comentou Mimi com um sorriso rasgado.

– E sem dúvida com o sexo – acrescentou Grizelda.

– Desde que seja *bom* sexo – replicou Mimi e ambas se riram.

– Que dizes? Temos um aspecto suficientemente intimidador?

Grizelda rodopiou virando-se para Mimi, enquanto as duas cadelas, sentadas no sofá, observavam, vigilantes de excitação. Grizelda vestia calças e casaco brancos *Saint-Laurent* com um colar de ouro e o braço carregado de pulseiras de ouro a tilintar. O cabelo ruivo ondulava sensualmente sobre um dos olhos e girava-lhe em volta dos ombros, exactamente como a actriz de cinema dos anos cinquenta Rita Hayworth, com quem, mesmo numa idade que se recusava a admitir que tinha, Grizelda ainda gostava de pensar que se parecia. Os olhos verdes – mais verdes graças às lentes de contacto – cintilavam de gozo com a sua própria vaidade.

– Temos um aspecto tão bom quanto o Senhor e cirurgiões plásticos caros e treinadores pessoais simpáticos nos conseguiram dar – disse Mimi com frontalidade. – Que é melhor do que a maioria.

Usava um vestido simples de um cinzento prateado que lhe roçava pelos joelhos ainda bonitos e se agitava por cima do peito amplo que deliciara o público nas Follies há tantos anos atrás. Das orelhas balançavam-lhe diamantes que também fechavam o V baixo do decote.

– Fiquei realmente com a sensação, no entanto, que para Preshy isto era importante – afirmou Grizelda. – E se este homem for o tal?

– Então temos simplesmente de ter esperança que passe no teste von Hoffenberg-Moskowitz.

– E se não passar?

– De qualquer maneira, ela acaba provavelmente por ficar com ele. E tu corta-la do teu testamento.

– Sabes que não está no meu testamento. E Preshy também. Claro que lhe deixo as minhas jóias, mas para além disso ela consegue fazer o seu próprio caminho no mundo.

– Hum – disse Mimi.

Não tinha muita certeza se não lhe devia deixar o dinheiro de Oscar von Hoffenberg, no final de contas não havia mais descendentes, mas era assim que Grizelda queria.

Jeanne entrou para acender as dúzias de velas votivas com aroma de gardénia nos seus suportes de cristal alinhados em praticamente todas as superfícies.

– Está tudo pronto, *madame* – disse, em francês, claro. Falavam sempre em francês naquela casa.

– *Bien, merci, Jeanne.* – Grizelda sorriu para a sua velha amiga. – Diz-me, Jeanne, o que achas? Será este o homem especial que Preshy vai trazer para que o conheçamos?

Jeanne conhecera uma dúzia de jovens que Preshy trouxera para casa ao longo dos anos.

– Preshy sente-se bem como está, *madame* – respondeu. – Não creio que esteja a pensar desistir já da sua independência.

– Hum, veremos – retorquiu Mimi.

Deviam chegar a qualquer minuto e, com efeito, naquele preciso momento a porteira ligou a dizer que vinham a subir.

Seguidas pelas cadelas aos saltos, as mulheres correram para o átrio de entrada, fitando expectantes as portas do elevador a abrirem-se. E lá estavam eles. Preshy, à vontade como sempre, de *jeans*, uma camisa de linho branca e uma mala de mão excessivamente grande, os olhos grandes a sorrirem, o cabelo dourado despenteado por causa do vento. E Bennett James, espantosamente atraente com uma camisa azul aberta no pescoço, um *blazer* azul-escuro, calças imaculadamente engomadas e mocassins de camurça macios.

Grizelda pensou que se as primeiras impressões contavam, isto era um êxito. E Mimi pensou que ele era bom de mais para ser verdade.

Bennett sorriu calorosamente quando Preshy o apresentou. Disse que era um prazer conhecê-las, Preshy falara tanto delas. Fez uma festa na excitada *Lalah*, que saltava para ele e comentou que *Schnuppi* era muito bonita, mas obviamente muito mais tímida porque mantinha uma distância prudente.

Levaram-no para a sala de estar branco-prateada, onde rescendia o perfume das flores e das velas com aroma de gardénia e ele teceu exclamações sobre a sua beleza, sobre a forma como os cortinados de *voile* suavizavam a luz e como pareciam encantadores a esvoaçar na brisa.

– Como um quadro de Matisse – disse Bennett, aceitando um copo de champanhe (o *Jacquart* menor, não o dispendioso *Cristal*: Grizelda estava a guardá-lo para mais tarde, *se* ele fosse considerado à altura).

Maurice servira o champanhe e depois entrou Jeanne com uma bandeja de *hors d'oeuvres*. Preshy deu-lhes um abraço; apresentou-os a Bennett, que disse que ficava muito feliz por conhecer qualquer pessoa que conhecesse Preshy há vinte anos e que talvez tivessem algumas histórias interessantes para lhe contar. Todos riram e Grizelda sentou-se no sofá de brocado branco. *Schnuppi* saltou para o seu lado e *Lalah* aninhou-se no joelho de Mimi no sofá em frente, com a mesinha cromada e de vidro entre elas.

Grizelda deu uma palmadinha no sofá e disse:

– Venha sentar-se aqui, Bennett, e conte-nos tudo sobre si.

– Não há assim muito que contar. – Lançou uma olhadela a Preshy na otomana branca com borlas a observá-los. – Não muito mais do que sem dúvida Preshy já vos contou.

– De facto não sabemos nada, apenas que vive em Xangai.

– É verdade. E infelizmente fica muito longe de Paris.

O olhar de Preshy encontrou o seu. Bennett sabia que ela estava a gostar de ver a tia a pô-lo à prova e, além disso, ela sabia o que estava para vir.

– E que faz exactamente em Xangai, Bennett?

Jeanne ofereceu-lhe a bandeja dos *hors d'oeuvres* e ele tirou um pequeno quadrado de *socca*, a panqueca de grão-de-bico que era uma especialidade da zona de Nice, com um pedacinho de queijo de cabra, coroado por uma minúscula azeitona preta.

– Sou dono da empresa James Exports. Na verdade, fabrico peças para a indústria do mobiliário nos Estados Unidos. Fazemos os componentes de madeira que são depois montados na Carolina do Norte pelas grandes empresas de mobiliário.

– E isso é rentável? – perguntou Mimi, com o ar mais inocente possível, ao mesmo tempo que, obviamente, tentava averiguar o seu valor.

– Suficientemente rentável – replicou Bennett, a sorrir.

– Não precisam de se preocupar, creio que sei tudo o que há a saber sobre ele – disse Preshy, beberricando o seu champanhe.

– Bem, nós certamente não sabemos – respondeu Mimi na sua voz tonitruante que Preshy acreditava poder estilhaçar vidro a vinte passos se realmente puxasse por ela. – Gostaria de saber o que pensa da nossa menina, Bennett.

Ele respondeu com um sorriso e aquele olhar longo e íntimo que cativava as mulheres.

– Penso que a vossa menina é maravilhosa, Mimi. Com efeito, o motivo da minha vinda aqui prende-se com o facto de eu querer muito torná-la a *minha* menina. Vim pedir-lhes permissão, tia Grizelda, Mimi, para casar com Precious.

– Oh, meu Deus. – Grizelda levou uma mão ao coração. Não contara que as coisas avançassem tão depressa. Lançou uma olhadela à sobrinha. – E o que diz Preshy?

– Eu disse que sim, claro. – Preshy já não se conseguia conter. Estendeu a mão esquerda com o diamante a brilhar no terceiro dedo. – Mas Bennett insistiu em vir pedir a sua permissão.

Grizelda e Mimi saltaram para examinar o anel, afastando as cadelas a ganir do seu caminho. Grizelda olhou para Mimi: o anel era suficientemente pequeno para revelar bom gosto e suficientemente grande para ser caro. Pensaram o mesmo: que apreciavam este toque antiquado de um homem pedir permissão para casar com a sua adorada menina; que ele tinha a idade certa, era bem-parecido, encantador, culto e parecia estar em boa situação financeira.

– Desde que os dois se amem, não podia desejar um homem melhor para levar Preshy – disse a tia Grizelda.

Bennett levantou-se e beijou-a nas duas faces. Depois beijou Mimi. E finalmente beijou Preshy. Grizelda chamou Maurice e Jeanne para abrirem o bom champanhe *Cristal* e erguerem os copos para brindar à felicidade futura de Preshy e Bennett.

– Será que preferem – perguntou Grizelda pensativamente durante o jantar, mais tarde – fazer o casamento aqui ou em Paris?

– Em nenhum dos dois sítios. – Preshy afagou *Lalah*, sentada ao seu colo, escondida na dobra da toalha, na esperança de receber alguma sobra. – Quero casar em Veneza, em Santa Maria della Salute. Sabem que encerra recordações especiais para mim. – Interceptou o olhar de Bennett e acrescentou: – E queremos casar o mais depressa possível.

Grizelda mostrou-se duvidosa.

– Claro que vou precisar de tempo para os preparativos. Há coisas a tratar; o vestido; as flores; os convites...

– No próximo mês – retorquiu Preshy com firmeza. – E vamos deixar tudo consigo, querida tia G. Diga-nos apenas a data e a hora e nós aparecemos.

– Mas onde vão viver? Não em Xangai, espero? – disse Mimi.

– Vou manter o meu negócio em Paris. Viveremos lá e Bennett irá trabalhar para Xangai.

– É um longo percurso para ir trabalhar – comentou Grizelda, mas Bennett contou-lhes que planeava passar menos tempo em Xangai, embora continuasse a ter de viajar com frequência.

– Mas não se preocupem – declarou. – Não vou deixar Preshy sozinha tempo suficiente para se sentir abandonada.

– Não podia ser mais perfeito, não é verdade? – disse Preshy satisfeita, erguendo *Lalah* e beijando-a no narizinho preto.

20

NÃO havia tempo a perder e Grizelda mergulhou de cabeça nos preparativos do casamento. Em primeiro lugar teve de usar toda a sua influência, contactando pessoas que conhecia em Veneza, para obter licença para que o casamento se realizasse na basílica. Depois teve de telefonar aos seus amigos do Hotel Cipriani, onde se hospedara muitas vezes ao longo dos anos e onde a conheciam bem, para tratarem do jantar comemorativo e do bolo de noiva.

Exigiu também o pagamento de alguns favores e conseguiu alugar o Palazzo Rendino do século XIV, no Grand Canal, propriedade de velhos amigos (havia vantagens em envelhecer no final de contas, pensou: pelo menos podia aproveitar-se de anos de favores prestados), e agora os participantes no casamento podiam ficar no Palazzo. Encomendara de imediato o seu traje para o casamento – um fato branco *Dior* e um enorme chapéu *Philip Treacy* para a cerimónia, mais um vestido comprido *Valentino* de renda vermelha para o jantar na noite anterior.

Tivera também uma discussão com Preshy ao telefone por causa do vestido de noiva, dado que Preshy se recusava a usar branco.

– Hoje em dia não é preciso ser virgem – disse Grizelda exasperada, mas Preshy só se riu.

– Não é isso, tia G, graças a Deus – replicou, parecendo meia estonteada como uma rapariga do liceu apaixonada que vai ao seu primeiro baile de estudantes. – É só que não quero ter o aspecto da noiva típica num vestido sem alças com uma nuvem em forma de cogumelo de tule branco. Quero ser diferente.

– Diferente como? – inquiriu Grizelda. – Por amor de Deus, Preshy, já só tens três semanas. É melhor decidir depressa. Vou apanhar o avião para Paris amanhã e resolvemos as coisas.

Entretanto, era preciso tratar da questão das flores e naquele preciso momento Grizelda ia a conduzir o seu carro pela estrada escarpada Grande Corniche, em direcção ao mercado das flores de Nice. Há anos que comprava no mesmo homem e confiava plenamente nele. Uma vez que era um casamento em Novembro e não era época de rosas, dir-lhe-ia para encomendar aquelas maravilhosas e enormes rosas importadas da Colômbia e pedir-lhe-ia para ir pessoalmente a Veneza decorar a igreja e o salão da boda, bem como fazer os ramos.

Tinha de estar tudo perfeito e só com um mês – agora reduzido a três semanas – estava tão nervosa como se fosse ela que se fosse casar.

Não que o seu casamento com Oscar von Hoffenberg tivesse tido alguma semelhança com o de Preshy. Em primeiro lugar, conheciam-se há mais de um ano e o noivado fora adequadamente anunciado nos jornais europeus e americanos. Depois os pais dele tinham orquestrado todo o acontecimento, até ao pormenor dos marcadores dos lugares à mesa e de quem se sentava ao lado de quem – o que, com vários membros da realeza internacional e embaixadores, clérigos e cardeais, lordes e *ladies*, os amigos dela e membros da sua família, bem como da dele, mais os rendeiros e trabalhadores do *Schloss*, tinha sido uma proeza em termos de organização. Grizelda tinha simplesmente deixado que eles tratassem de tudo.

No entanto, o vestido fora ela que escolhera. Ainda o tinha, embrulhado em papel de seda numa arca de cedro ao fundo do seu vasto quarto de vestir. Era simples, de cetim branco, cortado em viés por um mestre dessa arte, e deslizara à volta do seu corpo jovem de forma tão sensual que os convidados se tinham sobressaltado e os olhos de Oscar se tinham esbugalhado. Tinha certamente ajudado a transformar a sua noite de núpcias num acontecimento para recordar, embora tivesse alienado para sempre a família afectada de Oscar.

Depois da morte de Oscar, claro que todo o dinheiro e o castelo tinham revertido para ela. No entanto, no dia a seguir à leitura do testamento, Grizelda fizera as malas, incluindo o vestido de noiva e o cão – um *pug* pálido chamado *Jolly* – e partira para regiões mais quentes e excitantes. Com a recordação esbatida daqueles longos anos monótonos com o irascível Oscar, nunca regressara ao *Schloss*.

Hoje a manhã estava azul e límpida, como acontecia tantas vezes no Sul de França no final de Outubro e, sem o pesado trânsito do Verão, era um prazer conduzir naquela estrada, acima da costa, com o mar estendendo-se até ao infinito ao encontro do céu. Grizelda conhecia aquela estrada como a palma da sua mão. Era talhada na encosta da montanha e conduzia nela há anos. Não representava qualquer perigo para ela, embora soubesse que os turistas a temiam. Apesar de a princesa Grace não ter morrido nesta extensão de estrada em particular, muitas pessoas se preocupavam em poder sofrer o mesmo destino; não seria preciso mais do que um segundo de falta de atenção, uma ligeira perda de controlo, para acabar na garganta rochosa à sua esquerda.

Seguia preguiçosa pela estrada no grande *Bentley* prateado, sem pressas, a pensar nos preparativos. Mimi estava encarregue da música e, até ao momento, organizara um quarteto de cordas para tocar na festa antes do casamento no Palazzo e um organista para a igreja. Agora estava em casa, ao telefone, a meio de negociações com um conjunto de baile para tocar durante a boda. Entretanto, Sylvie Verlaine estava encarregue do menu. Grizelda tinha a certeza de que tudo correria satisfatoriamente, mas gostava que Preshy lhe tivesse dado mais um mês ou dois de aviso. Com um pouco mais de tempo poderia ter feito tudo muito melhor.

A estrada começou a descer, serpenteando, às curvas. Tudo estava calmo. Não havia ninguém à sua frente e apenas um par de carros havia passado na faixa contrária. Ligando o rádio, procurou uma estação que passasse músicas antigas mas boas quando, relanceando o olhar pelo espelho retrovisor, reparou num camião branco atrás dela. Pensou que se aproximava com demasiada velocidade e, franzindo o sobrolho, tocou a buzina. O condutor não ligou. Piscou as luzes para o avisar e carregou com o pé no acelerador, fazendo as curvas mais depressa do que gostaria numa tentativa de se afastar do caminho do outro veículo. Mas, mesmo assim, ele não abrandou. Estava agora mesmo atrás dela.

Espalmou a mão sobre a buzina e deixou-a lá. Estava quase em cima dela, suficientemente perto para, se as janelas do camião não fossem tão escuras, ter conseguido ver o rosto do condutor. O suor cobriu-lhe a parte de trás do pescoço quando o medo a assaltou. *Ele estava a tentar fazê-la sair da estrada...*

Sentiu o baque quando o camião lhe raspou no pára-choques... *ele era louco... oh, meu Deus, o que estava a acontecer... não conseguia guiar a esta velocidade... ia morrer... mas não podia morrer ainda... não podia perder o casamento de Preshy... Tinha de usar a cabeça...* Pensa, *disse para si,* pensa! *Conhecia bem a estrada... havia um desvio para estacionamento de emergência talhado na rocha do outro lado da estrada mesmo a seguir à curva...*

Rezando para que não viesse ninguém na outra faixa, virou o *Bentley* de través na estrada, carregando simultaneamente nos travões. O carro deslizou para o lado, rodou uma, duas, três vezes, antes de bater na face da rocha, com força. Os *airbags* explodiram e foi arremessada de volta ao seu lugar, a tremer e a gritar como uma desalmada. Mas estava viva. E o louco no camião branco passara por ela e desaparecera.

Ainda a tremer, ficou sentada com o *airbag* na cara, a tentar não entrar em pânico. O carro rangeu e chiou; apareceu vapor debaixo do capô e um fino rasto de fumo escapou-se da parte de trás. Sabia que tinha de sair; poderia irromper em chamas a qualquer minuto.

Para sua surpresa, a porta abriu-se com facilidade e logo depois encontrou-se na berma da estrada a amaldiçoar o sacana louco que lhe fizera aquilo – e ao seu lindo *Bentley* cinzento-prateado.

Fitando desolada os destroços do carro, perguntou-se, desorientada, o que diabo teria sido aquilo tudo.

Mais tarde, quando recebeu alta do hospital e Mimi chegou em lágrimas para a vir buscar, conversaram sobre o assunto.

– *Chérie*, alguém quis matar-te. Queriam que tu morresses – disse Mimi.

Grizelda fulminou-a com o olhar.

– Não sejas ridícula, Mimi. Porque quereria alguém que eu morresse? Excepto talvez o meu marido e esse há muito tempo que se foi e os fantasmas não voltam para se vingarem. Pelo menos não o creio – acrescentou duvidosa. – Não, foi só coisa de um louco e não quero que aborreças Preshy com isto. Vai só preocupar-se para nada. – Depois, recordando-se – E raios, não falei com o homem das flores. Agora tenho de lá ir amanhã.

– Bem, desta vez vou contigo – retorquiu Mimi sombriamente.

Não acreditava que o incidente não fosse «nada» e estava preocupada com homens loucos a tentarem empurrar mulheres para fora da estrada. De facto, tudo aquilo deixara Mimi muito apreensiva.

21

XANGAI

Bennett apanhou o avião de Paris para Singapura e depois um voo de ligação para Xangai. Chegou ao aeroporto de Pudong vinte minutos atrasado. Apressou-se a passar pelo controlo de fronteiras e alfândega e chegou à zona das chegadas onde um motorista de limusina o aguardava. Enquanto o homem ia buscar o carro, Bennett telefonou a Mary-Lou.

– Voltei – disse, quando ela atendeu.

Houve um longo silêncio e depois:

– Nem sequer sabia que tinhas partido – retorquiu ela, fazendo-o sorrir.

– Queres dizer que não sentiste a minha falta?

– Nem um bocadinho.

– Então não me queres ver hoje à noite?

– Só se me implorares.

Bennett riu-se.

– Estou a implorar – disse.

– Muito bem. Onde?

– Na tua casa, às oito.

Tinha muito que falar com ela e precisava de o fazer em privado.

* * *

MARY-LOU ESTAVA À PORTA para o cumprimentar quando ele tocou à campainha às oito em ponto. Não trocaram palavra. Ela abraçou-o, beijando--o. Ele segurava uma garrafa de champanhe numa das mãos e beijava-a como se tencionasse comê-la. Arqueou o pé atrás e bateu com a porta, fechando-a. Ela atirou a cabeça para trás, fitando-o.

– Grande recepção – comentou Bennett, sorrindo-lhe. – Já te disse como estás linda esta noite?

– Não disseste, mas podes dizer-mo agora – respondeu ela.

Pegou na garrafa de champanhe e conduziu-o ao pequeno bar onde havia um balde de gelo à espera. Introduziu a garrafa no gelo rodando-a e retirou dois copos altos da prateleira, esperando que Bennett a abrisse. Ele encheu os copos, pegou neles e estendeu-lhe um.

– À nossa – exclamou, sorrindo a direito para os olhos dela, como habitualmente, e fazendo com que pequenos estremecimentos nervosos lhe percorressem a espinha.

Mesmo assim, Mary-Lou teve o cuidado de não mencionar aquilo que lhe ocupava prioritariamente a mente e, em vez disso, beberricou o champanhe e perguntou-lhe como correra a viagem.

– Paris estava bem – retorquiu ele, acercando-se da janela e fitando o rio cor de lama e o tráfego ondulante lá em baixo.

Mary-Lou andava nervosa de um lado para o outro, atrás dele. Porque se preocupava com um bom *feng shui*, pendurara um grande cristal em frente da janela, para repelir o mau *chi* dos deuses malévolos do rio do Dragão. Nunca se questionara se realmente acreditava naquilo ou não, fazia-o pensando que mal não faria e, quem sabe, até poderia ser verdade. Os seus antepassados haviam acreditado durante séculos, não haviam? Não trouxera nada de bom para os pais, no entanto; tiveram mau *chi* suficiente para os enviar cedo para o túmulo, com cristais ou sem eles.

Mas, observando Bennett à janela a olhar lá para fora, esperava que agora funcionasse. Voortmann ainda não lhe dissera nada e precisava de toda a sorte que pudesse arranjar. Perguntou, por trás dele:

– Vamos comer já? Ou vamos para a cama?

Bennett virou-se para a fitar.

– Adivinha – disse.

* * *

MUITO MAIS TARDE, ENQUANTO BENNETT TOMAVA UM DUCHE, Mary-Lou abriu as caixas de comida que tivera a prudência de comprar no restaurante local. Colocou a comida na mesinha da sala com uma garrafa de cerveja *Tsingtao* e um copo gelado tirado do congelador, quase como se fosse um pingente de gelo. Bennett gostava da sua cerveja bem fresca.

As roupas dele estavam espalhadas pelo sofá e ela juntou-as, inclinando-se para apanhar a carteira que lhe caíra do bolso das calças. Havia algo volumoso enfiado lá dentro. Era um lenço de papel. Alisando-o, leu o número de telefone escrito a batom. E o nome. Preshy Rafferty.

– *Oh, meu Deus* – sussurrou, apertando a carteira contra o peito. – *Oh, meu Deus, seu sacana...*

Quando Bennett saiu da casa de banho não disse nada sobre o lenço de papel, agora guardado com cuidado na sua própria mala. Serviu-lhe a cerveja e a comida e ajoelharam-se em almofadas na mesa baixa para comerem.

Bennett queria falar de negócios, mas apercebeu-se do silêncio de Mary-Lou. Claro que ela estava zangada, porque a abandonara simplesmente sem dizer nada e a verdade é que não *tivera* intenção de a voltar a ver. Mas agora, como dizia o velho ditado, queria ter tudo. E precisava dela.

– Amas-me, Bennett? – perguntou passado um tempo.

Os olhos dele viraram-se friamente para ela. O amor não era uma questão entre eles. Pegou numa haste de espargo com os pauzinhos.

– Tu e eu somos iguais, Mary-Lou – disse. – Temos ambos corações de aço. – Fitou-a, capaz ainda de admirar a beleza dela. – Duvido que tenhas alguma vez amado alguém em toda a tua vida.

– E tu amaste a Ana?

O olhar dele tornou-se ainda mais frio. Ignorou o que ela dissera.

– Tu e eu temos um acordo de negócio – ripostou. – Vim dizer-te que encontrei um comprador em Paris que está interessado. Está disposto a pagar uma entrada até à entrega da mercadoria, mas quer naturalmente uma garantia de que vai receber aquilo que lhe prometemos. Preciso de ver esse colar.

– Não posso fazer isso.

– Então não há negócio.

Mary-Lou fitou-o zangada, vendo-o jantar com tanta calma, enquanto ela se sentia tão agitada.

– Quem é Preshy Rafferty?

Bennett pousou os pauzinhos.

– Porque perguntas?

– O telefone dela estava na tua carteira. Escrito a batom.

Ele levantou-se e encolheu os ombros para vestir o casaco.

– Obrigado pelo jantar, Mary-Lou – disse, encaminhando-se para a porta.

– Espera – chamou-o ela.

Mas Bennett não esperou. Não precisava. Sabia que obteria o colar. Ela voltaria para ele e muito em breve.

22

VOORTMANN estava a ter dificuldades com o seu contacto em Amesterdão.

– Qual é o tamanho das pedras? – perguntara o homem que conhecia. – Como foram avaliadas? Se os diamantes são antigos, terão um corte já desactualizado...

Por mais que Voortmann tentasse, não conseguia que o homem – um especialista em pedras preciosas que conhecia o seu ofício mas pouco mais – entendesse as circunstâncias especiais das jóias da imperatriz e em especial da pérola gigante. Precisaria de procurar um comprador noutro sítio e onde melhor do que aqui mesmo em Xangai?

Às sete daquela noite estava, como de costume, no bar Surging Hot Waters, um antro bastante barato frequentado por três níveis de clientes: homens numa farra nocturna para beberem e se divertirem com as sensuais «meninas do bar»; homens a fugir das famílias e a afogar as suas mágoas conjugais; e os alcoólicos como ele. Os primeiros dois grupos representavam uma população variável, diferente todas as noites, mas conhecia toda a gente do terceiro grupo. Tal como ele, estavam lá sempre. E, pelo menos dois deles, provinham de famílias ricas de Xangai.

Voortmann ia ao bar todas as noites há mais de uma semana, na esperança de que aparecessem. O último sucesso de música *pop* troava em enormes altifalantes a um nível de rebentar com os ouvidos, mas estava tão habituado que mal reparava. Bebia o *scotch* puro, não o engolindo de um trago, beberricando apenas; nunca fazendo espalhafato; nunca caindo. Era, pensou orgulhoso, um bêbado distinto. E exactamente o tipo de homem com quem os dois homens ricos de Xangai falariam. Já fizera negócios com eles anteriormente, coisa pouca, comprando jóias roubadas às mulheres, quando as famílias lhes cortavam o dinheiro até que eles se corrigissem e parassem de beber e dormir com prostitutas.

Um par de horas depois, avistou-os sentados a uma mesa num canto escuro, com uma garrafa de *scotch* à frente.

Abriu caminho por entre a multidão.

– Boa-noite – cumprimentou.

Eles acenaram em resposta e Voortmann esperou que o convidassem para se sentar à mesa deles. Quando não o fizeram, disse:

– Senhores, já fizemos negócios anteriormente. Tenho agora algo que vos deverá interessar.

Não esperando desta vez pelo convite, puxou uma cadeira, fez sinal ao empregado do bar a pedir outra bebida e sentou-se. Puxou a fotografia do bolso e pousou-a em cima da mesa.

– Regalem os olhos com isto, senhores – observou, a sorrir. – Garanto que nos vai dar dinheiro a ganhar a todos.

Os dois homens espreitaram na obscuridade para a fotografia. Um deles pegou nela, examinando-a.

– Roubou isto? – perguntou.

Voortmann abanou a cabeça.

– Sei onde está. Poderei obtê-lo amanhã para si. Por um determinado preço.

– Qual é?

Desta vez, Voortmann emborcou o *scotch* em vez de o beberricar e, de seguida, os homens encheram-lhe o copo vazio.

– Tenho primeiro de lhes contar uma história, meus amigos – disse baixinho.

Quando terminou, os dois homens de Xangai lançaram uma olhadela um ao outro.

– Podemos acabar na prisão por causa disto – comentou um deles.

– Trinta milhões. – Voortmann lançou um montante. – Mas para vocês faço dez, para que possam revendê-lo e conseguir um bom lucro.

Os homens sabiam que o colar tinha um valor inestimável, mas não eram coleccionadores e não precisavam de arriscar serem presos por o comprarem. Encheram-lhe o copo até à borda, observando-o a despejá--lo. O suor perlava-lhe o lábio superior.

– Diz-nos – inquiriu um deles – quem tem este objecto tão valioso?

Mas Voortmann tinha ainda astúcia suficiente para saber que não devia falar. Abanou a cabeça.

– Avisem-me só se o querem ou não, meus amigos – replicou, erguendo-se e voltando para o bar.

Mas os homens não eram seus amigos.

23

MARY-LOU não conseguiu resistir. Ligou para o número de Preshy Rafferty e respondeu-lhe um atendedor de chamadas.

– *Bonjour, Rafferty Antiques, fala Preshy Rafferty* – disse a voz em francês. – *Deixe por favor a sua mensagem após o sinal.*

A fúria espumou como chumbo derretido no estômago de Mary-Lou. Sentiu-se doente. Estaria Bennett a ter um caso com a prima de Lily na esperança de casar com outra herdeira? Não duvidaria.

Andava de um lado para o outro no pequeno apartamento, roçando de forma impaciente o cristal pendente que deveria manter à distância os maus espíritos dos deuses do rio do Dragão, fazendo-o chocalhar, tal como os seus nervos. Perdera Bennett, sabia-o. E com ele o comprador. E Voortmann estava a revelar-se inútil, não sabia dele há uma semana.

Mas Bennett dissera que tinha um comprador disposto a pagar uma entrada. Não havia outro remédio senão trabalhar com ele. *Tinha* de obter o colar. Não havia tempo a perder.

Recordou-se de que Lily ia tomar o pequeno-almoço todas as manhãs à casa de chá Pássaro Feliz e que ficaria provavelmente fora de casa durante pelo menos uma hora. Tempo suficiente para apanhar o colar dentro do cofre e desaparecer.

* * *

NA MANHÃ SEGUINTE, MARY-LOU CHEGOU CEDO e esperou até ver o carro de Lily surgir do pátio e afastar-se pela ruela. Logo que deixou de o avistar, abriu o portão com a sua própria chave electrónica e entrou com o carro. Estacionou e depois desligou temporariamente a câmara de segurança que lhe seguia os movimentos. Quando Lily regressasse do seu pequeno-almoço, a câmara estaria de novo a funcionar, mas Mary-Lou não apareceria nela.

O pequeno canário na sua gaiola chilreou esperançado quando ela atravessou o alpendre, mas Mary-Lou ignorou-o e, destrancando a porta, entrou em casa. Tirando automaticamente os sapatos, caminhou descalça até à porta da cave e, deixando-a aberta de par em par, desceu os degraus frágeis. Passando apressada pelas caixas empilhadas, pressionou o botão, o painel deslizou para o lado e o cofre apareceu. Levou apenas um minuto a abri-lo. A pesada porta de ferro girou para trás. E lá estava o estojo de pele vermelha.

Correu a palma da mão pela pele macia e dispendiosa. Nem a idade a destruíra e calculou que tivesse sido guardado num sítio seco e limpo durante todos estes anos. Abriu o estojo com um estalido. Os olhos dilataram-se e um calafrio correu-lhe pela espinha abaixo quando tocou na pérola, pensando nela na boca da defunta imperatriz Cixi. Que desperdício, pensou com desdém, fechando o estojo. A outra pérola roubada que Soong Mai-ling usara nos seus sapatos de cerimónia tivera muito mais utilidade do que na boca de uma mulher morta.

Estava prestes a fechar o cofre quando ouviu um ruído. Erguendo a cabeça, escutou com atenção.

– Mary-Lou? És tu que estás aí em baixo? – A voz de Lily ecoou pelos degraus da cave.

Com o coração a latejar, Mary-Lou atirou com o estojo de jóias para dentro do cofre, bateu com a porta e trancou-o. Saltou para trás e carregou no painel, ouvindo-o zumbir até se cerrar, mesmo no momento em que Lily aparecia ao cimo das escadas. Enfrentou-a com as mãos atrás das costas.

– Mary-Lou, o que diabo estás a fazer aqui tão cedo? – perguntou Lily espantada. – Pregaste-me um destes sustos. Pensei que tinha ladrões em casa.

– Não, ladrões não, sou só eu. Vim trabalhar mais cedo para tratar de empacotar o resto das réplicas de Buda. Sei que temos de as entregar hoje.

Lily desceu as escadas. Trazia na mão uma chávena de papel de café e parecia perturbada.

– Isto é muito invulgar em ti. O que se passa? Não conseguias dormir?

Mary-Lou deixou que algumas lágrimas lhe escorressem pelas faces.

– Não, não conseguia. E é tudo culpa de Bennett. Voltou a noite passada, apareceu assim à minha porta como se nada tivesse acontecido. E sabes de onde vinha, Lily? De Paris.

Lily sorveu um golo de café.

– E por que razão isso te abala tanto?

– Porque ele esteve com a tua prima, Precious Rafferty.

– O quê?! – Lily ficou tão chocada que entornou o café.

– É verdade. Recordas-te de que lhe falaste dela, lhe disseste que era uma rapariga rica? Bem, é isso exactamente que Bennett procura. Outra rapariga rica com quem casar. Tal como Ana Yuan. Talvez o que se diz seja verdade e ele tenha realmente casado com a mulher por causa do dinheiro. Talvez a tenha morto por causa disso. Talvez esteja a pensar fazer a mesma coisa com a tua prima. Quem sabe... com Bennett tudo é possível.

– Vamos lá, não podes estar a falar a sério – disse Lily escandalizada. – Estás só irritada, é tudo.

Mas Mary-Lou fitou-a com o rosto inexpressivo. Perdera Bennett e agora perdera o colar. Naquele preciso momento tê-lo-ia morto se conseguisse safar-se sem problemas.

– Veio ter comigo. Fizemos amor. Depois descobri o número de telefone escrito a batom num lenço de papel na carteira dele. Tenho-o lá em cima, já te mostro. – Queria afastar Lily da cave caso ela reparasse que não empacotara um único dos budas ali à espera.

Lily subiu à frente e Mary-Lou seguiu-a. Deixara a mala na cadeira ao lado da porta aberta da cave e tirou o lenço de papel com o número e passou-o a Lily.

– Guarda-o – disse com desdém. Já tinha o número e o endereço escritos no seu livrinho dos telefones. – Talvez queiras telefonar à tua prima um dia destes. Eu certamente que não o quero.

Lily enfiou o lenço de papel no bolso. Olhou com preocupação para a amiga.

– Tens a certeza de que estás bem? Escuta, já sei o que vamos fazer. Ia agora mesmo tomar o pequeno-almoço, mas esqueci-me da mala e tive de voltar. Porque não vamos comer qualquer coisa e podes desabafar comigo, despejar o que te vai no coração.

Um coração que é feito de aço, pensou Mary-Lou com amargura, fechando a porta da cave e seguindo Lily até ao carro. *Oh, meu Deus, esquecera a câmara.* Agora era demasiado tarde, Lily estava à espera dela, teria de arranjar o sistema mais tarde.

AO FIM DA TARDE, MARY-LOU TELEFONOU a Bennett. Para sua surpresa, ele atendeu.

– Tentei apanhar o colar hoje – afirmou.

– E falhaste. Estás a desiludir-me, Mary-Lou. «Tentar» simplesmente não serve, quero o colar até amanhã à noite. Senão...

– Senão... o quê?

– Senão será demasiado tarde e teremos perdido um negócio de milhões de dólares. É melhor fazeres um esforço, Mary-Lou.

Desligou e Mary-Lou afundou-se na cadeira. Desta vez, lágrimas verdadeiras escorreram-lhe pelas faces. Voortmann dera-lhe o número do seu telemóvel e endireitando-se, marcou-o com força. O telefone tocou uma dúzia de vezes até ele responder.

– Voortmann.

A voz era áspera e ouvia-se uma confusão de ruídos em pano de fundo: música alta, o riso esganiçado de uma mulher, o burburinho de conversas e o tinir de copos. Não era preciso ser um génio para perceber que estava num bar e, pelo tom da voz, já bêbado.

– Daqui Mary-Lou – disse impaciente. – Que notícias tens para mim, Voortmann?

– Ah, Mary-Lou... Vais ficar satisfeita por saber que estou a tratar do assunto e que tenho um par de clientes interessados, homens ricos, de Xangai...

– *De Xangai*? – repetiu ela horrorizada.

Aquilo era demasiado perto de casa. Ricos ou não, era pouco provável que estivessem interessados porque seria um jogo demasiado perigoso para eles. Precisava era de um americano, ou de um suíço, um verdadeiro coleccionador, um homem com dinheiro a sério, não um homem de negócios chinês rico.

– Mostrei-lhes a fotografia – gabou-se Voortmann, as palavras a tropeçarem umas nas outras sem qualquer pausa. – Não te preocupes, vão-me contactar em breve.

Mary-Lou cortou-lhe o discurso. O homem era um bêbado. Mostrara a fotografia aos seus compinchas do bar e eles iriam contar aos amigos. Não demoraria muito para que começassem os boatos nesta cidade e sabia que teria problemas.

Amanhã teria de sacar o colar do cofre.

24

LILY estava no seu gabinete a preencher alguns impressos fiscais, quando ouviu tocar a campainha da porta. Ligou a câmara de segurança para ver quem era e descobriu-se a olhar para um ecrã em branco. Aflita, pressionou o botão do intercomunicador e perguntou quem era.

– Polícia – foi a resposta.

Encolheu-se na sua cadeira, a pulsação acelerada, a boca de súbito seca. O que teriam descoberto? O que saberiam? Os contrabandistas de antiguidades teriam sido apanhados no aeroporto e revelado tudo? Um milhão de perguntas agitava-se na sua cabeça. Varrendo os papéis de cima da secretária para uma gaveta, fechou-a com força e carregou no botão para os deixar entrar.

Só apareceu um, um jovem agente, de rosto duro e solene.

– Madame Song, recebi queixas sobre o estacionamento na rua. Dizem que é o seu carro que bloqueia o caminho.

– Oh – exclamou Lily, aliviada.

Claro que devia ser o carro de Mary-Lou e, uma vez que não tinha qualquer desejo de incorrer numa multa nem na ira dos seus vizinhos, prometeu fazer alguma coisa a esse respeito. Mesmo assim, ficou contente quando o polícia se foi embora depois de transmitir o aviso. E não havia dúvida de que o facto de ver o polícia lhe provocara um choque. Na sua área de negócios, precisava de ficar tão longe quanto possível do braço da lei.

O colar representava uma prioridade e pegou no telefone para ligar ao seu contacto suíço. Este disse-lhe que o cliente não tinha a certeza, que poderia levar tempo e que, de qualquer modo, receava que o preço fosse exorbitante, mesmo para um coleccionador rico.

– Podemos chegar a algum acordo em relação ao preço – cedeu Lily, mas mesmo assim ele hesitou.

– Depois telefono-lhe – foi tudo o que disse.

Como se para se assegurar de novo de que o colar valia a fortuna que acreditava valer, desceu as escadas da cave nas suas chinelas de andar por casa e marcou a combinação de números para abrir o cofre. Quando a porta rodou para trás, fitou, aturdida, o seu conteúdo.

O estojo das jóias estava atirado para o fundo e os maços de notas estavam tombados, desalinhados, para um dos lados. Era uma mulher organizada, tudo sempre no seu lugar – e isto não era normal. Sabia que havia deixado tudo em perfeita ordem com o estojo de jóias à frente.

Puxou-o para fora, com receio de que o colar tivesse desaparecido, e abriu-o. O alívio fez-lhe tremer as mãos. Ainda ali estava.

Deixou-se cair num engradado, apertando-o de encontro ao coração. Alguém andara a mexer ali. Mas quem? Levantou-se de novo e contou os maços de notas. Faltava uma soma substancial. Recordou-se da câmara de segurança que não estava a funcionar e de Mary-Lou ali sozinha em baixo tão cedo naquela manhã, quando sabia que Lily estaria a tomar o pequeno-almoço a um par de quilómetros.

Mas como é que Mary-Lou sabia do cofre e a respectiva combinação? Apenas ela sabia qual era e estava gravada na sua cabeça, não num pedaço de papel que alguém pudesse ler.

Reorganizou os maços de notas e, pegando no estojo das jóias, trancou o cofre. Foi lá fora inspeccionar a câmara e descobriu que havia sido desligada. Arranjou-a e passou a gravação. Só se via uma pessoa, Mary-Lou, às oito e cinco da manhã em que a encontrara ali na cave, supostamente a empacotar budas.

Tinha de descobrir outro esconderijo para o colar. Claro que o podia colocar no cofre-forte de um banco, mas isso podia revelar-se perigoso se as coisas corressem mal e houvesse uma investigação. Pensou em escondê-lo debaixo do colchão, mas seria o local óbvio em que qualquer pessoa procuraria. Ouviu o pequeno canário a chilrear no alpendre e a resposta surgiu-lhe. Claro, escondê-lo-ia por baixo da base em folha de lixa no fundo da gaiola. Ninguém pensaria nunca em procurá-lo aí.

O pássaro veio pousar na sua mão enquanto efectuava a tarefa, cantando deliciado com a atenção que ela lhe prestava. Era uma pequena e doce criatura, pensou a sorrir. Mal sabia que estava sentado em cima de uma fortuna.

Decidiu montar uma armadilha para Mary-Lou, tentar apanhá-la com a boca na botija. Telefonou-lhe, disse-lhe que tinha de se ausentar o dia todo. Tinha um encontro com um fornecedor e contava demorar-se várias horas. Será que Mary-Lou podia substitui-la na sua ausência? Tal como esperara, Mary-Lou concordou.

A seguir correu até ao piso de cima, calçou os sapatos, sorriu à ave canora e conduziu o carro para fora do pátio. Os portões fecharam-se com estrondo atrás dela.

25

APRIMEIRA coisa que Mary-Lou fez depois de Lily lhe ter ligado foi telefonar a Bennett. Para sua surpresa, este atendeu ao primeiro toque.

– Então? – inquiriu friamente e ela suspirou.

– Vou tê-lo esta noite.

– Onde e a que horas?

Mary-Lou hesitou. Havia qualquer coisa glacial em Bennett que a assustava. Como agora, por exemplo, quando atendera o telefone num tom de indiferença tão grande que se sentiu como se não importasse realmente como pessoa. Não queria arriscar estar sozinha com ele quando lhe entregasse o colar. Não confiava nele.

– No bar Cloud 9, às oito – disse. E, desta vez, foi ela quem desligou.

Foi de carro até casa de Lily e verificou a câmara de segurança no pátio, mas já fora arranjada. Entrando, encaminhou-se directamente para a cave. Abriu o cofre e deu um passo atrás horrorizada. O estojo não estava lá dentro!

Esquadrinhou por entre os maços de notas, desta vez desinteressada do dinheiro, mas o estojo de pele vermelha desaparecera.

Oh... Meu... Deus. Lily vendera-o. Ou então escondera-o noutro sítio. A esperança acicatou-a e correu lá para cima, encontrou a chave para o pequeno «cofre caseiro» de Lily escondido atrás de uma pilha de camisolas e abriu-o. O colar não estava lá dentro. Vasculhou em todas as gavetas e armários. Até procurou por baixo dos colchões. Nada.

Ainda no quarto de Lily, fitou com olhos vazios o seu reflexo pálido no espelho. Teria de empatar Bennett de novo, deixá-lo a fazer conjecturas até descobrir o paradeiro do colar. Era a sua única hipótese.

A tremer de nervosismo, sabia que tinha de se ir embora. Agarrando na mala, saiu para o alpendre. O canário esvoaçou no seu poleiro e a seguir irrompeu num canto. O trinado agudo e estridente pareceu dardejar como se fosse uma agulha na sua cabeça e apeteceu-lhe matá-lo. Olhou para a ave na pequena gaiola bonita. As mãos tremeram-lhe de fúria, mas claro que a culpa não era do pássaro.

Precisava de uma bebida e, rezando para que a falsa coragem que lhe pudesse fornecer a ajudasse durante o resto do dia, conduziu até a um bar apinhado na cidade antiga frequentado na sua maioria por negociantes de antiguidades.

Descobriu um banco livre, pediu um vodca martíni com três azeitonas e, ainda abalada, sentou-se a observar taciturna o seu reflexo infeliz na parede espelhada nas costas do balcão.

– Mary-Lou, como está?

Virou-se para olhar para o homem que deslizara para o banco do bar ao lado do dela. Era um negociante de antiguidades que conhecia superficialmente.

– Tomo o mesmo – disse ele para o empregado do bar. – Então como vão os negócios? – perguntou a sorrir.

Toda a gente conhecia os negócios de todos os outros e como é que as coisas corriam, à excepção das actividades secretas, claro.

– Como de costume. – Sorveu um golo do martíni.

– Corre por aí um boato sobre uma peça especial – comentou o homem. – Já ouviu falar? Umas jóias. Um colar. Diz-se que pertenceu à imperatriz viúva. O que não daria para lhe deitar as mãos! – Riu-se alto. – E sem dúvida os polícias também.

O sangue de Mary-Lou gelou-lhe nas veias, tão frio quanto o martíni.

– Não ouvi falar de nada – retorquiu. – E de onde surgiu esse boato, já agora?

O homem encolheu os ombros.

– Oh, sabe como são os boatos aqui, mas diz-se que este partiu de um rico homem de negócios que foi abordado no sentido de comprar o colar. – Encolheu de novo os ombros com desdém. – Claro que ninguém afirma ter na realidade visto esse fenómeno, são só boatos. Mesmo assim, nunca se sabe. – Ergueu o copo. – Saúde – disse, observando espantado quando Mary-Lou engoliu o resto do martíni de uma só vez.

Mary-Lou desceu do tamborete do bar.

– Eu devia estar a trabalhar – rematou, dirigindo-se para a porta.

– Até qualquer dia – exclamou ele nas suas costas.

Tremendo de fúria, Mary-Lou foi direita ao escritório de Voortmann.

– Aquele idiota – resmungou por entre dentes, sentada no carro, parada uma vez mais num semáforo. – O raio do bêbado idiota, eu mato-o.

Descobriu um local para estacionar mais abaixo na rua, marchou iradamente para os portões de aço e premiu a campainha. Não houve resposta e voltou a premi-la, deixando, desta vez, o dedo pressionando. Passou um minuto. Voortmann continuava a não responder. Dando uns passos atrás, olhou furiosa para as janelas. Não havia qualquer luz. Onde estava aquele idiota?

Marchou de volta ao carro e regressou a casa de Lily. Tinha pelo menos de fingir que estava a trabalhar. E preparar-se para o encontro com Bennett logo à noite. E decidir exactamente o que lhe ia dizer.

MARY-LOU NÃO ENCONTRARA Voortmann, porque este tinha recebido a visita de dois polícias naquela mesma manhã.

Ouvira as sirenes, espreitara pela janela, enxergara os vadios e pequenos criminosos a dispersarem como presas diante de um predador, desaparecendo no labirinto das ruelas sujas. Vira os dois polícias a marchar para a sua porta e encolhera-se aterrorizado com o som da campainha e os gritos duros a exigir que abrisse o portão.

Movimentando-se com uma rapidez que não desenvolvia há anos, Voortmann varrera o colar de diamantes em que laborava da sua bancada de trabalho, arrebanhara mais algumas outras pedras e empurrara-as a todas para o pequeno cofre de metal escondido por baixo do soalho sob a cadeira giratória de pele. Queimara a fotografia do colar num cinzeiro e depois espalhara os minúsculos fragmentos pelo chão, para que nenhuma prova pudesse ser reconstituída a partir das pequenas partículas enegrecidas.

Com o coração nas mãos, carregou no botão para os deixar entrar e sentou-se à espera da machadada. E esta acertou-lhe. Foi peremptoriamente detido sob a acusação de traficar mercadoria roubada. Queriam também interrogá-lo em relação à venda de antiguidades valiosas.

Voortmann estava na prisão sem um advogado e sabia que lá ficaria durante muito tempo. Todo o seu corpo tremia. Quem lhe dera ter uma bebida.

26

LILY ouviu o boato nessa manhã, num café na Wuzhong Road, perto do mercado de antiguidades Dongtai, sussurrado por cima de chávenas de chá verde quente e *xiao long bao*, os seus preferidos sonhos de porco em vapor. O rosto flamejou-lhe de cólera e saiu abruptamente sem sequer provar os sonhos. Precisava de falar com Mary-Lou. E já.

Bennett ouviu-o na passadeira do ginásio esplendidamente equipado do Hotel J.W. Marriott na Nanking Road, onde se exercitava todas as manhãs. A sua meia hora estava a chegar ao fim quando diminuiu a velocidade da passadeira e escutou casualmente a conversa discreta atrás de si. Virou-se para olhar e viu que conhecia um dos interlocutores. Era filho de um rico homem de negócios que fizera fortuna com a exportação de electrónica. O homem era um notório marginal, mas isso significava que era sensível aos negócios escuros da cidade e Bennett não tinha qualquer dúvida de que sabia do que estava a falar.

Percebendo o que devia ter acontecido, amaldiçoou Mary-Lou, saiu da passadeira, tomou duche, vestiu-se e foi buscar o carro. Estava tão furioso que lhe apetecia matá-la, mas antes de o fazer precisava de saber se ela obtivera o colar.

MARY-LOU ESTAVA DE NOVO EM casa quando Lily regressou, muito atarefada a seleccionar os pedidos das cópias das estatuetas. Decidira mostrar boa cara, fingir que nada de errado se passava e, assim, ergueu os olhos a sorrir quando Lily entrou.

– O negócio promete este mês – disse, brandindo um pequeno molho de formulários de encomendas.

– Levanta-te – exclamou Lily. – Tenho uma coisa para te dizer.

Mary-Lou levantou-se, olhando indecisa para ela.

– Que se passa?

– És uma mentirosa e uma vigarista. Roubaste-me durante este último ano sem qualquer consideração pela nossa amizade, nem pela ajuda que te ofereci quando andavas em maré de azar. Confiei em ti, Mary- -Lou Chen e traíste essa confiança. E agora metade da população de Xangai sabe do colar.

– Que colar? – interrompeu Mary-Lou, ainda a tentar manter a sua inocência.

– O que viste no meu cofre secreto. O que tentaste vender no mercado marginal ao comprador mais perigoso de todos. Um chinês. – Ergueu uma mão, com a palma virada para fora, para impedir que Mary-Lou falasse quando esta começou a protestar. – Não tentes arranjar desculpas, sei que é tudo mentira. Nem sequer quero saber como fizeste as coisas. Só quero que saias da minha casa. Já.

Mary-Lou percebeu que não havia interesse em discutir. Fora considerada culpada. Não tinha agora qualquer esperança de alguma vez apanhar o colar. Pegou no casaco e na mala e passou por Lily a caminho da porta.

– Não te desejo sorte para a venda, Lily – disse com amargura. – De facto, farei tudo o que conseguir para a sabotar. Incluindo contactar as autoridades.

– Podes fazê-lo – retorquiu Lily. – Não descobrirão nada. Apenas um cofre com as minhas magras poupanças, ganhas com a venda de reproduções para o mercado dos turistas. Não penses que sou parva, Mary-Lou, porque te enganas. Nem tu nem as autoridades podem tocar-me.

Talvez não, mas Bennett Yuan pode, pensou Mary-Lou saindo espaventosamente da casa pela última vez.

* * *

Apesar de ter chegado a horas, Bennett já estava à espera dela no bar Cloud 9 às oito daquela noite. Mary-Lou tomara um cuidado especial com a sua aparência e vestia um vestido novo, curto, de seda creme e sapatos de camurça pálida com saltos muito altos. Os olhos estavam sublinhados a sombra cor de bronze e os lábios cheios exibiam o habitual vermelho-brilhante. Usava brincos de ouro pendentes e uma pulseira de ouro em forma de serpente enroscada à volta da esbelta parte superior do braço. Estava linda e sabia-o.

– Senta-te, Mary-Lou – disse Bennett sem mais preâmbulos. – Presumo que tenhas o colar nessa mala?

– Não exactamente...

– Sim? Ou não?

– Não – admitiu ela. – Mas amanhã...

Bennett lançou-lhe um olhar descontente e ela afastou os olhos. Visto que ele não tinha perguntado o que queria beber, chamou o empregado para lhe trazer um martíni. Estava tão enervada que se esqueceu, desta vez, de pedir as três azeitonas e que a bebida viesse muito fria.

– Podes não ter o colar – continuou Bennett, implacável, como um caçador com a sua presa. – Mas metade da população de Xangai sabe do assunto. Como explicas isso?

Oh, meu Deus, tal como Lily, ele já ouvira os boatos. Nunca deveria ter ido ter com Voortmann, só o fizera por desespero.

– Não parecias interessado e eu precisava de encontrar rapidamente um comprador, por isso fui ter com Voortmann...

– O lapidador de diamantes holandês? Aquela besta reles? Meu Deus, não conseguiria vender nada que valesse mais do que um par de milhares de dólares. Perdeste o juízo?

Mary-Lou baixou a cabeça, enquanto o empregado lhe colocava o martíni à frente. Quando ele se afastou, agarrou no copo e sorveu um longo gole.

Bennett inclinou-se por cima da mesa. O rosto estava muito perto do dela quando disse baixinho:

– Para dizer a verdade, não teria acreditado na história do colar se não tivesse descoberto eu próprio provas da sua existência. Claro que é Lily Song quem o tem, não é? E estou agora a perguntar-me por que razão irei ter com o vendedor se posso ir ter com a fonte? Lily possui-o, minha cara, e tu não.

Mary-Lou observou-o, estupefacta, quando ele se ergueu. Nem sequer se despediu quando se foi embora.

Perdera o seu emprego e o colar. E agora perdera Bennett. O mundo tal como o conhecia chegara ao fim.

27

Bᴇɴɴᴇᴛᴛ sabia que o boato circulava em toda a cidade, alimentado por alguma especulação em relação a quanto poderia valer o colar e a quem o tinha. Sabia também que jóias roubadas daquele tipo, adequadas a um museu, seriam impossíveis de vender em qualquer leiloeira do mundo. Só um coleccionador particular, alguém obcecado com a ideia da fabulosa jóia sinistra, estaria preparado para pagar milhões e depois mantê-la escondida, tirando-a do seu esconderijo quando estivesse sozinho, para a devorar com o olhar, para a manusear, recordando-se de onde viera. Tal como se dizia que faziam certos coleccionadores de quadros roubados, mantendo-os trancados atrás de painéis corrediços secretos com botões electrónicos que só eles conheciam e que, quando premidos, deslizavam revelando tesouros destinados ao seu perverso prazer solitário.

Ninguém melhor do que Bennett sabia que os homens eram estranhos e que este tipo especial de coleccionador era de uma variedade rara. Mas não tão rara. Tinha algumas ideias a respeito.

Mas, por agora, o mercado estava parado. Era demasiado perigoso tentar vender. Nenhum comprador morderia sequer o isco. Sabia que Lily teria de jogar pelo seguro e guardar o seu segredo. Não havia qualquer hipótese de tentar desfazer-se do colar agora.

Entretanto, iria atrás da opção mais fácil das duas que o transformariam por fim num homem rico. Ia a Veneza para se casar.

* * *

MARY-LOU TENTOU INTERMINAVELMENTE CONTACTAR Bennett numa tentativa de salvar a sua relação. Por fim, em desespero, foi procurá-lo no ginásio do Marriott, mas foi informada de que Mr. Yuan estava fora. Partira para a Europa, contou-lhe a recepcionista. «Para se casar», acrescentou, sorrindo.

Mary-Lou julgou ir desmaiar. O coração agitou-se e disparou e a rapariga da recepção trouxe-lhe um copo de água e fê-la sentar-se durante um bocado. De facto, não se recordava de sair do hotel, nem de guiar até casa, mas subiu até ao seu apartamento e trancou a porta. Ficou ali de pé, a tremer, junto à grande janela com o cristal para um bom *chi*, a gritar em silêncio, dilacerada pela traição de Bennett. Não tinha ninguém. Nada. E nada a perder.

BENNETT TINHA RAZÃO EM RELAÇÃO A LILY. Não podia tentar vender o colar até que os boatos tivessem esmorecido. O suíço recuara e teria de esperar antes de contactar com o seu segundo candidato.

Lily estava sentada no seu bonito pátio com a fonte rumorejante e os peixes dourados a precipitarem-se que nem setas no lago, com o perfume das flores de lótus cor-de-rosa no ar e a sua pequena ave canora a trinar uma melodia e, pela primeira vez, desejou que a mãe nunca tivesse dado o colar a Tai Lam. Dessa forma nunca teria este problema. Tinha o seu biscate lucrativo com as antiguidades roubadas, devia ter-se cingido apenas a isso. Por vezes, a tentação de grandes riquezas leva-nos a assumir atitudes drásticas. Quase não valia a pena.

28

VENEZA

O MÊS passara depressa e Grizelda tinha tudo perfeitamente organizado: a basílica; as flores; a boda no Cipriani. Fora inclusivamente a Paris supervisionar o vestido e chegara-se por fim a um elegante compromisso. Preshy usaria um vestido comprido de *chiffon* cor de bruma e, porque em Novembro fazia frio em Veneza, uma capa ampla de brocado com capuz, forrada com veludo cor de bronze e guarnecida de pele.

Daria, a família, e Sylvie ficariam com elas no Palazzo Rendino do século XIV, mas, mantendo a tradição, Bennett não dormiria sob o mesmo tecto do que a noiva na noite anterior ao casamento. Preferira ficar no Lido, do outro lado da laguna, no Hotel des Bains, um extravagante monumento *fin de siècle* ao luxo, porque, dizia, queria poder atravessar a laguna a toda a velocidade para o seu casamento como um corsário de antanho.

Na noite anterior à cerimónia, Grizelda e Mimi ofereceram uma festa para todos os convidados, cinquenta, no luxo dourado-desbotado do Palazzo. Grizelda, deslumbrante num vestido *Valentino* de renda vermelha, e Mimi, num vestido *Versace* de *chiffon* verde-maçã, afadigavam-se de um lado para o outro, assegurando-se de que toda a gente se divertia. Daria estava de mãos dadas com o professor barbudo seu marido, Tom, que segurava Lauren, a Super-Kid e futura menina das alianças, que estava demasiado excitada e um pouco rabugenta.

– Receio que não esteja muito «Super» esta noite – disse Daria pesarosamente, mas Tom afirmou que ficaria melhor quando comesse algum esparguete, a sua comida preferida.

Daria, claro, tinha todo o aspecto de uma betinha angelical loira num fato creme feito à medida e, olhando para Tom, Preshy não pôde deixar de sorrir, recordando a descrição do dia em que Daria lhe ganhara ao póquer, até ele ficar só de roupa interior, e se apaixonara por ele, todo «pálido e professoral».

Sylvie vestia de preto.

– Faz-me parecer mais magra – declarou com um suspiro desconsolado.

Mas estava satisfeita por ser uma convidada de honra e por, desta vez, não ser responsável pela cozinha. E os outros convidados, na sua maioria amigos da tia Grizelda e de Mimi, vestiam fatos elegantes e à moda e muito provavelmente demasiado jovens para eles. E, claro, a noiva estava tão chique quanto a tia a conseguira trajar, num vestido envelope azul-escuro que, com o cabelo encaracolado comprido e solto, disse Bennett, a fazia parecer um anjo pré-rafaelita.

As lareiras ardiam em cada extremidade do salão apainelado e dourado e a luz das velas reflectia o fulgor dos candelabros antigos de Murano, iluminando os frescos esmaecidos do tecto e suavizando a sala de pé direito alto, transformando-a num espaço íntimo. Um quarteto de cordas tocava Vivaldi, o compositor de Veneza, e empregados de casacos brancos circulavam com grandes bandejas prateadas com champanhe e *hors d'oeuvres*, enquanto *Lalah* e *Schnuppi* latiam, e saltavam, e corriam excitadas por entre as pernas de toda a gente.

Lá fora as águas do canal cintilavam ao crepúsculo que se intensificava.

– Como é belo – comentou Bennett, à janela, observando-o. – Tão escuro e calmo.

Preshy apertou-lhe a mão.

– Agora compreendes porque gosto tanto de Veneza.

Ele assentiu.

– Sim – disse pensativo. – Agora sei.

Em breve Grizelda mobilizou os convidados para descerem até à entrada do Palazzo, junto à água, onde gôndolas os esperavam para os transportar ao restaurante escolhido para o jantar pré-casamento.

A pequena flotilha deslizou pelo canal até uma *trattoria* no Fondamenta Nuevo, com vista sobre a laguna brumosa para a Isola di San Michele e o que poderá ser o cemitério mais belo do mundo. O jantar revelou-se um evento divertido e barulhento com brindes engraçados e cantoria e demasiado vinho e, entre outras delícias, um fantástico *risotto* de marisco que Sylvie afirmou ser o melhor que já provara.

Preshy estava a adorar tudo, rindo com os seus amigos, quando reparou em Bennett envolvido numa conversa séria com a tia Grizelda.

– A tia G está a recordar-lhe as suas responsabilidades como «genro» – disse, acotovelando Daria e sorrindo. – Estou surpreendida por ela não ter tido uma pequena conversa comigo sobre os passarinhos e as abelhas.

Muito mais tarde, cheios de boa comida e bom vinho, Bennett e ela decidiram regressar sozinhos a pé ao Palazzo Rendino. Com os braços passados à volta da cintura um do outro, passearam-se pelas *calli* empedradas estreitas, atravessando as muitas pontes pequenas, enquanto Preshy falava sobre os seus planos para a futura vida em comum.

À porta do Palazzo, Preshy virou-se para o seu futuro marido. Ele puxou-a para si e ela entrelaçou-lhe os braços à volta do pescoço, sorrindo para o rosto atraente.

– Amanhã, meu amor – sussurrou, dando-lhe um beijo de boa-noite.

– Amanhã – prometeu Bennett, com um demorado beijo final. – Mal posso esperar.

Preshy observou-o a afastar-se, um homem alto, elegante e formoso num fato escuro. Virou a esquina e ergueu a mão num adeus. Representava o sonho de qualquer mulher e, para ela, esse sonho estava prestes a tornar-se realidade.

29

ODIA do casamento amanheceu límpido e de um azul-glacial. A laguna tranquila tremeluzia sob um sol pálido, encrespada aqui e ali pela espuma do sulco de um *motoscafo*. Preshy ficou parada, por um instante, sozinha nos seus adornos de casamento, no embarcadouro do Palazzo. Pensou que nunca vira Veneza tão bela. A gôndola aguardava, atracada ao poste estriado, o dossel festivo estampado com grinaldas de folhagem entrelaçadas com minúsculas flores brancas. As fitas do chapéu de palha do gondoleiro flutuavam na brisa quando ele se aproximou para a ajudar a subir a bordo e a sua mão estava tão fria quanto o vento norte.

Sorriu-lhe num agradecimento, instalando-se nas almofadas brancas, compondo o vestido comprido de *chiffon* cor de bruma e ajustando o capuz guarnecido de pele da capa por cima do cabelo erguido. Apertou com mais força o pequeno ramo de orquídeas cor de mel. Estava nervosa mas feliz.

As pessoas viravam-se para olhar enquanto o gondoleiro impelia a embarcação com a vara ao longo do Grand Canal. Na paragem do *vaporetto*, a multidão à espera do barco acenou e gritou boa sorte e Preshy acenou em resposta a sorrir. Sentia-se como Cleópatra a entrar em Roma.

Uma vez que o tio Oscar há muito ascendera acima das montanhas ao lugar onde presumira que ficava o céu, não havia qualquer parente próximo do sexo masculino para a conduzir ao altar e, apesar dos protestos da tia Grizelda, escolhera chegar ao seu casamento e percorrer a nave sozinha.

– Não sou uma criança – dissera à tia Grizelda uma hora antes enquanto beberricavam um copo fortificante de vinho espumante *Prosecco* no *piano nobile* do Palazzo, a sala do primeiro piso onde se realizara a festa na noite anterior.

Isso acontecera antes de Grizelda e Mimi terem partido para a igreja na sua própria gôndola, com as cadelas enfeitadas com fitas a latir e uma confusão de velhas amigas, todas aperaltadas com chapéus enormes, echarpes transparentes e agasalhos de pele, a reluzir com jóias antigas e rindo às gargalhadas com velhas piadas comuns.

– Tenho trinta e oito anos e consigo por certo chegar à igreja para o meu próprio casamento – declarara.

E a tia Grizelda suspirara, aceitando a derrota, algo com que não se familiarizava muito. Mas cedera por fim e estava agora à espera num assento da primeira fila na belíssima Basílica di Santa Maria della Salute, junto com Mimi e os seus convidados. Contudo, não existiam convidados pessoais de Bennett James porque não tinha família nem amigos chegados. Fora por isso que o marido de Daria, Tom, concordara em ser seu padrinho.

Quando a gôndola deslizou ao lado da basílica, Preshy ergueu os olhos para a sua grande cúpula tremeluzente. Era a sua igreja favorita em Veneza, uma cidade que tinha seguramente mais igrejas do que qualquer outra. Parecia haver uma em todas as esquinas, qual delas a mais bonita. Mas para ela a Salute era especial.

Os pais tinham-na aqui trazido pela primeira vez quando tinha quatro anos. Haviam-lhe dito muitas vezes que não era possível recordar-se daquela visita, mas sabia que se recordava. Lembrava-se da altura enorme, uma igreja de gigantes para uma criança pequena. Lembrava-se das cores ricas e do fulgor do ouro, dos quadros e dos mosaicos. E lembrava-se da mãe a pegar-lhe numa das mãos e o pai na outra quando percorreram a nave para inspeccionar o grande altar. Era a única verdadeira recordação que tinha deles e era por causa dessa recordação que estava aqui agora, para o seu casamento.

A capa de brocado dourado ondulou atrás de si quando desceu da gôndola, o rosto meio escondido pelo capuz macio guarnecido a pele. Uma noiva mistério, pensou, sorrindo e sentindo-se como uma heroína de uma novela romanesca.

A igreja estava fria e o aroma de duas mil rosas vindas de avião da Colômbia preenchia o ar. A tia Grizelda apressou-se ao seu encontro, uma ruiva flamejante, sem idade, num fato de um branco-pérola e um chapéu escarlate em forma de roda que chocava maravilhosamente com o cabelo avermelhado. Usava um broche de diamantes que a rainha Elizabeth poderia ter invejado, mas Preshy viu que o rosto apresentava um sobrolho franzido em vez de um sorriso.

– Vem cá, querida. – Grizelda agarrou-lhe na mão e puxou-a para um lado.

Preshy lançou-lhe um olhar espantado. O organista tocava Vivaldi, mas sabia que estava apenas a marcar um compasso de espera até poder passar para a peça de Haydn que ela escolhera para acompanhar a sua descida pela nave.

– Ele não está cá – disse a tia Grizelda.

– Quem não está cá? – perguntou, desorientada.

– Bennett. Minha querida, ele não está aqui.

– Oh... – Fitou a tia surpreendida. – Bem, com certeza que deve ser o trânsito. Ficou preso no trânsito, é tudo.

– Estamos no Grand Canal e não na Madison Avenue. – Grizelda apertou-lhe a mão ainda com mais força. – E, de qualquer modo, Bennett também não está no hotel. Telefonei para lá, Preshy. Informaram-me de que pagou a conta e saiu a noite passada.

Preshy fitou a tia com os olhos esbugalhados. Aprisionou num aperto de morte as orquídeas cor de mel. Grizelda desprendeu-lhe os dedos e atirou as orquídeas para o chão. Pegou nas mãos de Preshy. Estavam frias. As lágrimas surgiram nos olhos da tia Grizelda.

– Não haverá casamento – disse. – Bennett partiu.

Preshy sentiu-se como se flutuasse algures no espaço. Apercebeu-se de Mimi, pálida como um lírio e dos rostos chocados de Maurice e Jeanne; da confusão das velhas amigas, atraentes com os seus grandes chapéus, caladas agora, a observarem-na. As suas damas de honor, Sylvie e Daria, circulavam por ali, lindas nos seus vestidos pálidos cor de pêssego com grandes olhos ansiosos. Tom segurava na mão da Super-Kid silenciosa e até as cadelas enfeitadas com fitas tinham emudecido.

Olhou para todos e depois para a tia, que ainda lhe agarrava as mãos geladas.

– Deve haver algum erro – sussurrou. – Certamente que vai telefonar, dizer-nos o que sucedeu... Podemos esperar...

Ninguém disse nada.

– Podemos telefonar para o hotel outra vez – proferiu em tom desesperado. – Cometeram algum erro.

– Oh, minha querida... – As lágrimas escorriam pelas faces da tia. Preshy nunca a vira chorar antes.

– Não – disse, de súbito calma. – Não chores, tia Grizelda. Vais borrar o rímel.

– Oh, *merde* para o rímel – berrou a tia, de repente furiosa. – Como é que ele se *atreve* a fazer-te isto? *Mato-o, castro-o, torço-lhe o pescoço com as minhas próprias mãos...*

Daria e Sylvie aproximaram-se com rapidez e abraçaram-na, murmurando que lamentavam, que era imperdoável, que a amavam; que em breve tudo passaria.

Preshy não disse nada. Era o centro da tempestade de fúria e dor que redemoinhava à sua volta; a noiva humilhada abandonada no altar. E um altar tão belo, na direcção do qual o pai e a mãe a tinham escoltado outrora, descendo a nave.

Olhou em redor, pensando no que fazer. Os convidados tinham convergido vindos de todo o mundo para o seu pequeno casamento íntimo. A boda devia realizar-se no maravilhoso Hotel Cipriani do outro lado do canal na ilha de Giudecca. Havia champanhe e um bolo de casamento e mais rosas despachadas da Colômbia e, mais tarde, haveria um jantar e baile de comemoração.

Ergueu-se, glacialmente calma.

– Ouçam todos, está tudo bem – declarou. – Lembram-se do velho ditado «O espectáculo tem de continuar»?

Os barcos táxi estão à espera para nos levar para a festa, por isso vamos embora.

E, seguida por Daria e Sylvie, liderou o caminho saindo da grandiosa igreja para o que, quando reflectiu nisso depois, mais parecia um velório do que um casamento.

PARTE II

RAFFERTY

30

PARIS

Foi a ideia do Inverno com os seus longos dias escuros a fecharem-se sobre ela, sozinha no apartamento que agora parecia vazio, que levou Preshy a apanhar um avião para Boston para junto de Daria.

Estava em casa há um par de semanas, esquivando-se às perguntas sorridentes de vizinhos e amigos sobre como era a vida de casada com a resposta brusca de que não sabia, uma vez que não era casada e não tencionava sê-lo, e as pessoas eram ou muito educadas ou talvez simplesmente muito bondosas para lhe perguntar porquê e o que correra mal.

No aeroporto Logan, quando saiu do túnel para a zona das chegadas, Daria lançou-lhe um olhar, vendo-a escanzelada e triste, com o cabelo malcuidado e só uma pequena mala de mão, e ambas desataram a chorar.

No carro, a caminho de Cambridge, onde Daria vivia, passou a Preshy uma caixa de lenços de papel, observando-a pelo canto do olho.

– Não podes continuar assim, sabes. Não és a primeira mulher a ser abandonada, embora no teu caso tenha sido no altar.

– Não mo recordes. – Preshy soltou um pequeno soluço e olhou inexpressivamente em frente, para a chuva. – Nunca me contactou, sabes. Nem sequer um telefonema, ou um *e-mail*, a explicar. E sou demasiado orgulhosa para tentar contactá-lo. Não a tia G, no entanto, que contra-

137

tou detectives para o procurarem. – Deu uma risadinha abafada por entre as lágrimas. – Talvez seja melhor esperar que não o apanhe ou poderá matá-lo.

– *Castrar* foi uma palavra que também me recordo de ela usar.

– De qualquer modo, voltaram de mãos a abanar. Não há qualquer Bennett James a viver em Xangai. Não existe qualquer apartamento imponente; qualquer empresa de exportação James. E nunca ninguém ouviu falar dele em Dartmouth. Bennett James realmente não existe. Quem é exactamente e porque fez o que fez ainda é um mistério para mim, embora a tia G diga que ele andava atrás do meu dinheiro.

– Que dinheiro? – Daria travou a fundo, imobilizando-se com um chiado no sinal vermelho.

Virou-se para sorrir ao polícia no carro patrulha que parara a seu lado. Este fitou-a furioso. «Não fiz nada errado», articulou em silêncio com os lábios e ele arqueou as sobrancelhas e abanou a cabeça, admoestando-a com um dedo.

– Oh, merda – exclamou, avançando com mais cautela quando o sinal passou a verde – estou tão embrenhada nesse sacana Bennett que nem penso no que estou a fazer.

Preshy pareceu não ter ouvido; continuou simplesmente a falar.

– Foi exactamente isso o que disse à tia G. Que dinheiro? Não *tenho* dinheiro. Tudo o que tenho é a minha loja de onde retiro o meu ganha-pão, mas nada de extravagante. Mas a tia G disse que eu parecia rica, com os meus diamantes e o meu apartamento em Paris. Disse que Bennett *pensava* que eu era rica, em especial quando descobriu que ela era minha tia e que eu era a sua única parente viva. «Faz as contas, rapariga» disse-me. «Pergunta a ti própria, como tenho a certeza de que Bennett fez, a *quem* é que a tua querida tia G vai deixar a sua fortuna?»

Preshy virou-se para olhar para Daria, que estava concentrada na condução.

– Eu respondi-lhe que nunca pensara nisso. Quero dizer na morte dela e... bem, sabes como é. A tia G disse que ainda bem que não o fizera, porque não tinha qualquer plano para uma partida iminente. Mas depois disse que tinha uma confissão a fazer.

Daria tirou os olhos da estrada durante um segundo para olhar para ela.

– Uma confissão? O que diabo fez a tua tia?

Girou o carro para a rampa de entrada de tijolo – se se pode dar o título grandioso de «rampa de entrada» a dois ou três metros em frente da pequena casa de estilo arquitectónico «federal». Estacionou o carro e virou-se para olhar de novo para Preshy à espera da sua resposta.

– Recordas-te da noite antes do casamento, quando jantámos naquela pequena *trattoria* maravilhosa no Fondamenta Nuevo?

Daria assentiu.

– Recordas-te de que estávamos todos a divertirmo-nos muito, a fazer brindes engraçados e a rirmo-nos com as piadas uns dos outros...

Daria assentiu de novo.

– Todos excepto Bennett – disse Preshy. – Reparei que estava absorvido numa conversa com a tia G e isto foi o que ela me contou sobre a conversa: disse que estava a falar a Bennett do louco que quase a empurrara da Grande Corniche abaixo algumas semanas antes. Contou-lhe que pensara que ia morrer e que o seu primeiro pensamento fora que diabos a levassem se ia perder o meu casamento. Bennett riu-se e depois disse «Talvez fosse Preshy, a tentar afastá-la do caminho para deitar a mão ao seu dinheiro». A tia G disse que ficou um pouco surpreendida, mas que o esclareceu logo. «Oh, não» disse-lhe. «Preshy sabe que não herda nada. É uma rapariga forte e inteligente. Quero que singre o seu próprio caminho no mundo. Tudo o que tenho irá para as minhas obras de caridade preferidas: a fundação da princesa Grace e cuidados oncológicos infantis e para cuidar de cavalos de corrida na reserva. Mimi vai fazer a mesma coisa, embora no caso dela sejam os galgos de corrida na reserva.» Bennett ficou muito calado depois daquilo e, recordo-me agora, também não disse quase nada quando voltámos a pé para o Palazzo. Fui eu que fiz as despesas todas da conversa, que falei de todos os planos.

– O sacana. – Daria estendeu os braços para se poderem abraçar por cima da consola no meio dos bancos. – És como aquela heroína no romance de Henry James. Como é que se chamava? *Washington Square*?

Preshy conseguiu mostrar um sorriso enquanto esfregava os olhos antes de entrar e ir ter com a sua afilhada.

– Bem, estou na cidade certa para isso – replicou, fungando.

Lauren, a Super-Kid, precipitou-se para Preshy logo que esta entrou. Preshy agarrou-a, elevando-a no ar, gemendo por ela estar a ficar tão pesada.

– Estás a crescer de mais para mim, Super-Kid – queixou-se – e prometeste que não o farias.

– Vou tentar, tia Presh, verdade que vou – disse a Super-Kid, por entre risinhos.

Tom estava à espera delas, desmazelado como nunca naquele seu estilo professoral, com uma camisola velha e calças de bombazina. Tom era não só um apreciado professor de Física, como também um bom cozinheiro e tinha o jantar pronto e a mesa posta com uma salganhada de pratos velhos e guardanapos de papel.

A grande divisão que era o rés-do-chão inteiro da casa com as paredes interiores removidas para formar uma zona de cozinha, sala de estar e de jantar combinadas estava no seu estado caótico usual, com casacos arremessados no sítio onde haviam sido despidos, galochas de criança e brinquedos espalhados por todo o lado e uma fina camada de pó em todas as superfícies. Um bom fogo ardia na lareira com a sua parte circundante esculpida pintada de branco e Neil Young tocava na aparelhagem ao mesmo tempo que Anderson Cooper mexia silenciosamente os lábios na televisão com o som desligado.

Tom estava a abrir uma garrafa de um *Côtes du Rhône* pouco caro com um saca-rolhas antiquado, a garrafa presa entre os joelhos. Puxou finalmente a rolha com um estalido ligeiro e sorriu abertamente para Preshy.

– Bem-vinda aos doentes de amor – disse, servindo-lhe um copo. – Toma, querida, afoga a tua dor nisto.

– Oh, Tom... – Fitou-o com os olhos lacrimejantes e ele abanou a cabeça.

– Tens de ultrapassar isso, querida. Bennett não vai voltar e se tentasse seria por cima do meu cadáver. Ou do dele – acrescentou sombriamente, servindo vinho à mulher e dando a Super-Kid o seu sumo de laranja.

– A combinação é esta – disse Daria, enquanto Preshy deslocava uma *PlayStation* e um par de camisolas e se deixava cair pesadamente no sofá bambo e forrado com uma coberta. – Decidimos dar-te precisamente trinta «Dias de Luto». Isso significa trinta dias em que podes chorar e gemer e queixar-te e sentir pena de ti. Depois disso... acabou. Estás a entender? – Chegou a *PlayStation* mais para o lado e sentou-se junto da amiga. – Estás a perceber, Presh? Trinta dias para chafurdares em auto-compaixão e depois tens de avançar com a tua vida. Agora, como se diz, está combinado? Ou não?

Preshy olhou duvidosa para ela.

– Está bem. Vou tentar.

– Tentar não chega. Vais fazer isto, Presh. Vais sobreviver. Ninguém morreu, ninguém ficou ferido... apenas o teu orgulho e os teus sentimentos. Tens uma vida, *vais* avançar com ela. Promete-me isso... e nós prometemos escutar e ser compreensivos durante exactamente trinta Dias de Luto. Está bem?

Preshy respirou fundo. Não tinha a certeza de conseguir cumprir mas de qualquer modo prometeu. Tom ergueu o copo.

– Bravo – exclamou. – Bebo a isso.

Seguidamente tirou a caçarola de *boeuf bourguignon* do fogão, largou-a em cima da base para quentes no centro da mesa, partiu em fatias uma forma de pão estaladiço, trouxe a salada e disse:

– Vamos a isto pessoal.

Preshy pensou que era a comida mais reconfortante que alguma vez comera, aqui com os seus verdadeiros amigos, rodeada pelo seu amor e com liberdade para chorar para dentro do vinho no primeiro dos seus trinta Dias de Luto.

DARIA E SUPER-KID CERTAMENTE QUE a mantiveram ocupada a um outro nível mais inocente, levando-a à escola Montessori, a dar passeios junto ao rio Charles, a fazer compras na cooperativa Harvard, camisolas e bonés de beisebol, dando uma vista de olhos nas secções de livros e CD. Mas quando mesmo isso e os Dias de Luto foram demasiado para ela, fugiu sozinha para a velha casa de férias da família em Cape Cod com as suas recordações felizes de juventude.

Caminhou sozinha pela praia invernosa, fitando as ondas que se abatiam, estrondosas. E, mais tarde, aninhada no alpendre, enfaixada em camisolas e cobertores para repelir o frio, perguntou-se vezes sem conta como é que o homem que acreditara amá-la pudera fazer uma coisa tão horrível.

Mas depois começou a analisar mais algumas questões. Como, por exemplo, será que ainda amava realmente Bennett? Alguma vez o amara? Ou apaixonara-se simplesmente de forma frenética pelo seu bom aspecto, pelo seu charme e pelo puro romantismo da sua ligação amorosa a grande distância? Apaixonara-se pelos telefonemas a desejar boa-noite de onde quer que ele estivesse no mundo; pelas flores; pelo champanhe; pelos fins-de-semana no campo; pelo anel de noivado? Pensando em todas essas coisas, compreendeu que Bennett a arrastara até ao casamento com tanta rapidez que nem sequer pensara seriamente nas suas vidas juntos como casal. E, recuando na memória, não sabia realmente tanto assim sobre Bennett, apenas as coisas que ele lhe contara – e em que acreditara.

Por exemplo, a história da sua infância no orfanato e o motivo da sua falta de amizades; e em relação ao negócio bem-sucedido que geria e que ela julgara lhe rendia muito dinheiro. Ainda nem sequer sabia a morada de casa dele; tudo o que tivera fora o endereço de *e-mail* e o número do telemóvel, porque ele lhe dissera que estava constantemente a viajar.

Vendo agora as coisas à distância, sabia que tinha sido uma idiota. Por mais que não quisesse acreditar nisso, Bennett James, ou quem quer que realmente fosse, nunca a amara e só se ia casar com ela pelo seu alegado dinheiro. Não sabia o que doía mais. E, ao contrário da mulher no romance *Washington Square*, não podia impedi-lo de entrar em sua casa, porque ele desaparecera simplesmente no ar. Ou onde quer que homens como ele desapareciam. Se calhar mais Marbella, pensou com amargura.

Não era para Espanha que todos os bons burlões iam gastar os proventos adquiridos por meios ilegais?

Sentindo-se um pouco melhor, regressou a Boston e disse a Daria que se conformara com tudo. Levara com o soco, mas estava de novo em pé e Bennett James podia ir para o inferno.

– Ainda te faltam alguns Dias de Luto – recordou-lhe Daria e, como se estivesse à espera da deixa, Preshy irrompeu em lágrimas e sentou-se a chorar no sofá.

– Tens de arrumar a tua vida, Presh – disse Daria, tristemente. – Está na altura de seguires em frente.

31

PARIS

Uma semana depois, Preshy estava de novo em casa. Era uma brilhante manhã de Dezembro, mas as persianas estavam corridas e ela estava deitada no sofá. Não se ouvia uma mosca na sala. Nenhum telefone soava, nenhuma música tocava, até o tráfego na Rue Jacob era inaudível devido às persianas fechadas. Normalmente, estaria a tomar o seu café e *baguette* no café, mas nem nisso conseguia pensar. Estava mergulhada fundo no dia vinte dos trinta Dias de Luto que Daria lhe atribuíra. E absorvida pelas mesmas velhas perguntas. Seria Bennett assim tão perverso? Teria realmente tencionado casar com ela por causa da sua suposta herança? Como poderia ser? Era tão simpático, tão amoroso, tão encantador.

A noite passada, a tia Grizelda telefonara, suplicando-lhe que viesse passar uns dias com ela.

– Podíamos ir esquiar – prometera.

Preshy rira-se, porque a ideia da tia G a esquiar na sua idade (embora ainda não soubesse exactamente qual era) era assustadora e, de qualquer modo, sabia que era uma desculpa e que a tia queria simplesmente mantê-la debaixo de olho.

– Quero ter a certeza de que não fazes nada «disparatado» – fora o que a tia G dissera.

– Nenhum homem merece que se faça qualquer coisa «disparatada» – prometera-lhe Preshy.

Mas isso não alterava os factos. Estava num impasse sem qualquer sítio para onde ir. Excepto, como Daria e Sylvie lhe diziam, *em frente*.

Suspirando, deslizou do sofá e foi olhar para o seu reflexo no espelho Luís XVI de moldura dourada trabalhada, sobre a lareira. Não gostou do que viu. O rosto sem maquilhagem estava pálido e manchado, os olhos raiados de vermelho, o cabelo não arranjado uma confusão emaranhada. Arrastou os dedos por ele, repuxando-o para o afastar do rosto, perguntando-se porque teria de ter caracóis quando o resto do mundo tinha o cabelo liso. A vida não era justa, pensou, enquanto uma lágrima se escapava pela face desbotada abaixo. Fitou horrorizada o seu reflexo no espelho.

– Sua idiota – acusou severamente a sua imagem. – *Chafurdando* em autocompaixão. Achas que Bennett está a fazer o mesmo? Oh, não. Certamente que *não* está. – Deixou o cabelo cair de novo sobre o rosto. – Bem, não posso fazer nada a respeito de Bennett – declarou em voz alta. – Mas posso fazer alguma coisa a respeito do meu cabelo.

Uma hora depois estava sentada na cadeira de um salão de cabeleireiro no Boulevard St. Germain.

– Corte-o todo – disse ao cabeleireiro.

Ele pegou num caracol, fazendo-o correr com admiração entre os dedos.

– Tem a certeza? Talvez pudéssemos cortá-lo só pela altura dos ombros, começar por aí, ver se gosta. Curto é uma mudança drástica.

– É isso exactamente que quero – retorquiu Preshy com firmeza. – Uma mudança drástica. Quero ficar como a Audrey Hepburn.

Duas horas depois não parecia exactamente a Audrey Hepburn, mas era por certo uma mudança drástica. A sua juba de caracóis desaparecera e, no seu lugar, ficara um barrete lustroso de um loiro acobreado, curto na nuca com uma franja profunda sobre os olhos. Correu as mãos pelo cabelo, abanou a cabeça, amaciou-o com os dedos. De certo modo, com o novo corte, sentia-se liberta do passado, liberta da fraca mulher romântica que fora outrora. *Esta* era a nova Preshy Rafferty.

Como se para sublinhar esse ponto, apanhou o metro para o Boulevard Haussmann e para as Galeries Lafayette onde se dirigiu ao departamento de *lingerie*. Uma hora depois tinha arrebanhado na sua rede um tesouro de bela roupa interior que, apesar de ser a única pessoa que iria vê-la vestida, a fez sentir-se melhor. A seguir atacou a secção de cosméticos e perfumes. Sentada numa cadeira no balcão da *Chanel*, foi maquilhada por uma jovem deslumbrantemente chique que lhe mirou o cabelo acobreado e insistiu que comprasse um batom e um *blush* rosa.

– Vai fazer a sua pele brilhar – assegurou.

E ansiando por «algum brilho», Preshy comprou-os.

Passando aos perfumes, considerou há quanto tempo usava a mesma fragrância. Provavelmente há dez ou vinte anos. Sempre pensara nesse perfume como a *sua* «assinatura» como fazem muitas mulheres, embora, claro, fosse usado por milhões de outras pessoas. Agora ia mudar isso também. A escolha recaiu sobre Hermès. Chamava-se *24 Faubourg*, a morada de Hermès no Faubourg St. Honoré.

– Era o perfume preferido da princesa Diana – disse-lhe a vendedora.

Preshy perguntou-se, por um momento, se fizera a escolha acertada. No final de contas, a princesa Diana não tivera muita sorte com os homens, não é? Pensou em comprar um par de sapatos caros, mas decidiu que era a compra cliché das «mulheres desprezadas» e não queria, definitivamente, ser um cliché, por isso apanhou um táxi para o Verlaine onde encontrou Sylvie atarefada a tratar do menu para a noite.

Sylvie ergueu os olhos quando Preshy empurrou a porta e fê-la rodopiar.

– Então? – perguntou Preshy.

– Tens um aspecto completamente diferente. Não sei se é o cabelo ou o batom cor-de-rosa, mas penso que gosto.

– *Pensas*? – Preshy fez uma cara desiludida e passou as mãos, preocupada, pelo cabelo curto. – Isto é o meu novo eu e não estás fortemente impressionada?

Sylvie riu-se.

– Claro que estou. É só que mal te reconheço. No final de contas, nunca te vi sem aquela grande nuvem de cabelo. Agora consigo ver o teu rosto e está muito bem.

Preshy envaideceu-se com os elogios.

– Bastou olhar-me ao espelho esta manhã e disse «Já chega». Vou seguir em frente.

– Gosto disso. De qualquer modo, estás quase no final dos teus Dias de Luto, é tempo de recuperares. Vamos, vamos tomar um café e comer uma sanduíche. Deixo os rapazes a tratar da cozinha. Não conseguem fazer muitos estragos em meia hora. Pelo menos, creio que não.

FOI BOM PASSAR ALGUM TEMPO com Sylvie, mas mais tarde nessa noite, sozinha de novo no seu apartamento, Preshy voltou a pensar em Bennett, recordando o *bateau mouche* e os jantares íntimos em pequenos restaurantes de bairro; recordando a forma como o apanhava a olhar com admiração para ela; e a recepção sempre que ele regressava a «casa» à Rue Jacob. *Oh, meu Deus*, pensou, detestando o silêncio, *o que vou fazer?*

Estava a pesquisar na internet quando lhe surgiu a fotografia de uma ninhada de gatinhos magricelas de olhos e orelhas grandes. Enterneceu-se um pouco a olhar para a inocência dos bichinhos. Num impulso telefonou à criadora que disse que já não restavam mais gatinhos, mas que tinha uma gata ligeiramente mais velha, com nove meses, que fora devolvida porque o comprador se revelara alérgico a ela.

– Fico com a gata – disse Preshy de imediato.

– Talvez seja melhor vê-la primeiro, ver se são compatíveis – retrucou a criadora hesitante, preocupada que a gata fosse para um bom lar.

– Oh, somos. Sei que somos – respondeu Preshy.

No final de contas, não haviam sido *ambas* rejeitadas? Ambas «devolvidas ao remetente» por assim dizer. E assim a gata siamesa com o extravagante nome de canil de *Mirande de la Reine d'Or* tornou-se sua.

Preshy foi buscá-la no dia seguinte, uma beleza creme e chocolate com olhos de um azul mais brilhante do que qualquer safira. Trouxe-a para casa em segurança, ou assim pensou, dentro de uma caixa de cartão no banco de trás do carro. Mas não contara com o engenho de uma siamesa determinada a sair e, com a mestria de Houdini, em breve a gata estava sentada no seu colo. «Maou» miou a gata, fitando com seriedade o rosto de Preshy no sinal vermelho.

– E maou para ti também – retorquiu Preshy a sorrir. E assim a gata ficou a chamar-se *Maou*.

E, claro, *Maou* ficou imediatamente a par de todos os segredos de Preshy. Confessou os seus problemas à delicada orelha cor de chocolate e a gata devolveu-lhe o olhar com ar de entendida, ronronando debilmente, compreensiva.

No dia seguinte, comprou uma caixa de transporte especial e bastante chique, supostamente à prova de Houdini, e levou a gata a visitar as tias em Monte Carlo.

Lalah e *Schnuppi* galoparam a ladrar na sua direcção quando ela entrou no átrio a apertar a caixa da gata contra o peito, enquanto, atrás da segurança da porta de rede, *Maou* miava e olhava fixamente para as cadelas.

As tias observaram perplexas as cadelas, com o rabo entre as pernas, a fugirem e a esconderem-se atrás delas.

– Claro que a gata é obviamente um substituto para um homem – disse a tia Grizelda com ar desconfiado.

– E qual é o mal? – inquiriu Preshy. – Pelo menos sei com o que posso contar.

E, confrontadas com aquele olhar fixo e impávido da siamesa, as cadelas foram sentar-se sossegadamente no chão, enquanto *Maou* saía da caixa e se enroscava triunfantemente no sofá, no lugar de honra entre as tias.

Era, pensou Preshy, afagando o seu novo cabelo curto, que Grizelda dizia que a fazia parecer um pato tosquiado, e sorrindo para as pessoas que amava, um bom começo novo.

32

XANGAI

Se Lily pensasse em fazer uma lista de pessoas de quem nunca esperaria voltar a ouvir falar, Bennett tê-la-ia encabeçado, com Mary-Lou em segundo lugar. Por isso ficou surpreendida quando cada um deles a contactou, à vez.

Bennett não telefonou; apareceu para a visitar, tocando-lhe um dia à campainha às sete da tarde, cerca de um mês depois de ela ter despedido Mary-Lou. Quando Lily olhou pela câmara de vigilância, ficou espantada por vê-lo ali no portão, com um grande ramo de lírios Casablanca. Carregando no botão do intercomunicador, disse secamente:

– O que queres?

– Gostaria de falar contigo, Lily. Se estiveres disponível, quero dizer.

Pelo menos era bem-educado e, além disso, sentia curiosidade em saber o que ele queria, por isso abriu o portão e deixou-o entrar. Esperou-o no alpendre quando ele se aproximou com as flores à sua frente. Como uma oferta de paz, pensou ela, perguntando-se se ele viera interceder por Mary-Lou.

Bennett disse a sorrir:

– Tencionava contactar contigo antes, mas estive na Europa. Quando nos conhecemos naquela noite, pensei que tínhamos imenso para conversar mas não tempo suficiente para falar de tudo.

Lily perguntou-se o que diabo julgaria ele que tinham em comum, mas Bennett era um sedutor experimentado.

– Não me vais convidar a entrar? – perguntou, oferecendo-lhe aquele suave sorriso de derreter corações a que, quase contra sua vontade, respondeu.

Bennett subiu os degraus do alpendre, parando para admirar o canário. O coração dela batia tão alto quando ele fitou a gaiola com o colar escondido, que ficou surpresa por ele não o ter ouvido.

– Uma ave canora que não canta – disse ele quando entraram em casa. – Que invulgar.

O aroma dos lírios que ele trazia flutuou na sua direcção, tão potente quanto um perfume francês.

– Lírios para Lily – continuou ele. – Mas tenho a certeza de que não sou o primeiro homem a dizer-te isto.

Lily pegou nas flores e com um breve obrigada, sem sorrir, pousou-as numa mesinha e depois apontou-lhe uma cadeira.

– Suponho que tenhas vindo interceder por Mary-Lou – disse, sentando-se no sofá e observando-o com cuidado.

As sobrancelhas dele ergueram-se de surpresa.

– E porque faria isso? O que lhe aconteceu?

Ela pensou que ele era um bom actor.

– Queres dizer que não sabes?

– Não sei de que estás a falar. Já te disse, estive fora e, de qualquer modo, as coisas estão acabadas entre nós. – Encolheu os ombros com desdém. – Foi divertido enquanto durou, mas estava na altura de seguir em frente.

– Então estamos em igualdade de circunstâncias. Mary-Lou já não trabalha para mim. Por isso, posso saber exactamente porque me fazes esta visita?

– Fiquei impressionado quando te conheci. Ah, não temos aqui uma rapariga frívola, pensei. Temos aqui uma mulher de substância. Uma mulher com quem poderia fazer negócio.

– E que negócio seria esse?

– Tenho uma proposta a fazer-te – retorquiu ele, escolhendo as palavras com cuidado. – És a proprietária de uma peça excepcional. Os boatos são numerosos nesta cidade, mas até agora apenas tu, eu e Mary-Lou sabemos qual é a verdade.

– Ouvi os boatos. Mas não têm nada a ver comigo.

– Não foi o que Mary-Lou disse. E tenho boas razões para acreditar nela.

As faces de Lily inflamaram-se de cólera. Mary-Lou tinha-a traído mais uma vez. Replicou:

– Penso que devias saber que despedi Mary-Lou porque me andava a roubar. Uma ex-empregada descontente dirá qualquer coisa para se vingar. Tenho a certeza de que, como homem de negócios, estarás ciente disso.

– Estou também ciente de que dizia a verdade e que tentou vender o colar através de Voortmann, aquele lapidador de diamantes de terceira classe, que o tentou depois vender a um imprestável homem rico de Xangai, que, por sua vez, abriu a boca e revelou a história a toda a gente. E se não o tivesse feito, eu não estaria agora aqui, porque por esta altura tenho a certeza de que já o terias vendido. – Abanou a cabeça, com ar pesaroso. – É uma pena que o teu acordo com o agente suíço tenha fracassado. – Ergueu uma mão para afastar os protestos dela. – Não me perguntes como sei. É uma infelicidade que o boato se tenha metido de permeio entre ti e o teu acordo, mas agora isso deixa o caminho aberto para eu te oferecer uma nova proposta. E, desta vez, Lily, o negócio é à prova de idiotas.

O estômago de Lily estava a agitar-se com os nervos. Foi até à cozinha e voltou com uma garrafa de *San Pellegrino* e dois copos. Encheu-os aos dois, pegou num e sentou-se na cadeira de madeira de olmo a observá-lo.

– Fazemos um brinde à nossa colaboração? – Bennett ergueu o copo, agora confiante em si próprio.

– Diz-me exactamente do que estás a falar – retorquiu ela, beberricando a água.

– É muito simples. Tu tens o colar do cadáver. Eu tenho um comprador. O meu comprador está preparado para oferecer uma entrada substancial e aguardar a entrega, mas precisa de saber que o que está a pagar é exactamente o que vai levar. E, por isso, preciso de ver o colar. Preciso também de documentos escritos a provar a sua autenticidade. – Bebeu um gole, mas sem afastar os olhos do rosto dela. – E, claro, precisamos de tomar uma decisão em relação ao preço. O meu cálculo ronda os trinta milhões.

Era bastante mais do que Lily previra e supôs que estaria a exagerar para ela ficar impressionada. Recorria ao velho truque do vigarista de dizer o que pensava que ela quereria ouvir, de acenar com os milhões à sua frente como se fossem a cenoura diante do burro, para que ela saltasse para a agarrar, de boca aberta. Pensaria realmente que ela entregaria o colar dizendo «Está bem, vamos aceitar»?

– A meias. – Bennett inclinou-se ávido. – Nunca mais terás de vender antiguidades falsas. O que dizes, Lily? Somos sócios?

– Vais ter de procurar o teu parceiro noutro sítio, Bennett, porque não tenho esse colar do cadáver. E não sei quem o tenha. São só boatos. – Levantou-se, a mandá-lo embora. – Só boatos.

Bennett levantou-se também. Aproximou-se muito dela. O temor disparou-lhe pela espinha acima quando os olhos dele, subitamente frios, a trespassaram.

– *Oh, mas é claro que o tens, Lily* – disse suavemente. – *E faço tenções de o obter. De qualquer maneira. Porque não fazemos isto da forma mais simpática, chegamos a um acordo, tornamo-nos sócios? Ou preferes a outra forma, menos agradável? Porque, sabes que mais, Lily? Aconteça o que acontecer, tenciono ficar com esse colar.*

Deu um passo atrás e o sorriso encantador faiscou de novo.

– Bom, já está! Já discutimos o assunto. Vou deixar-te em paz, dar-te tempo para pensar. Digamos até amanhã à noite a esta mesma hora?

A ameaça pairou no ar entre eles e Lily recordou-se de Mary-Lou dizer que talvez Bennett tivesse assassinado a sua mulher rica para ficar com o dinheiro. Sentindo um calafrio, acreditava agora que ele era capaz disso.

– Até amanhã à noite, às sete – disse Bennett. – E aí veremos o que fazer.

O coração de Lily bateu outra vez muito depressa quando, ao sair, ele parou para olhar para o passarinho. Em pânico, pensando que ele poderia entrever o estojo de pele vermelha, pressionou rapidamente o botão para abrir os portões do pátio. E então, sem se virar para olhar para ela, Bennett desapareceu. Mas Lily sabia que ele voltaria. E que estava a falar a sério. E sentiu medo.

33

Mary-lou tinha-se deliberadamente tornado amiga da jovem recepcionista do ginásio que Bennett frequentava. Encontravam-se para tomar uma bebida, almoçavam de vez em quando juntas, iam às compras; embora isso agora se estivesse a tornar mais raro, uma vez que estava desempregada.

No mesmo fim de tarde em que Bennett visitou Lily, estavam as duas num bar apinhado chamado Sasha's, mesmo em frente de Hengshan Road, na mansão que pertencera outrora à famosa família Soong, a dada altura a mais poderosa em toda a China. Por uma estranha coincidência, uma das lindas filhas de Charlie Soong era Mai-ling, que casara com Chiang Kai-shek, e cujos sapatos de cerimónia se dizia terem sido adornados com uma pérola roubada da coroa da imperatriz viúva Cixi.

Mas agora o velho lar dos Soong albergava um bar fumarento, a abarrotar de jovens barulhentos que não se interessavam nada pela sua história. De facto, Mary-Lou duvidava de que a sua nova amiga tivesse sequer conhecimento dela. A meio dos martínis, a rapariga contou-lhe que Bennett regressara à cidade e que o «casamento» não dera em nada.

– Ele mudou de opinião – disse, sorrindo por cima da borda do copo para Mary-Lou, que admirava muito pela sua beleza, as jóias caras e o estilo chique. – Aposto que não se conseguiu esquecer de ti – acrescentou. – E agora aposto que o consegues apanhar.

O choque e depois o alívio deixaram Mary-Lou sem energia. Mas recordando a última vez que se tinham encontrado, sabia que Bennett acabara com ela. E ela jurara vingança, não importava como, onde ou quando.

Deixando a nova amiga no bar, foi de carro até casa de Lily. Parando em frente dos portões, telefonou-lhe. Quando Lily atendeu disse:

– Preciso de falar contigo. Deixa-me entrar, por favor.

Lily desligou o telefone. Mary-Lou ligou de novo.

– Tens de falar comigo – insistiu. – É por causa de Bennett.

Lily hesitou, mas depois pensou na ameaça de Bennett e carregou no botão para abrir os portões. Estava de pé ao cimo das escadas do alpendre, de braços cruzados, quando Mary-Lou passou pela fonte e pelo lago sereno dos peixes dourados com o aroma das flores de lótus. Lily pensou que era muito bonita. E traiçoeira.

Mary-Lou parou ao fundo dos três degraus que conduziam ao alpendre, a fitá-la. Reconhecendo-a, o canário soltou um pequeno chilreio e Lily tapou-lhe rapidamente a gaiola com um pano.

– Preciso de falar contigo – disse Mary-Lou.

– Então fala.

– Bennett regressou. Foi à Europa para se casar. Recordas-te de lhe falares da tua prima, Precious Rafferty em Paris? A que herdou todo o dinheiro da família? Bem, era com ela que ele ia casar. Mas alguma coisa correu mal e o casamento não se realizou. Talvez ela não tivesse herdado o suficiente e, para Bennett, uma mulher sem muito dinheiro é uma mulher com quem não vale a pena casar. Ou matar. Não depois do que aconteceu com os Yuan.

Bennett a casar com Precious? Lily pressentiu perigo, não apenas para ela, mas também para a prima. Percebeu de repente, sem sombra de dúvida, que Bennett mataria para ficar com o colar. Tinha de partir antes das sete de amanhã à noite quando ele planeava voltar para acabar com ela.

– Não quero ouvir mais nada, Mary-Lou. Vai-te embora, por favor. – E abriu de novo os portões, esperando que a antiga amiga saísse.

Mary-Lou fitou-a entorpecida. Pensara que Lily ficaria chocada, que se associaria a ela na vingança contra Bennett.

– Ele sabe do colar – disse rapidamente. – Queria que eu to tirasse, foi por isso que te assaltei o cofre...

– Eu sei – retorquiu Lily com ar fatigado. – E sabes que mais, Mary-Lou? Já não me interessa.

Os ombros de Mary-Lou descaíram, sentindo esvair-se a esperança de que, de alguma maneira, Lily se tornasse sua aliada. Voltou a atravessar o pátio e depois virou-se para olhar para ela.

– Ele mata-te por causa do colar – afirmou, quando os portões se fecharam com estrondo atrás dela.

LILY ANDAVA DE UM LADO PARA O OUTRO, cheia de medo. Tinha de pegar no colar, sair de Xangai e avisar a prima. Então teve uma ideia. Precious tinha um negócio de antiguidades. Poderia conhecer coleccionadores que estivessem interessados no colar. Era a única pessoa que a poderia ajudar agora.

Procurou a empresa Rafferty Antiques em Paris, descobriu o endereço de *e-mail* e enviou à prima uma mensagem urgente.

«Preciso da tua ajuda», escreveu. «*É imperativo que fale contigo.*» Calculou a diferença horária e o tempo de voo e a forma de impedir Bennett de a encontrar e continuou: «*Por favor reserva-me um quarto no Hotel Ritz durante uma semana no teu próprio nome. Chego no sábado na Cathay Pacific. Isto é urgente e está relacionado contigo. Por favor, não me deixes ficar mal.*» Assinou: «*A tua prima, Lily Song.*»

A seguir ligou para a Cathay Pacific e marcou o primeiro voo para Paris, via Hong Kong, que saía na manhã seguinte. Foi lá fora ao alpendre e olhou para o pequeno canário, a dormir na sua gaiola trabalhada. Retirou o estojo de pele vermelha debaixo da base em folha de lixa, colocou-o num saco de plástico hermético e escondeu-o temporariamente na caixa dos legumes do frigorífico. Depois levou o canário ao vizinho do clube nocturno, disse-lhe que tinha de ir urgentemente a Paris e pediu-lhe para tomar conta do pássaro enquanto ela estivesse fora.

Resolvido o assunto, desceu à cave, seleccionou uma das estatuetas falsas dos guerreiros e empacotou-a.

Chamou um mensageiro para a vir buscar imediatamente e a despachar para a prima Precious.

Voltou a entrar em casa, fez as malas à pressa, e combinou com uma limusina para a vir buscar na manhã seguinte. Sabendo que não conseguiria dormir, sentou-se muito direita e assustada, a olhar fixamente para a televisão até surgir a madrugada. De manhã, muito cedo, partiria.

34

De volta ao seu apartamento, Mary-Lou foi forçada a enfrentar o facto de que em breve já não conseguiria pagá-lo. Tinha algum dinheiro no banco, mas certamente não o suficiente para manter o seu estilo de vida extravagante durante muito mais tempo. Contudo, adorava a sua casa, com os seus sofás italianos e quadros modernistas e o depravado quarto vermelho e preto no qual passara tantas horas felizes. Fitou a vista sobre o rio Huangpu através das janelas que se erguiam do chão ao tecto e, pela primeira vez em muitos anos, sentiu vontade de chorar.

Quando criança, fora deslocada de casa em casa pelos pais indolentes e este era o seu primeiro «lar» verdadeiro. Pagara-o ela, confessadamente com dinheiro roubado e jóias roubadas, mas era todo seu. Recusava-se a acabar como os pais, que se tinham arrastado pela cidade, com as suas fracas posses e a filha atrás, procurando o alojamento mais barato nas ruas mais miseráveis.

Sabia que Lily tinha o colar e agora arrependia-se de não o ter roubado enquanto tivera essa hipótese.

Sentada na sua pequena secretária chique, verificou as mensagens no portátil. Tinha apenas uma, da rapariga do ginásio, que não desejava voltar a ver. Mas quando Mary-Lou trabalhava para Lily pedira a um especialista para aceder ilegalmente ao computador de Lily, para saber sempre o que se passava. Digitou assim a palavra-chave de Lily e, de súbito, viu-se a olhar para o *e-mail* que ela enviara a Precious Rafferty em Paris.

Aturdida, compreendeu que Lily ia levar o colar para fora do país e que devia ir pedir à prima, negociante de antiguidades, que lhe descobrisse um comprador. Perguntou-se durante um momento o que fazer, mas depois percebeu que só tinha uma hipótese.

Telefonou de imediato para a Cathay Pacific e marcou um lugar no mesmo voo que Lily. Sabia que Lily viajaria em executiva e marcou classe económica para ela. Sabia também que os passageiros da primeira e da executiva embarcavam sempre antes dos outros e que a secção deles no avião ficava separada, por isso não haveria qualquer hipótese de Lily a descobrir. Nos aeroportos faria tudo para se manter longe da vista e ser dos últimos a embarcar e a desembarcar e, de qualquer modo, Lily nunca suspeitaria de que estava a ser seguida. Estaria tão preocupada com a sua bagagem e com pressa de sair que nem sequer se aperceberia de que ela ia também a bordo.

Algum tempo depois recostou-se na colcha de seda preta na cama vermelho-papoila. A energia esgotara-se e agora o seu plano parecia ridículo. Mesmo que conseguisse descobrir o colar no quarto de hotel de Lily, como é que o venderia? Abanou a cabeça, desesperada por todos os seus planos frenéticos parecerem fugir pela janela, sem dúvida voando através do rio Huangpu nos braços dos deuses do rio do Dragão, que, tinha agora a certeza, estavam contra ela. Não conseguiria fazer isto sozinha. Teria de voltar a lamber as botas a Bennett. Teria de dizer-lhe que sabia para onde ia o colar e como lhe poderiam deitar as mãos, e aceitar um acordo para dividir os lucros a meias. Apesar de não confiar nele, era a sua única hipótese.

Marcou o número de Bennett, rezando para que ele atendesse. Quando isso aconteceu, foi apanhada de surpresa porque quase esperava que ele não atendesse.

– Daqui Mary-Lou – disse numa voz baixa e assustada. – Tenho uma coisa para te dizer.

– Não quero ouvir – retorquiu ele abruptamente.

– É sobre Lily... sobre o colar...

– E então? – Não ia desperdiçar palavras com ela.

– Vai fugir para Paris. Vai ter com Precious, leva o colar... – A história jorrou aos borbotões.

Contou-lhe que ia seguir Lily até Paris, que conseguiria apanhar o colar desse por onde desse; que ainda precisavam um do outro; que repartiriam a meias, como ele tinha sugerido...

– Quando é que ela parte? – perguntou Bennett.

– Amanhã de manhã. Tenho um bilhete para o mesmo voo.

– Eu apanho o voo via Singapura. Telefono-te quando chegar a Paris.

– Bennett? – Ele ainda não dissera o que planeava fazer, nem se concordara com a divisão a meias.

– Telefono-te quando lá chegar – repetiu ele e desligou.

Mary-Lou não confiava nele. Tinha medo. Abriu a gaveta da mesa-de-cabeceira e retirou a *Berettta*. Depois recordou-se de que era óbvio que não havia forma de levar uma arma para bordo. Mas não confiava em Bennett. *Precisava* de uma arma.

Era uma peça muito pequena na engrenagem da máquina do crime em Xangai, mas conhecia um homem que tinha «contactos». Telefonou-lhe, disse-lhe o que queria e que necessitaria que lhe entregassem a mercadoria em Paris. Sairia caro, mas a coisa estava feita.

A seguir ligou para o Ritz de Paris e reservou um quarto. Não tinha dinheiro para aquilo, mas precisava de ter acesso ao quarto de Lily. Depois fez a mala e, como Lily, esperou que a manhã chegasse.

35

PARIS

Pouco habitual para a época do ano, Preshy tivera um dia atarefado, com uma dúzia de potenciais clientes, tendo dois deles, pelo menos, manifestado um forte interesse pela sua taça etrusca, mesmo depois de lhes ter dito honestamente que embora se tivesse partido e sido restaurada com cuidado, acreditava que poderia ser uma imitação de um período posterior. Não interessava, o preço era bom e ela estava satisfeita. Às quatro da tarde, com a gata debaixo do braço, subiu a correr as escadas para o apartamento, batendo rapidamente com a porta atrás dela para afastar o frio.

Maou sentou-se na bancada da cozinha, a observá-la enquanto Preshy preparava uma caneca de chocolate quente – de Angelina, na Rue de Rivoli e o melhor de Paris. Deitando todas as preocupações com a contagem de calorias para trás das costas, exagerou nas natas, mexeu um pouco e, com a gata a segui-la, colocou um CD de Joni Mitchell a cantar os seus fracassos no jogo do amor. Afundou-se no sofá fofo com os pés em cima da mesinha do café, beberricando o chocolate quente, cremoso e macio como seda, com os olhos fechados, sonhando com uma vida nova. Uma vida em que ela fosse forte, elegante e deslumbrante e controlando o seu próprio destino. Ah! Esvaziou a caneca e endireitou--se. Infelizmente a vida real nunca funcionava exactamente assim. Era muito, muito mais difícil.

Foi até à secretária, compôs a papelada necessária do dia, pensou em telefonar a uma amiga, ir a um cinema, decidiu que não e ligou a televisão. Aproximava-se mau tempo, dizia o meteorologista com ar solene. Esperavam-se tempestades de neve. Suspirou. Lá se ia o negócio. Esperava que os compradores da taça etrusca voltassem antes de começar a tempestade.

Verificou os *e-mails*; as coisas habituais de trabalho, mas depois uma coisa estranha. Um *e-mail* da prima Lily Song. Leu a mensagem de Lily. E leu-a de novo, sem ter ainda muita certeza de a compreender. *Lily* vinha a Paris? Reservar-lhe um quarto no Ritz, mas com o nome de Preshy? O que diabo pretenderia? Era *«imperativo»*, escrevia. Algo *«relacionado»* com ela...

Intrigada, recostou-se na cadeira, quase esborrachando a gata que se instalara confortavelmente atrás. Claro que era excitante pensar que ia finalmente conhecer Lily, mas por que razão tanto mistério? E porque seria *imperativo* que falasse com ela? E porque reservar o quarto de hotel no *seu próprio* nome? Visto que Lily chegava amanhã, calculou que em breve perceberia tudo.

Sentindo-se tola e um pouco como uma impostora, ligou para o Ritz e reservou o quarto como a prima lhe pedira. Disse que chegava amanhã de Xangai e que ficaria uma semana.

Nessa noite, antes de se deitar, afastou o cortinado e inspeccionou o céu. Estava límpido e estrelado. Com um pouco de sorte, os meteorologistas ter-se-iam enganado de novo e o voo de Lily chegaria a horas. Estava ansiosa por a conhecer e por descobrir de que é que aquilo tudo se tratava.

36

Às dez da gelada manhã de sábado de Janeiro, em que Lily deveria chegar, Preshy estava no café apinhado perto da Rue de Buci a tomar o seu pequeno-almoço habitual de café com leite duplo. Lá dentro, as janelas do café enchiam-se de vapor de água e, cá fora, os primeiros flocos de neve principiavam a cair. Os fregueses do mercado de rua embrulharam-se mais nos seus abafos de lã e caminharam um pouco mais depressa.

O novo cabelo curto de Preshy começou a frisar no ar fumegante e ela arrastou exasperada os dedos por ele. Imaginara que estando curto não frisaria, mas não teria tal sorte.

Hoje era o último dos seus Dias de Luto e pensou com alívio que estava por fim a ultrapassar tudo aquilo. Ou pelo menos a conformar-se com o que acontecera. Telefonara a Daria e Sylvie e contara-lhes que Lily vinha a Paris e ambas tinham pensado que era interessante e estavam mortas por saber como é que ela era e o que queria.

De facto, Preshy esperava com ansiedade a visita de Lily, apesar de o *e-mail* ser misterioso. Observando preocupada a neve que caía agora com força, desejou que não atrasasse o voo de Lily e fez um telefonema rápido para a Cathay Pacific só para se certificar de que o avião estava dentro do horário, o que realmente acontecia.

Esvaziou a chávena de café e levantou-se para partir, embrulhando-se cuidadosamente no seu casaco de Inverno. Na realidade, era o velho casaco de pele de carneiro do avô Hennessy, uma peça de vestuário disforme, de um verde azeitona, que lhe chegava aos tornozelos e poderia facilmente ter dado duas voltas ao seu corpo, mas que a mantinha quente e era só isso que importava. Puxou um chapéu de pele de aspecto russo com protectores para as orelhas pendentes por cima do cabelo recém-tosquiado, lamentando momentaneamente a perda dos longos caracóis que pelo menos lhe conservavam o pescoço quente. Depois, com um aceno de despedida ao seu empregado habitual, preparou-se para enfrentar os elementos.

Com a cabeça baixa contra a neve que soprava, desviou o pensamento para o queijo que ia comprar na sua banca favorita do mercado. Dez minutos depois, transportando um saco de papel cuidadosamente embrulhado e atado com cordel, contendo uma porção de queijo de montanha e um *Banon* da Provença agradavelmente empacotado em folhas de castanheiro, e com um pão estaladiço vindo directamente do forno do padeiro debaixo do braço, dirigiu-se para casa, cortando pedacinhos de pão para comer pelo caminho.

O bonito apartamento pareceu dar-lhes as boas-vindas. As janelas altas e estreitas deixavam entrar feixes de luz cinzenta nevada e os radiadores antiquados sibilavam calor para a sala comprida em forma de L. A gata desenroscou-se do banco almofadado da janela e correu para ela, as pernas esbeltas a cruzarem-se, tão elegante quanto qualquer modelo na passarela. Preshy agachou-se, permitindo que a gata lhe colocasse as duas patas nos ombros e depois saltasse.

– *Okay, Maou* – murmurou. – Está na hora de ir trabalhar, embora não creia que tenhamos muitos clientes hoje.

Tinha razão. O movimento na rua, em geral animada, era pouco e a neve estava já a assentar nos passeios estreitos. Na loja, a gata acomodou-se numa almofada à janela, a observar os flocos de neve a cair, aceitando majestosa os sorrisos de admiração dos poucos transeuntes que paravam para lhe dizer olá através do vidro, enquanto Preshy limpava o pó às peças e despachava alguma papelada. Às cinco, sem um único cliente, nem sequer os interessados na taça etrusca, fechou a loja e, pegando na gata, que estava a tentar apanhar os gordos flocos de neve, voltou para cima.

Chegou um fósforo às acendalhas na lareira, esperando até pegarem fogo antes de dispor um par de pequenos troncos por cima, e depois foi até à cozinha e cortou uma fatia do queijo de montanha.

– O céu na palma da minha mão – disse, dando-lhe uma dentada.

A gata e ela instalaram-se no fofo sofá de linho cinzento a ver as chamas dançar e a neve a cair ainda com mais força lá fora. Suspirando, Preshy pegou no telefone e ligou mais uma vez para a companhia aérea, ressentida com o facto de a desconhecida Lily ir, se calhar, obrigá-la a sair numa horrível noite de sábado quando preferiria muito mais ficar em casa. Mas desta vez disseram-lhe que o aeroporto estava fechado e que o voo da Cathay Pacific havia sido desviado para Frankfurt.

Mal desligou, o telefone tocou. Lily, pensou, erguendo rapidamente o auscultador. Mas era Daria, a telefonar de Boston. Antes de Preshy poder falar, *Maou* subira-lhe para o ombro e estava a uivar, tipo siamês, para o telefone.

– Oh, meu Deus – resmungou Daria – agora a gata atende o telefone.

– Na verdade – retorquiu Preshy – estou a ensiná-la a dizer Mamã.

– *O quê?*

– Mamã. Ela já diz Maa... tudo o que tem de fazer é repetir esse som.

– Poça, Presh, precisas mesmo de dar a volta à tua vida.

– Não posso – respondeu tristemente. – Está a nevar, o aeroporto está fechado e estou à espera que Lily apareça. Pensei que era ela a telefonar, mas afinal és só tu.

– Muito obrigada! Aqui estou eu a reservar algum tempo da minha vida tão ocupada, a fazer uma chamada internacional para ver o que se passa e tu a desejares que fosse outra pessoa.

Preshy riu-se e Daria acompanhou-a.

– É o teu último Dia de Luto. Estou a ver que estás a aproveitá-lo ao máximo.

– Não, não, a sério que estou bem – disse Preshy, esperando que fosse verdade. – Estou apenas aborrecida, Daria – acrescentou melancólica.

– Então fecha a loja durante alguns dias e volta para aqui.

– Não posso. Além disso, já te disse, o aeroporto está fechado. E tenho de esperar que Lily entre em contacto comigo. A última vez que verifiquei o avião tinha sido desviado para a Alemanha.

– Então não vale a pena esperar em casa, não é? Pelo menos telefona a Sylvie e vão tomar uma bebida.

– É a noite mais movimentada de Sylvie, sábado, embora calcule que com este tempo o restaurante não tenha *assim* tanta gente. Mas sei como ela é, de qualquer modo não se vai embora até serem horas de fechar só para o caso de alguns retardatários enfrentarem a tempestade e aparecerem.

– Então porque não vais lá jantar?

– Não posso ir sozinha, Sylvie ia ficar preocupada comigo.

Daria riu-se; sabia que Preshy tinha razão e que Sylvie andaria sempre a rondar, entrando e saindo da cozinha, vendo se haveria alguém adequado que lhe pudesse apresentar.

– Escuta, querida, estava a falar a sério quando falei em voltares aqui alguns dias, depois da visita de Lily. Tom vai para St. Louis para uma conferência, a avó pode tomar conta da Super-Kid e tu e eu ficamos livres. Podíamos fazer um fim-de-semana de spa, fazer uns tratamentos para ficarmos em forma.

– Eu estou em forma – disse Preshy. – E de qualquer modo não posso simplesmente fechar a loja e ir-me embora.

– Porquê? O negócio está assim tão dinâmico com esse tempo de neve?

Preshy teve de admitir que não estava e mesmo as permanentes feiras e congressos, semanas de moda e espectáculos aéreos de Paris não afectavam verdadeiramente o seu negócio. O seu tipo de clientes eram desenhadores de interiores para os ricos e turistas com dinheiro que se apaixonavam por alguma peça exibida na vitrina.

Enrolou uma madeixa curta de cabelo nos dedos. Mesmo com a visita surpresa de Lily, um longo Inverno cinzento parecia estender-se interminavelmente à sua frente e estava tentada a aceitar. *Maou* empurrou o focinho contra a cara dela e Preshy fez-lhe uma festa distraída.

– De qualquer modo não posso deixar *Maou* – concluiu por fim. – E o aeroporto está fechado e quando reabrir os voos vão estar impossíveis.

Daria suspirou.

– Aceito a segunda desculpa, mas não a primeira. Talvez vá eu ver--te então. Fico a conhecer Lily.

– Óptimo. Excepto que não há voos.

– Está bem, está bem, vamos esperar para ver. Entretanto, adoro--te, querida.

– Eu também. E obrigada.

Os agradecimentos de Preshy não eram apenas pela oferta de Daria, mas também pelo seu amor. Precisava de todo o amor possível e infelizmente parecia haver demasiado pouco por ali.

Pensou em Sylvie. Depois de ser abandonada no altar, não se sentira sequer capaz de olhar para outro homem, mas Sylvie, como boa amiga que era, não se conformara com isso.

– É como voltar a montar no cavalo depois de sofrermos uma queda – dissera, os olhos escuros a faiscarem. – Sei que não posso falar – acrescentou, com as mãos nas coxas roliças – mas, caramba, sou uma *chef* e tenho desculpa. Os meus horários são horríveis e os únicos homens que conheço são outros *chefs*. E com os egos que têm, nem pensar! Mas tu, Preshy Rafferty, não tens desculpa.

– Talvez eu não goste de tipos bons – retorquira Preshy melancolicamente. – Estou fadada a apaixonar-me pelos malandros.

Mas agora, apesar do que dissera a Daria, sentia-se sozinha. Decidiu telefonar à tia Grizelda. Foi Mimi quem atendeu.

– O que estás a fazer em casa às oito da noite de um sábado, em Paris? – inquiriu.

– Mimi, está a nevar.

– E desde quando é que um pouco de neve impediu alguma rapariga de sair?

Preshy suspirou.

– Não impede, Mimi. O facto é que ninguém me convidou para sair. – Ouviu o gemido de Mimi em resposta.

– Desisto – disse Mimi e foi procurar Grizelda.

A tia Grizelda pegou no telefone.

– Querida, porque não apanhas um avião e vens até cá? Organizo uma festa para ti – disse em voz alta. Falava sempre alto ao telefone, nunca tendo ultrapassado a ideia, acreditava Preshy, de que quanto maior a distância mais alto se deveria falar. – Prometo que há aqui neste momento todo o tipo de pessoas fascinantes.

Pois, e todas elas com sessenta e cinco anos ou mais, pensou Preshy sombriamente. Tinha de reconhecer, no entanto, que a tia G tentava. Explicou a questão da neve e do fecho do aeroporto e depois falou-lhe de Lily.

– Queres dizer que passados todos estes anos ela vai simplesmente aparecer aí? – exclamou Grizelda, espantada. – Mas porquê?

– Não tenho a menor ideia. Tudo o que sei é que disse que era imperativo falar comigo. E pediu-me que lhe reservasse quarto no Ritz, dando o meu próprio nome.

Fez-se silêncio no outro lado da linha, enquanto a tia G pensava naquilo.

– Não gosto disso – disse por fim. – A mulher pretende alguma coisa, acredita.

– Mas *o quê*, tia G? Não tenho nada que ela possa querer. A única coisa que temos em comum é o avô Hennessy e o facto de as nossas mães serem irmãs. Oh e, claro, o facto de ambas negociarmos com antiguidades.

– Hmmm, ela quer *alguma coisa*, Preshy, podes ter a certeza. Não recebemos qualquer notícia da família Song há cinquenta anos e agora, de repente, a tua prima vai aparecer-te à porta?

– Na verdade, não vai. O voo dela foi desviado para Frankfurt. Não soube mais nada dela desde que recebi o *e-mail*.

– Bem, não tenho dúvidas de que vais saber. Entretanto, porque não esqueceres-te dela e vires até cá? Não gosto de pensar que ficas aí sozinha num sábado à noite.

– Pareces o eco de Mimi – replicou Preshy, sorrindo ao mesmo tempo que prometia pensar no assunto.

A seguir despediu-se, enviando um beijo especial à tia e a Mimi.

Sozinha no apartamento silencioso, com o relógio a fazer tiqueta-que e a neve ainda a cair, esteve quase tentada a aceitar o convite da tia, a colocar simplesmente a gata na sua caixa de transporte, a atirar algumas roupas para um saco e partir. Porém o seu pequeno carro *Smart*, que parecia um carro pequeno normal, mas com a traseira cortada tornando--o ainda mais pequeno, embora fosse um sonho para guiar na cidade por causa do estacionamento, não fora por certo concebido para longas surtidas pela Autoroute du Soleil abaixo até ao Sul de França a meio de um nevão.

Deambulou agitada pelo apartamento. Estava demasiado tranquilo. A gata, enroscada ao fundo do sofá, fungava suavemente enquanto dormia; um tronco escorregou na lareira, lançando uma pequena chama azul que crepitou nas cinzas; e os radiadores sibilavam no silêncio. Preshy pensou, desolada, no pão, nos queijos e num copo de vinho que a aguardavam na cozinha solitária. Que raio, não era *assim tão* francesa. Precisava de uma comida reconfortante. Precisava de um bife com batatas fritas.

Agarrando na mala, passou o novo batom cor-de-rosa pelos lábios, um pente pelo cabelo curto, atirou pelos ombros o velho casaco de pele de cordeiro verde azeitona do avô Hennessy e enfiou os pés nas velhas botas felpudas do *après-ski*. Assentando um beijo rápido no nariz da gata adormecida, saiu em busca de comida e... bem, outras pessoas, supunha.

37

FRANKFURT

LILY estava à espera no tapete rolante número cinco das bagagens no aeroporto Frankfurt-Main. Bateu impacientemente com uma unha bem arranjada no carrinho de metal, perscrutando o vasto átrio, quase esperando ver Bennett materializar-se à sua frente.

Tinha a sensação desconfortável de estar a ser seguida, de que os olhos de alguém a vigiavam. A mala *Tumi* preta deslizou pela rampa e ela apanhou-a. Depois, com os nervos tensos como a pele de um tambor, apressou-se a passar pela porta verde da alfândega e saiu para o terminal das chegadas, perguntando-se, uma vez que Paris estava fora de questão, o que fazer a seguir.

Olhou para os destinos dos aviões que partiam, listados num ecrã cintilante. Muitos voos tinham sido cancelados. Mas não queria ficar em Frankfurt, caso tivesse razão e estivesse a ser seguida. Teria de ir mais para sul, para onde não houvesse neve. Havia um voo para Veneza que partia dentro de uma hora. Era o último lugar onde Bennett pensaria em procurá-la. Se fosse rápida, conseguiria apanhá-lo, caso contrário passaria uma noite agitada num hotel de aeroporto.

Lançando olhadelas nervosas por cima do ombro e empurrando o carrinho da bagagem, correu para as partidas. Teve sorte, ainda não tinham fechado a porta e conseguiu comprar um bilhete. A tensão esvaiu-se quando o avião levantou voo. Recostou-se para trás, com os olhos fechados, pensando no que se passara nos últimos dias. Mas ainda não se sentia em segurança.

No aeroporto Marco Polo, em Veneza, telefonou para o Hotel Bauer. Como era época baixa não tinham muita gente, conseguiu reservar um quarto. Apanhou um barco táxi, mal reparando na beleza em seu redor porque estava demasiado atarefada a observar um segundo barco táxi que, suspeitava, a seguia. Mas quando desembarcou no hotel, o outro barco passou por ela e, de novo, suspirou de alívio.

Exausta, caiu na cama. Telefonaria a Precious mais tarde e falariam do que interessava.

Dormiu como uma mulher morta.

COM O DESVIO INESPERADO DO AVIÃO E, depois, a impetuosa decisão de Lily de apanhar um voo para Veneza, a coisa não fora fácil para Mary-Lou. Mesmo assim, mantendo-se sempre na retaguarda da fila e muitas cadeiras atrás no avião, conseguira safar-se.

Seguira o *motoscafo* de Lily, ordenando ao condutor que continuasse quando Lily desembarcara no Bauer. Meia hora depois, regressou a esse hotel e arranjou um quarto no mesmo andar.

Telefonou a Bennett, que fora desviado para Lyon, e contou-lhe o que acontecera e onde estavam. Depois, exausta, deitou-se na cama a pensar no que fazer a seguir.

De repente, sentou-se muito direita na cama. Esquecera-se da arma. Era para lhe ter sido entregue em Paris – e agora estava em Veneza. Sem sequer tomar em linha de conta a diferença horária, telefonou ao seu contacto em Xangai. Este avisou-a de que lhe custaria um extra e que, como ela sabia, tinha de pagar adiantado. Transferisse o dinheiro, disse, e teria a arma no dia seguinte.

Mary-Lou tratou de tudo, reduzindo ainda mais as suas poupanças, e depois voltou para a cama. Estava estafada e sabia que precisaria de todas as suas forças e de todo o seu talento para levar a cabo o que se propunha fazer.

38

PARIS

La Coupole era um dos poucos lugares de Paris que se mantivera aberto na tempestade e, apesar das más recordações que envolvia para Preshy, era um bom sítio para uma mulher sozinha.

A neve estalava no pára-brisas enquanto avançava lenta e nervosamente pelo Boulevard du Montparnasse abaixo, mas desta vez estacionar foi fácil porque toda a gente com bom senso – e que não se sentisse sozinha – ficara em casa.

O restaurante estava quase vazio e Preshy sentou-se num canto sossegado, muito longe de onde se sentara com Bennett. Pediu meia garrafa de vinho tinto e *steak frites* e estava a beberricar o vinho, perguntando-se onde estaria Lily e quando a contactaria, quando o empregado conduziu um homem para a mesa ao lado da sua.

Claro que não era Bennett, mas mesmo assim o estômago deu-lhe algumas cambalhotas. O seu olhar encontrou o do desconhecido por breves instantes e depois, indiferente, ele afastou os olhos.

Preshy suspirou de alívio. Este homem não era um formoso Bennett James. Era muito alto, magro e vigoroso, de cabelo castanho e olhos castanhos atrás de óculos de aros dourados, com um rosto estreito, um queixo com barba por fazer e uma expressão amarga. Reparou que usava uma aliança. Ah! Não, não, não! *Este* homem não ia certamente tentar engatá-la. Tinha provavelmente uma mulherzinha simpática à espera dele em casa algures, calculou, nos Estados Unidos. Talvez em Chicago. Ou Oklahoma. Trabalhava provavelmente para uma empresa internacional de advocacia e estava na cidade em trabalho. A única coisa que o distinguia do retrato que dele fizera era o facto de usar *jeans* e uma camisola de gola alta preta por baixo de um casaco de cabedal e o facto de ter pedido ostras, ostras Belons, e um vodca duplo com gelo que emborcou mais depressa do que vira qualquer homem fazer antes e depois, imediatamente, fazer sinal a pedir um segundo.

Hmmm... um homem chateado com o mundo como nunca vira outro. O tipo pediu depois um peixe chamado Saint-Pierre, um dos seus próprios pratos favoritos, redimindo-se assim aos seus olhos pelo entornar do primeiro vodca. O segundo estava a ser engolido bastante mais lentamente, embora o homem tivesse também pedido uma garrafa de bom *Bordeaux*, que era demasiado pesado para o peixe e que o classificou na sua mente, em parte francesa, como filisteu.

Olhando em volta do restaurante quase vazio, no entanto, perguntou-se inquieta por que razão escolhera sentar-se ao lado dela. Mas depois considerou que estava a ser ridícula; era apenas uma coincidência. No final de contas era um local público e qualquer pessoa se podia sentar em qualquer sítio que desejasse. Era só a sua recém-descoberta paranóia a manifestar-se.

Beberricou o vinho, pensando sombriamente na viagem gelada de volta à Rue Jacob no seu minúsculo *Smart* e ao seu apartamento solitário. Perguntou-se mais uma vez onde andaria Lily. Puxando do telemóvel, verificou as mensagens. Nada. Saboreou o bife e despejou o resto do vinho no copo.

– Importa-se? – falou o desconhecido.

Erguia um pacote de *Marlboro*, uma pergunta no olhar. Preshy não gostou, mas estava-se em França e era permitido fumar, por isso encolheu os ombros num assentimento. Por trás dos óculos, os olhos dele eram escuros, veementes. E cansados. E *era* americano. Empurrou a franja desordenada dos olhos, desejando ter dedicado um pouco mais de tempo à sua aparência antes de ter saído apressada para a tempestade e depois perguntou de onde ele era.

– Charleston, na Carolina do Sul – respondeu ele, surpreendendo-
-a, embora reconhecesse agora o lento e suave arrastar das palavras.

Preshy contou-lhe que era americana e que andara no colégio em
Boston. Ele olhou para ela com indiferença.

– Estou aqui preso em Paris graças ao tempo. Não há voos a partir,
nem a chegar.

– Se temos de ficar presos em algum sítio, Paris não é assim tão
mau. – Atirou-lhe um olhar carrancudo por baixo da franja desleixada,
ressentida por ele ter lançado uma censura, mesmo que apenas sugerida,
sobre a sua bela cidade.

– Nunca cá devia ter vindo, para começar.

O homem fitou o espaço, bebericando o bom *Bordeaux* e fumando
o seu cigarro, parecendo, pensou ela, um homem ansioso por sair dali para
fora. Um silêncio recaíra entre eles e Preshy voltou às suas batatas fritas,
sempre óptimas. Era definitivamente viciada em hidratos de carbono. Excepto
que também gostava de lagosta e caviar e depois havia o queijo, claro...

– Por que razão está tão irritado? – Fez a pergunta daquela forma
directa que utilizava, desejando de imediato, como sempre acontecia, não
ter dito o que acabara de dizer, porque na realidade não tinha nada a ver
com isso.

– Por que razão estou irritado? Ahh! – Riu-se com amargura. – Acabei de passar três horas sentado num avião, na pista, à espera que des-
congelassem as asas. Acontece que não havia máquinas para descongelar
suficientes e, quando chegou a nossa vez, era demasiado tarde, já soprava
uma forte tempestade de neve. Desembarcaram-me a atiraram-me para
os braços reticentes de Charles de Gaulle, junto com milhares de outros
viajantes abandonados – e todos eles à procura de um quarto de hotel.
Claro que não havia nenhum.

O «oh» de Preshy foi compreensivo.

– Alguém me deu o nome de um sítio de segunda categoria... está
bem, chamemos-lhe de *terceira* categoria, onde por fim arranjei um quarto.
Se é que se pode chamar assim. Na realidade não é mais do que um cubículo, com uma cortina de duche a projectar-se num canto e uma cela contendo uma sanita e o lavatório mais pequeno que jamais se viu.

Fez uma pausa e bebeu um gole de vinho, fitando-a.

– Uma vez que tenho um metro e noventa de altura, o meu suplício agravou-se mais. No entanto, havia uma espécie de bónus. Normalmente o tráfego silvaria pela minha janela, mas graças à neve – e é a única coisa que posso agradecer à neve – apenas alguns carros e camiões conseguiam avançar aos soluços pela rua. Mas não havia um bar onde afogar as minhas desgraças, nenhum restaurante onde mitigar a minha fome. Por isso... aqui estou. – Olhou de novo para ela. – E é isto o raio da merda de Paris – murmurou entre dentes, mas mesmo assim Preshy ouviu-o.

– Ohh – disse de novo, com algum nervosismo. – Bem, pelo menos descobriu o La Coupole – acrescentou, tentando desanuviar as coisas.

– Já cá estive antes – retorquiu ele secamente. – Sabia que era um sítio onde se podia tomar uma bebida forte, comer algo decente e beber uma garrafa de bom vinho. Calculei que estivesse aberto. Se não, estava prestes a abrir os pulsos.

Preshy parou a meio de uma garfada, fitando-o, alarmada, mas para seu alívio ele sorriu.

– Desculpe, foi um dia longo. Uma longa semana.

– Ohh – exclamou ela outra vez, ocupada com o bife, que estava em sangue, fino como uma tábua de lavar e quase tão rijo, mas era assim que os franceses gostavam.

– Então o que faz aqui em Paris?

Fez a pergunta como se fosse um mistério o que alguém fazia em Paris além de, supunha ela, a ideia que o turista tinha sobre mulheres fatais e fornicação.

– Trabalho – retorquiu-lhe com brusquidão. – Antiguidades.

Os olhos dele voltaram-se para ela. Pareceu vê-la como deve ser pela primeira vez. Como se fosse na verdade uma pessoa a sério, pensou ressentida. Mas depois pensou: *Hei, está tudo bem, pelo menos não é como Bennett*. Mas não ia seguir por esse caminho. Os seus Dias de Luto terminavam à meia-noite.

– Sou dona da Rafferty Antiques na Rue Jacob – declarou, de repente conversadora. A solidão e o vinho estavam a afectá-la; cá estava ela a meter conversa de novo com um perfeito desconhecido. – Lido sobretudo com artefactos primitivos, etruscos, romanos, gregos.

– Então deve saber muito sobre o assunto.

– Gosto de pensar que sim. Aprendi nos joelhos do meu avô, por assim dizer – acrescentou.

Depois, enquanto ele comia o peixe, prosseguiu contando-lhe a história do avô Hennessy e a da família, falando das tias e de como viera viver para Paris. Devia ser o vinho a falar, pensou, esvaziando o copo, porque lhe contou também a história dos Song e da mensagem misteriosa e repentina de Lily.

– Então o que pensa que ela quer? – perguntou ele, acendendo outro cigarro.

Preshy respondeu que não tinha a mínima ideia, franzindo o sobrolho enquanto afastava o fumo com a mão. Ele pediu desculpa e apagou o cigarro, depois pegou na garrafa meia cheia de *Bordeaux*, num copo limpo, serviu o vinho e pousou o copo à frente dela. Com um olhar de esguelha aprovador, Preshy agradeceu-lhe. Podia ser um fumador crasso e um bebedor de vodcas, mas era generoso e, pelo menos, sabia que não se servia bom vinho num copo já usado.

– E o que é que você faz? – indagou, de súbito curiosa.

– Sou escritor.

– E o que escreve?

– Romances.

– Verdade? – Fitou-o com respeito. – Deveria conhecê-lo?

Ele atirou-lhe um olhar fulminante.

– Porquê?

– Quero dizer, bem, conhecê-lo de nome?

– Depende se se interessa por romances de mistério.

– Então como se chama?

– Sam Knight.

Claro. Era muito conhecido.

– A minha melhor amiga Daria é a sua maior fã.

– E você?

– Oh, eu nunca tenho tempo para ler.

Foi a vez de ele sorrir abertamente. Claro que não era verdade, mas os romances de mistério não faziam simplesmente o seu género.

– Exactamente o que qualquer autor deseja ouvir – observou sarcasticamente, voltando a encher o seu copo. Ergueu-o num brinde. – À resolução do mistério de Lily – disse com um sorriso que lhe transformava o rosto perdendo as rugas de amargura e adquirindo um súbito ar arrapazado. – E afinal como é que se chama?

Quando ela respondeu, ele riu-se.

– Nunca poderia chamar «Precious» a uma mulher – afirmou. – E além disso, não tem aspecto disso. É definitivamente uma Rafferty.

– Está bem – concordou ela, satisfeita por ele não a considerar uma Preshy palerminha. Perguntou-se que idade teria. Estava na casa dos quarenta obviamente, mas em que ponta dos quarenta? – E à sua estadia em Paris – acrescentou com um sorriso que esperava iluminasse o seu rosto com uma nova meninice que certamente não sentia.

– Uma estadia que podia dispensar.

– Pelo menos tem de admitir que temos bom vinho.

Ele riu-se de novo, um riso profundo e gutural que era contagiante.

– Nunca cá devia ter vindo para começar – disse.

– Então porque veio?

Os olhos dele por trás dos óculos de aros dourados examinaram os dela durante um momento. Já não se ria.

– Andava à procura do passado – retorquiu baixinho.

Depois levantou-se abruptamente, disse que ia até ao bar fumar um cigarro em paz e deixou-a ali sentada, tão sozinha como quando entrara e a perguntar-se o que diabo poderia ele ter querido dizer.

Preshy terminou o copo de vinho, que era bastante bom, e quando Sam Knight voltou, sabendo que não haveria táxis, ofereceu-lhe uma boleia até ao hotel dele.

– Fica em caminho – declarou, quando ele lhe disse que era na Rue de Rennes.

Reparou que ele sorriu quando ela vestiu o velho casaco de pele de carneiro e tinha a certeza de que ele ainda sorria abertamente atrás dela quando avançou desajeitadamente para a saída com as suas gigantescas botas felpudas. Envergonhada, pensou que ele podia pelo menos tê-lo feito cara-a-cara.

Lá fora, Sam Knight olhou fixamente para o seu pequeno *Smart*.

– É isto? – inquiriu numa voz espantada.

E foi a vez dela se rir à socapa enquanto ele tentava encaixar o corpo alto dentro do carro. No entanto, não resmungou *e* esperou pacientemente enquanto ela verificava de novo as suas mensagens. Nada. Se Lily estava em Frankfurt, certamente não lho ia dizer.

– Nenhuma sorte? – perguntou enquanto ela deslizava devagar pelo *boulevard* vazio em direcção à Rue de Rennes.

– Nenhuma *Lily*. E, portanto, nenhuma solução para o mistério – acrescentou com um sorriso.

Sabia que nunca mais veria Sam Knight, mas estava contente por o ter conhecido. Ajudara-a a deixar de pensar em Lily e também na sua horrível sensação de «solidão». Se exagerasse um pouco as coisas, podia até contar à tia G e a Mimi que tivera um encontro naquela noite.

Sentiu pena de Sam, porém, quando parou o carro à porta do seu hotel com mau aspecto. Quase pena suficiente para lhe oferecer o sofá em sua casa, mas depois pensou rapidamente que nem sequer conhecia o tipo. Passou-lhe de novo pela cabeça que era estranho ele ter-se sentado mesmo ao lado dela no restaurante meio vazio. No final de contas, poderia ser outro Bennett.

Sam saiu do carro. Inclinou-se para ela, olhando-a nos olhos, por esta altura quase tão cansados como os dele.

– Muito obrigado, Rafferty. Gostei da boleia. Sem ela, teria de fazer o caminho todo a pé.

– De nada. E obrigada pela companhia.

– Boa sorte com a misteriosa Lily Song. – Endireitou-se para fechar a porta do carro. Depois dobrou-se de novo. – Porque não me dá o seu número de telefone? – disse imperturbavelmente.

E Preshy pensou que Sam Knight era realmente um homem imperturbável. *Impenetrável*, poderia ser uma palavra melhor.

– Só para o caso de eu voltar a Paris – acrescentou. – Aí poderá pôr-me ao corrente da história de Lily.

– Toda a gente tem uma história – retorquiu ela e ele sorriu.

Tinha um bom sorriso, pensou Preshy, enquanto vasculhava no caos geral do carro à procura de alguma coisa em que escrever. Descobriu um velho cartão da florista local e escreveu o seu nome e número de telefone no verso. Sam meteu-o no bolso, bateu com a porta do carro e com um aceno vigoroso desapareceu.

DE VOLTA A CASA E NA CAMA com *Maou* aconchegada em cima da sua almofada, telefonou a Sylvie e contou-lhe a sua noite.

– Já era tempo de encontrares um tipo – foi a resposta cansada da amiga.

Mas Preshy sabia que Sam Knight era apenas um viajante de passagem, numa noite nevada de Inverno.

39

DESPERTOU com a luz cinzenta soturna a filtrar-se através dos cortinados. Lutando contra o sono, recordou-se de Lily e telefonou de imediato para a companhia aérea. Estava, por esta altura, a ficar farta do assunto. Disseram-lhe que o voo aterrara em Frankfurt na noite anterior e que todos os passageiros haviam desembarcado. O aeroporto Charles de Gaulle já reabrira, mas havia uma enorme acumulação devido aos voos cancelados e o caos era completo. E não, Lily Song não contactara a companhia aérea para tentar recuperar o seu voo para Paris.

Quando pousou o telefone, *Maou* saltou para a cama, fazendo aquelas pequenas roncadelas que significavam que estava com fome, por isso Preshy levantou-se e encheu-lhe o prato – um prato *Hermès*, uma prenda, claro, da tia Grizelda. A seguir tomou um duche, vestiu-se e saiu para tomar o seu café, patinhando na neve empilhada, sorrindo e sentindo-se como uma criança num dia sem escola. Calculava que Lily a contactaria muito em breve. Lily não o fez, mas Sam Knight sim.

SAM ESTAVA DEITADO NA estreita cama de hotel, uma garrafa de vodca meia vazia na mesa-de-cabeceira ao lado.

Resmungou, virando-se para olhar para os cortinados cor de laranja moles e para o breve clarão de céu cinzento de aço atrás deles. Pensou na sua casa de praia em Outer Banks, na Carolina do Norte, varrida por ventos frios e tempestades nesta altura do ano, mas sempre bela.

Era o sítio onde costumava escrever, longe do turbilhão social de Nova Iorque onde tinha um apartamento em Gramercy Park. Mas não escrevia nada há três anos e quem sabe se alguma vez voltaria a fazê-lo.

Estendeu a mão para o vodca e sorveu um longo trago. Outro dia comprido e vazio em Paris – uma cidade com que não sentia qualquer ligação – estendia-se interminável à sua frente. Excepto que agora estabelecera contacto com Precious Rafferty. Pensou nela, no velho casaco verde de pele de carneiro e grandes botas, o cabelo loiro a emaranhar-se por cima dos olhos que, percebeu surpreendido, se recordava também serem de um azul-esverdeado gélido. Recordava-se das suas perguntas directas, das mãos grandes, do riso sonoro de menina e de... Pensou durante um minuto, procurando a palavra exacta. A *inocência*. Era isso. Mas seria tão inocente quanto parecia? A questão era essa.

Puxando do cartão da florista do bolso do casaco, marcou o número que ela escrevinhara.

Preshy atendeu ao primeiro toque.

– Lily? – disse sem fôlego.

– Rafferty, não está ainda à espera da mulher misteriosa, não é?

– Sim. – Reconhecera-lhe obviamente a voz. – Porém, estou a ficar enjoada com o assunto. Afinal por que razão ainda cá está?

– Não consigo qualquer voo para Nova Iorque. Que tal levá-la a almoçar? No final de contas, hoje é domingo.

Preshy não hesitou.

– Vem buscar-me daqui a meia hora – respondeu. – Conheço o sítio perfeito para um dia como este.

40

A NEVE era pura e estaladiça debaixo dos pés e sopravam flocos pelo ar, sussurrando junto ao rosto de Sam, que se dirigia a pé para a Rue Jacob. A cidade dourada de Paris transformara-se em prateada, cintilando com uma luz refractada glacial e mágica, mas Sam não reparava. De facto, preferiria estar noutro sítio qualquer com ou sem neve.

Encontrou com facilidade a casa de Preshy e deteve-se para mirar a montra da loja. Pensou que o sítio parecia uma gruta com a sua luz suave e paredes de um rosa-esbatido, embora admirasse efectivamente a cabeça de mármore de um menino. Tinha um ar inocente, tal como ele próprio fora quando tivera aquela idade, imaginou com um sorriso forçado. Agora tinha quarenta e dois anos, ainda não propriamente velho, mas os anos e a experiência de vida tinham deixado a sua marca nas linhas tensas que lhe corriam do nariz para a boca, nas rugas à volta dos olhos, no cansaço. Parecia ter passado muito tempo desde que fora jovem. Teriam sido realmente apenas três anos?

Afastando o passado com um encolher de ombros, tocou na campainha de Preshy e ouviu o silvo que lhe abriu o portão para o pátio. Ela estava à espera ao cimo de um lance de degraus de pedra que, calculou, conduziam ao apartamento.

– Olha – disse ela alegremente, apontando para a árvore paulównia. Todos os ramos estavam orlados de uma camada de neve e finos pingentes de gelo gotejavam como velas das pontas. – Já viste alguma coisa mais bela? – perguntou em tom reverente. – Quem me dera poder preservá-la assim para sempre.

Depois riu-se e continuou com um pequeno encolher de ombros:

– Mas digo a mesma coisa todas as Primaveras quando os botões estão a florir e depois de novo quando as pétalas caem. Simplesmente adoro a minha árvore.

Ele ficou ali a contemplá-la durante um longo momento.

– É – declarou por fim – a coisa mais bela que já vi em Paris.

– Hmm. – Preshy estudou-o do topo das escadas, os braços cruzados por cima do peito enfiado numa camisola azul-clara. – Então talvez devas tentar ver um pouco melhor. No final de contas, estás na cidade mais linda do mundo.

Sam subiu os degraus ao encontro dela.

– Oh? Diz quem?

– Digo eu claro – riu-se ela. – Em que outra opinião confiarias?

Teve de se rir com ela.

– Está bem, então se eu te pagar o almoço mostras-me essas zonas de Paris que achas tão belas.

– Está combinado.

Preshy irradiou alegria. O homem era um pouco derrotista, mas tinha potencial e isso vencia o «charme» em qualquer ocasião. Não havia aqui nenhuma hipótese de se apaixonar loucamente.

– Entretanto entra para ficares a conhecer *Maou* enquanto visto o casaco.

A gata estava a dormir no seu sítio habitual no banco da janela que dava para a rua. Abriu um olho indiferente e Sam e ela examinaram-se um ao outro durante um breve momento antes de ela fechar o olho de novo. Ele ficou igualmente indiferente. Era um homem de cães e, na sua opinião, os gatos eram seres alienígenas, demasiado frios para seu próprio bem. Ajudou Preshy a vestir o casaco de pele de carneiro que pesava, disse espantado, cerca de uma tonelada.

Preshy explicou que pertencera ao avô que era tão alto quanto Sam, mas muito mais pesado.

– Que me recorde, usou-o todos os Invernos da sua vida – disse. – Mas ainda é o melhor casaco para um tempo como este. – Alisou-o duvidosa com os dedos. – Espero que não penses que tenho um aspecto demasiado mal-arranjado.

Sam riu-se alto. Não se conseguia recordar de uma mulher lhe ter dito uma coisa daquelas. Em geral, queriam simplesmente saber se estavam perfeitamente bem vestidas.

– *Demasiado* não – respondeu ainda a sorrir – mas é melhor não irmos a um sítio elegante, só para o caso de te quererem expulsar.

Preshy riu-se também, enrolando com descontracção um comprido cachecol de lã azul duas vezes à volta do pescoço, deixando as pontas soltas a baloiçar junto aos joelhos. Reparou que ele continuava a usar a camisola de gola alta, os *jeans* e o casaco de cabedal da noite anterior.

– Mas tu não pareces muito agasalhado – comentou, inspeccionando--lhe o queixo com a barba por fazer.

Sam passou a mão pela cara, desculpando-se.

– Puseram-me para fora do avião, mas a minha bagagem continuou lá dentro. Só fiquei com o que tinha no saco de mão, o suficiente para uma escala inesperada, mas esqueci a lâmina da barba.

Ela estudou-o de novo durante um longo momento, com a cabeça inclinada para um dos lados, fazendo-o sentir-se pouco à vontade com o que estaria a pensar.

– É giro. Poderás querer deixar crescer a barba.

– Ah! É óbvio que nunca leste nenhum dos meus romances senão terias reparado na fotografia do autor. O homem com a barba?

– Ohh, bem... – Sorriu alegremente para ele. – Lá está. Foi por isso que não te reconheci em La Coupole.

Ele pegou-lhe no braço de forma protectora quando desceram os degraus gelados e atravessaram o pátio.

– Tenho a sensação – disse – que tens uma desculpa para tudo.

– Provavelmente tens razão. Daria diz que me falta o sentido da realidade e foi por isso que acabei...

Parou de repente. Quase dissera «e foi por isso que acabei abandonada no altar em Veneza», mas recordou-se de súbito que estava a falar com um desconhecido que não tinha nada a ver com isso.

– Acabaste... o quê?

– Oh, acabei com uma loja de antiguidades. Suponho que é mais fácil lidar com o passado.

– Nem sempre – retorquiu ele secamente.

Foi a vez dela o olhar fixamente. Já mencionara o passado na noite anterior, dissera que andara à sua procura em Paris. Perguntou-se de novo o que quereria dizer.

– Pensei que poderíamos ir a um pequeno sítio que conheço na Île St. Louis – sugeriu ela. – Teremos de andar um pouco, mas é tão adorável e é um prazer ver Paris sem trânsito.

– Desde que tenham bom vinho.

– Têm, desde que prometas não beber um bom *Bordeaux* com peixe.

– Mas eu gosto de vinho tinto com peixe – protestou ele. – Sempre que vou pescar nos Outer Banks, grelho a minha pescaria na praia e bebemos uma garrafa de bom vinho tinto da Carolina. Já fazem agora uns vinhos bastantes decentes na Carolina, sabes. Talvez não como o *Bordeaux*, mas bons.

Demoraram-se na Pont de la Tournelle, observando as lanchas e as pessoas a deambularem ao longo da margem do lento rio castanho. Preshy recordou-se do passeio de barco e da noite em que conhecera Bennett.

– Já alguma vez fizeste um passeio de *bateau mouche* em Paris? – perguntou abruptamente a Sam.

Ele lançou-lhe um olhar fulminante.

– Isso não é para turistas?

Preshy já tivera esta conversa antes – só que com os papéis invertidos.

– E tu *não* és um turista?

– Não exactamente. Sou... não, *era*... um homem com uma missão.

Estava a observar os barcos a emergirem debaixo da ponte e ela fitou-lhe o perfil, perguntando-se o que se passaria com ele. Certamente que não contava nada sobre si próprio. De facto, tudo o que sabia era que ele era um escritor de romances de mistério e que gostava de bom vinho tinto.

– Por vezes é divertido ser um turista – declarou ela, nostálgica.

Sam virou a cabeça e os seus olhos encontraram-se.

– Recordo-me. Já fui turista uma vez. – Pegou-lhe no braço. – Vamos, está demasiado frio para nos demorarmos aqui. Onde fica esse restaurante de que gostas tanto?

Era um sítio que parecia uma pequena caverna escura. A porta de madeira abria-se para um pequeno átrio de ladrilhos pretos e brancos com um par de cortinados oscilantes de veludo vermelho que resguardavam a sala de jantar das correntes de ar. Vigas antigas enegrecidas entrecruzavam-se no tecto baixo amarelecido de nicotina e maciços de rosas vermelhas artificiais coroavam mesas cobertas de folhas de papel branco. Janelas de vidraças pequenas apresentavam sanefas de veludo vermelho e um belo fogo ardia numa grande chaminé de pedra rugosa. Cheirava a cordeiro assado e a molho de carne com vinho e o local era tão acolhedor num domingo gelado quanto o Pai Natal no Natal.

Era o tipo de sítio onde uma garrafa de vinho tinto da casa já esperava em cima da mesa e, para surpresa de Preshy, Sam não a recusou nem pediu uma lista de vinhos. Ao contrário, serviu-o nos dois copos, sem sequer o provar primeiro.

– Lembra-te de que estou a confiar em ti – disse com um sorriso e bateram com os copos.

Preshy observou-o ansiosamente quando ele sorveu o primeiro gole. A responsabilidade pesava-lhe.

– Quase tão bom como um tinto da Carolina – afirmou, fazendo-a rir-se.

O proprietário, pequeno, pálido e escanzelado e de forma alguma boa publicidade para a sua comida, avançou animado com o menu do dia.

– Têm de comer a sopa, *madame*, *m'sieur* – disse. – É de lentilhas com presunto, muito boa para um dia frio como este. E depois recomendo o cordeiro, a perna inteira assada *à point*, até ficar apenas rosada com os sucos a escorrerem. Claro que vem com os *flageolets*, os pequenos feijões-verdes, e um *tian* de batatas *forestière*, cozinhadas com alho, cebolas e cogumelos num pequeno caldo.

Sam olhou para Preshy.

– Vamos a isso – exclamou e ela assentiu entusiasticamente.

A sopa era tão boa quanto o proprietário prometera e enviava pequenos torvelinhos de calor da boca até aos dedos dos pés e mesmo até à ponta dos dedos. Preshy sentia as faces a ficarem rosadas e tirou o cachecol colocando-o na cadeira ao pé da mala. Olhou para Sam, ainda com uma pergunta na cabeça.

– Assim, sabes tudo sobre mim. Então e tu?

– O que queres saber?

– Hmmmm... bem, quem és.

– Isso já sabes.

– Não, não sei. Sei o que és, o que fazes. Mas não sei *quem* és.

Ele lançou-lhe um olhar fulminante.

– E estás a dizer-me que sei realmente quem és, Precious Rafferty, negociante de antiguidades com um apartamento em Paris e um casaco do avô, um corte de cabelo engraçado e um par de tias que parecem a tia Mame em duplicado?

Claro que ele tinha razão, ela não lhe dissera *quem* realmente era. No final de contas, eram praticamente desconhecidos.

– Talvez estivesse a tornar-me demasiado íntima – admitiu. – Mas sabes onde vivo. Não podes falar-me pelo menos dessa casa na praia onde bebeste vinho tinto da Carolina?

Sam recostou-se para trás enquanto o proprietário retirava os pratos de sopa vazios.

– Tenho essa casa há dez anos. Foi amor à primeira vista e comprei-a com os meus primeiros direitos de autor. Fica perto de uma pequena aldeia – suponho que lhe chamarias uma pequena vila – uma dessas fileiras de pequenos povoados que forram a linha da costa. A casa está meio isolada, recuada sobre estacas por cima das dunas numa faixa com espécies rasteiras com inflorescência, abrigada do vento por uma barreira hirsuta de árvores tamargueiras que eu próprio plantei e que têm agora três metros de altura. É apenas um cubo coberto de ripas cinzentas, com a parte da frente em vidro para captar todas as tonalidades desse mar sempre em mudança e com um alpendre coberto a toda a volta para longas noites preguiçosas de Verão.

Calou-se e Preshy pensou que devia estar a sentir saudades de casa.

– Falas como um escritor – comentou. – A casa ganha vida quando a descreves.

Mas quando ele olhou para ela, os olhos por trás dos óculos estavam tristes.

– A casa é tão simples lá dentro quanto cá fora – continuou. – Soalhos de pranchas de madeira desbotadas, tapetes claros, um ou dois sofás confortáveis. Uma urna gigantesca cheia de ramos retorcidos ocupa a lareira no Verão e, no Inverno, como aqui, o lume alicia-te a sentares--te à sua frente, a observar as chamas em vez do seu rival, o oceano, que consegues ouvir a martelar selvagem na areia enquanto o vento assobia através das copas das árvores. A casa é como uma ilha – acrescentou baixinho – a minha ilha pessoal, onde tudo é perfeito e nunca nada pode correr mal.

– E correu?

Como de costume a pergunta saíra-lhe, antes mesmo de pensar nela. Apressou-se a pedir desculpa.

– Desculpa, descreveste-a de forma tão evocativa que senti que estava no meio de uma história.

– Estavas, embora seja uma história que nunca será escrita.

Voltou a encher os copos, enquanto o proprietário se atarefava com o cordeiro e depois regressava à cozinha para trazer rapidamente a travessa fumegante das batatas e uma molheira de *jus*.

Olhando para a aliança de casamento de Sam, Preshy estava morta por lhe colocar perguntas sobre a mulher, mas desta vez teve o bom senso de não as fazer. Se fosse um marido assim tão devotado, por esta altura já a teria mencionado.

Sam provou o cordeiro. Ergueu os olhos e sorriu-lhe. Era um homem diferente quando sorria.

– Isto é maravilhoso – disse.

– Não foi o que te prometi?

– Estou a ver que és uma pessoa de confiança. Até os feijões-verdes estão bons e eu era um miúdo que detestava legumes.

– Mas agora és muito crescido e tens mais juízo.

Ele riu-se.

– Parece que sim. Mas sabes que mais? Esqueci-me de perguntar sobre Lily.

O nome de Lily surgiu do nada e Preshy ficou admirada por descobrir que se esquecera dela também.

– Não me disse nada – respondeu, saboreando as batatas sob a sua fina crosta dourada e sorrindo deliciada. – Não faço ideia onde esteja. Podia pelo menos ter telefonado, Frankfurt não fica exactamente a um milhão de quilómetros daqui. Mas rodeou-se de tanto mistério que não ficaria nada surpreendida se nem sequer aparecesse. Excepto... – Meditou por um instante. – Não, não é verdade, *ficaria* surpreendida se não aparecesse. Disse que era urgente. Que *tinha* de falar comigo. Era uma coisa que tinha a ver comigo, disse ela. – Preshy encolheu os ombros. – Embora, como nunca nos encontrámos, não sei simplesmente o que poderá ter a ver comigo.

– Deve ser uma coisa relacionada com a família – opinou Sam. – Ouviu provavelmente dizer que herdaste o casaco do avô Hennessy e quer deitar-lhe a mão.

Riram-se juntos, riram-se realmente desta vez, batendo de novo com os copos por cima da mesa.

– Estou a gostar disto. – Sam lançou uma olhadela aprovadora à pequena sala agora apinhada. – É genuíno, nada que se pareça com essa grande «Paris» lá fora.

– Mas essa grande Paris é constituída por centenas de pequenos lugares como este. É como o teu Outer Banks, é preciso conhecê-lo para o apreciar, para além simplesmente da sua beleza, claro. E não podes negar que a minha cidade é bela.

Sam olhou-a fixamente, interiorizando as faces coradas, os ossos altos do rosto, os olhos luminosos por baixo da franja emaranhada dourada que começava a encaracolar ligeiramente com o calor húmido.

– Admito que Paris é linda – concordou.

– E quando finalmente arranjares um voo para Nova Iorque, vais directamente para a casa na praia?

Para sua surpresa, ele ergueu um ombro desdenhoso e disse:

– Não vou lá há anos.

Depois fez sinal a pedir uma segunda garrafa de vinho, mudando abruptamente de assunto para o que deveriam escolher de sobremesa.

– Só há uma coisa – exclamou ela. – A tarte de maçã, claro, com gelado de baunilha. Por acaso sei que eles recebem o gelado do Berthillon, aqui mesmo na Île St. Louis. É simplesmente o melhor.

Saborearam outro copo de vinho e a tarte de maçã com o melhor gelado do mundo, embora Sam dissesse que, pessoalmente, era fã de *Häagen-Dazs*, e depois demoraram-se a tomar um café escuro e rico dentro do qual ele deitou açúcar suficiente, comentou ela, para a colher ficar de pé.

41

Um pouco mais tarde, apertaram a mão ao sorridente proprietário, prometendo voltar, e embrenharam-se na luz cinzenta de um fim de tarde frio. Desta vez não se demoraram na ponte fria, mas apressaram-se a regressar, através do labirinto de pequenas ruas, ao apartamento de Preshy.

Ela estacou à porta do pátio e virou-se para olhar para ele.

– Obrigada por um almoço delicioso. Foi divertido.

– Surpreendentemente foi. Obrigado por teres vindo, Rafferty. És uma boa companhia.

– Boa companhia para um homem solitário – disse ela, reconhecendo que, de facto, era exactamente isso que ele era.

Sam lançou-lhe um longo olhar lúgubre, a seguir deu meia volta e afastou-se. Dissera, de novo, a coisa errada e, sentindo-se mal, chamou-o:

– Ouve, não podes simplesmente voltar e passar a tarde naquele horrível buraco de hotel. Porque não sobes? Tomamos mais café, ouvimos música, vemos talvez um pouco de televisão. O que precisares para passares o tempo em Paris até ao teu voo.

Ele ficou a olhar para ela, obviamente indeciso.

– Não há qualquer obrigação – acrescentou Preshy, com um sorriso cativante, na esperança de que ele aceitasse, porque se sentia solitária também.

Sam voltou para trás.

– Obrigado – disse.

Quando atravessavam o pátio, a porteira emergiu da sua toca no rés-do-chão.

– Veio um pacote para si, Mademoiselle Rafferty. Entrega especial. E num domingo. Deve ser muito importante – acrescentou com uma fungadela. – De qualquer modo, disse-lhes para o deixarem à sua porta e naturalmente assinei o recibo.

Surpreendida, Preshy agradeceu-lhe. Não estava à espera de nada, mas lá estava o pacote, na realidade um engradado, com cerca de noventa por sessenta centímetros, endereçado a ela. Havia muitos caracteres chineses escritos nas etiquetas e viu que provinha das Song Antiquities, em Xangai.

– Deve ser de Lily – comentou, abrindo a porta, enquanto Sam erguia o engradado e o transportava para dentro.

Depositou-o no chão da cozinha e *Maou* aproximou-se a correr para ver o que era. Engradados e caixas eram a especialidade da gata, novos sítios para onde saltar, enroscar-se, esconder-se. Cheirou-o desconfiada e depois recostou-se sobre as patas traseiras olhando na expectativa para Sam, esperando que ele o abrisse, enquanto Preshy vasculhava numa gaveta e trazia uma chave de fendas.

– Estou ansiosa por ver o que é.

Sam atarefou-se com a chave de fendas enquanto Preshy arranjava o café, colocando chávenas num tabuleiro de laca preto, recordando-se de que ele gostava de açúcar, deitando leite num pequeno jarrinho. Foi até à sala e acendeu o lume, vendo o fumo encaracolar-se no papel que enegrecia, esperando que as acendalhas pegassem antes de lhes colocar um tronco em cima. Pensou que era mesmo uma pequena cena doméstica dominical. Ouviu o engradado a ceder sob a investida de Sam e correu para a cozinha. Sam abrira-o e estava a retirar um pacote embrulhado em papel pardo.

– Oh, despacha-te – gritou ela, excitada. – Parece Natal.

Sam arrancou com cuidado o papel pardo, descobrindo outra camada, desta vez um cobertor acolchoado.

– Deve ser uma coisa especial – afirmou.

Era uma estatueta de terracota e Preshy percebeu instantaneamente que era uma imitação, uma cópia directa das estatuetas famosas de Xi'an, na China. Passou-lhe a mão por cima, detectando as marcas reveladoras do molde comercial a partir do qual fora fundida.

– Por que razão iria Lily incomodar-se a enviar-me uma coisa como esta? – perguntou intrigada. – Vendem-nas em lojas para turistas em todo o mundo. De facto, aposto que até podemos encontrá-las aqui nos *boulevards* onde os norte-africanos vendem este tipo de coisa. Só a despesa do envio foi maior do que o seu valor. Oh, bem...

Encolheu os ombros e levou-a para a sala, onde arranjou um espaço numa prateleira. Empurrou-a para a parte de trás, onde não tinha um aspecto tão horrível. Depois, relançando os olhos pela prateleira das fotografias, franziu o sobrolho.

– É estranho – disse, levantando cada uma das fotografias e verificando atrás. – Onde está a fotografia do casamento do avô? Guardo-a sempre aqui, ao lado da da tia Grizelda e de Mimi.

– Tinha algum valor? – perguntou Sam.

– Só para mim. A moldura era de prata, mas só a minha empregada entra aqui e está comigo há anos. Confio plenamente nela. Claro que não é uma coisa para que olhe todos os dias. Quero dizer, está apenas... ali. Só agora é que reparei que desapareceu, por isso não tenho a mínima ideia de há quanto tempo é que lá não está. – Encolheu os ombros, afastando temporariamente o assunto da mente. – Oh, bem, suponho que aparecerá. Vamos tomar o nosso café?

Levou o tabuleiro enquanto Sam deambulava pela sala, inspeccionando as obras de arte espalhadas um pouco por todo o lado, ao acaso, com a gata a fungar desconfiada atrás dele. Quando ele se sentou no sofá, saltou para o braço do mesmo, fitando-o com um olhar fixo azul e imperturbável.

Sam mirou-a cautelosamente.

– Ele é sempre assim?

– É uma *ela*. E chama-se *Maou*. Recordas-te?

Preshy pousou o tabuleiro com as coisas do café na otomana de pele à frente dele. Já estava a ficar escuro, por isso correu os cortinados bloqueando o frígido céu cinzento, e depois serviu o café.

– Deduzo que não gostes de gatos? – Ofereceu-lhe um prato de bolachas forradas com açúcar colorido da Ladurée, a famosa pastelaria mesmo ao fim da rua. – Prova-as, são boas, bem como famosas no mundo inteiro. E tenta ser simpático com *Maou*. Simplesmente não está habituada a homens.

Sam reparou que Preshy corara quando percebera que se expusera a mais inquirições sobre o *motivo* exacto de não haver nunca homens no apartamento, mas foi poupada às suas perguntas pelo toque do telefone.

– Aposto que é a tia Grizelda a saber porque é que ainda não estou em Monte Carlo – disse, atendendo.

Mas não era. Era Lily. Preshy não sabia se devia ficar contente ou apenas aliviada.

– Lily! Por fim! Começava a pensar que não existias – acrescentou espantada. Fez-se silêncio do outro lado da linha. – Lily? – perguntou Preshy, intrigada. – Ainda aí estás?

– Porque disseste isso? – indagou Lily, parecendo perturbada.

– Disse *o quê*?

– Que eu não existia.

– Bem, primeiro não apareceste, depois não telefonaste e nunca te conheci. – Preshy riu-se. – Mas agora já cá estás, por isso não faz mal. Agora sei que afinal *existes*.

– Precious, não estás a compreender. Em breve posso não «*existir*». Estou a ser seguida. Há alguém que me quer matar.

– *O quê?*

A voz de Preshy elevou-se tanto que poderia ter cantado como soprano na Opéra de Paris e tanto as orelhas de Sam como as da gata se arrebitaram. A gata olhou-a fixamente enquanto Sam fingia que não estava a ouvir.

– Vem cá bichana.

Estendeu a mão numa tentativa para a distrair, mas a gata mirou-o com desdém e depois virou a cabeça como se soubesse que estava a ser usada.

– Gata esperta – comentou ele, ao mesmo tempo que ouvia Preshy dizer:

– *Matar*-te? O que queres dizer com isso Lily? Por que razão quereria alguém *matar*-te?

Sam abandonou qualquer disfarce e passou a escutar com atenção.

– Não posso falar ao telefone – declarou Lily.

– Mas onde *estás*? E *quem* te anda a seguir? – Preshy lançou um olhar preocupado a Sam. Abanou a cabeça, franzindo o sobrolho, obviamente perplexa.

– Estou em Veneza – retorquiu Lily e a menção do nome daquela cidade fatídica enviou um calafrio pela espinha de Preshy abaixo.

– Mas pensei que viesses para Paris.

– Ia. Foi por isso que te pedi para me reservares um quarto no Ritz em teu nome. Pensei que ele não saberia para onde eu tinha ido, que não conseguiria localizar-me. Pensei que nunca me procuraria em Veneza...

– Pára aí um minuto – exclamou Preshy desorientada. – Pensa primeiro e depois diz-me exactamente do que estás a falar.

– Estou a falar em assassínio, Precious.

– *Assassínio*? – Os olhos de Preshy esbugalharam-se. Pensara apenas que Lily a vinha visitar e que se calhar queria alguma coisa dela. – Mas por que *motivo* quereria alguém assassinar-te?

– Tenho uma coisa que ele quer e mata-me para a obter. E isto está também relacionado contigo. Precious, tu podes ser a próxima vítima.

– *O quê*?

– Estou em perigo. Preciso da tua ajuda. Tens de vir até cá imediatamente. Por favor, *por favor*, estou a suplicar-te que te encontres comigo em Veneza. Só tu me podes ajudar...

– Lily, não posso simplesmente...

– Mas *tem* de ser.

Preshy detectou-lhe verdadeiro terror na voz.

– Estou no Hotel Bauer – disse Lily. – Espero lá por ti. – Houve uma longa pausa. – Tem a ver com o homem que conheces, chamado Bennett.

A linha zumbiu no ouvido de Preshy quando Lily desligou. Chocada, virou-se para olhar para Sam.

– Que tipo de conversa de primas que nunca se conheceram foi esse?

Preshy afundou-se numa cadeira, as mãos fortemente apertadas entre os joelhos.

– Percebi o *medo* na voz de Lily – exclamou, atordoada.

– O que disse exactamente?

– Que alguém a segue. Que ele quer matá-la porque quer uma coisa que ela tem. Disse que *eu* poderia ser a próxima. – Abanou a cabeça, ainda incrédula. – Quer que me encontre com ela em Veneza, o mais depressa possível. Disse que foi para Veneza porque pensou que ele nunca a procuraria aí.

– E disse *quem* é esse ele? – perguntou Sam.

Preshy abanou a cabeça e ele observou:

– Claro que não, nunca dizem.

– Queres dizer as pessoas loucas. Mas estou a dizer-te, Sam, ela não está louca. Está aterrorizada. Além disso – acrescentou serenamente – disse que estava também relacionado com um homem que conheci. Chama-se Bennett. Íamos casar e ele abandonou-me no altar. Em Veneza. Apenas há um par de meses atrás.

42

Maou bocejou alto no silêncio, espreguiçando-se nas costas do sofá. Preshy levantou-se e pegou nas tenazes da lareira, atiçando os troncos em combustão. Ficou de pé de costas voltadas para Sam, a fitar as chamas.

– É provavelmente mais informação do que precisarias de saber.

– Foi muito corajoso da tua parte contar-me. Não precisavas de o ter feito.

– É a simples verdade. Fui largada no altar por um homem que acreditei que me amava. Desapareceu sem deixar rasto. A tia Grizelda tentou encontrá-lo, mas os detectives disseram que devia estar a usar um nome falso. Vivia em Xangai, ou pelo menos foi lá que me disse que vivia.

– Trabalhava lá?

– Afirmava ter uma empresa de exportação, a James Export Company, mas afinal essa empresa não existe. Contou-nos que fabricava componentes para empresas de mobiliário na Carolina do Norte.

– Conheço pessoas nessa área de negócio. Queres que investigue? Preshy encolheu os ombros.

– Já não me interessa, excepto no que diz respeito a Lily. O verdadeiro mistério é que nunca falei com ela anteriormente. Nem sequer sei como é que ela conhece o nome de Bennett.

– Provavelmente tem vários nomes. Os homens desse género geralmente têm.

– Desse género como?

– Vigaristas, criminosos. – Sam encolheu os ombros. – Pensas real-mente que Lily acredita que é esse Bennett que a vai matar?

Preshy abanou a cabeça e retorquiu, franzindo o sobrolho:

– Oh, não, não pode ser ele. Bennett era um homem afável, nunca foi violento.

– E sabes o que é que ela possui, que leve alguém a querer matá--la?

Preshy abanou a cabeça, não fazia a menor ideia. Deixou-se cair numa cadeira e sorveu um gole do café, a meditar. Era tudo muito louco, mas não havia dúvida de que Lily estava aterrorizada. E se tinha alguma coisa a ver com Bennett, ela precisava de descobrir o que era.

– Lily está metida em sarilhos. É minha prima e precisa da minha ajuda. Vou a Veneza ao encontro dela.

– E como te propões exactamente lá chegar? Esqueceste que o aero-porto está fechado?

– Então vou de carro.

– *Naquele* carro pequenino? Com *este* tempo?

Fitou-o desafiadora.

– Sou uma boa condutora, vou até Monte Carlo, faço uma paragem na casa da tia Grizelda. Posso apanhar um voo de Nice.

– Não vou guiar todo esse trajecto naquele *Smart* – declarou ele fria-mente. – Vamos ter de alugar outro carro.

Preshy olhou para ele de boca aberta.

– Queres dizer que vens comigo? Por que razão farias isso?

– Hei, de qualquer modo estou preso aqui em Paris, por isso por-que não Veneza? Pelo menos arranjo um quarto de hotel melhor. – Sor-riu de forma desarmante. – Além disso não te posso deixar ir sozinha, não depois de uma história tão complicada como a de Lily. Por isso... Veneza, aqui vamos nós.

43

S AM levou o carro de Preshy e foi tratar de alugar outra viatura, enquanto ela telefonava às tias. Sabia que as duas mulheres corriam sempre para ver quem chegava primeiro ao telefone, mas desta vez atenderam-no em simultâneo.

– Olá, tias – disse, a sorrir. – Vão gostar de saber que, afinal, decidi fazer-lhes uma visita.

– Quando? – perguntaram em uníssono e depois Mimi largou o telefone e deixou Grizelda fazer as despesas da conversa.

– Vou sair agora mesmo, guiar durante a noite. Estou com vocês amanhã por volta da hora do almoço.

– Mas Presh, não podes vir a guiar sozinha esse trajecto todo.

– Não estou sozinha. Levo um homem comigo.

– Que *homem*? – A tia Grizelda parecia satisfeita.

– Oh, é só um tipo, um escritor americano que conheci no La Coupole a noite passada.

Ouviu a tia G gritar para Mimi «Ela engatou outra vez um homem no La Coupole a noite passada». E depois Mimi gritar em resposta «Está a tornar-se um hábito, espero que este seja melhor do que o outro».

– Espero que seja mais digno de confiança do que o último – disse a tia G. – Bem, quanto tempo podes ficar?

– Não sei se posso ficar, poderemos ir directos para Veneza. Mas vou ter definitivamente tempo para as ver.

Retraiu-se, desejando não ter falado de Veneza, agora teria de explicar tudo. Bem, talvez não *tudo*, mas tornava-se necessário algum tipo de explicação.

«Ela vai para Veneza», ouviu a tia G dizer num aparte chocado para Mimi. «Com o novo homem.» Depois para ela:

– Mas por que *razão* vais lá voltar?

– Por causa de Lily. O voo dela foi desviado. Acabou por ir parar a Veneza e disse que precisava de mim, que era importante. – Preshy hesitou e depois mergulhou de cabeça. – Disse que tinha alguma coisa a ver com Bennett.

– Quer dizer que Lily *conhece* Bennett?

– Só sei o que ela disse; que tem a ver com o homem que conheço chamado Bennett.

– Mas será possível que seja o mesmo homem?

– Quem sabe? É por isso que tenho de ir a Veneza, descobrir.

– Espera só um minuto.

Preshy ouviu a tia Grizelda em troca de opiniões abafada e urgente com Mimi e depois voltou à linha.

– Está bem, então esperamos-te amanhã. Discutimos isso depois. Telefona-nos quando estiveres perto e vamos ter contigo a Nice. O restaurante Le Chantecler no Hotel Negresco faz um bom almoço. Podes apresentar-nos o novo engate e contar-nos tudo sobre o assunto.

ERA DOMINGO E PRESHY sabia que Sylvie estaria em casa, por isso telefonou-lhe para a informar do que se passava. Sylvie atendeu também ao primeiro toque. Escutou, horrorizada, enquanto Preshy lhe contava a história de Lily e o que esta dissera sobre Bennett.

– Não podes ir – declarou com firmeza. – *Não* deves ir de maneira alguma, Presh. Proíbo-te.

– Não faz mal, tenho um «protector» – retorquiu Preshy. – Vou levá-lo comigo.

– Um protector? *Quem?*

– Chama-se Sam Knight. Conheci-o ontem em La Coupole...

– *Merde*, Presh, estás completamente louca? – A voz de Sylvie transformou-se num grito. – Será que não aprendes? Conheceste um homem a noite passada e o que fazes a seguir é deixar que ele vá contigo ao Sul de França e te ajude a investigar uma lunática que diz que conhece Bennett e que alguém a quer matar e a ti também? Estás maluca, Preshy Rafferty, ou quê?

– Juro-te que está tudo bem – disse Preshy apaziguadoramente. – Admito que Sam é um homem um pouco misterioso, mas é um tipo simpático. E é um dos escritores preferidos de Daria. Quer dizer, não é como Bennett, é muito conhecido, por isso não pode haver nada de errado com ele, não é? Além disso – acrescentou como reflexão posterior – é casado.

Ouviu o resmungo de Sylvie.

– Então vais partir com um homem casado para descobrir o que Lily tem a dizer sobre Bennett e quem é o suposto aspirante a assassino de Lily? Diz-me lá, Preshy Rafferty, isto parece-te um agradável cenário normal?

Preshy deu uma risadinha.

– Parece exactamente a base para uma história de mistério escrita por Sam Knight – replicou. – Agora que penso nisso, é provavelmente por essa razão que se ofereceu para ir comigo. O escritor na pista de um bom enredo.

– É mais provável que queira seduzir-te.

– Bem, se quiser, deve ser por causa do novo corte de cabelo. E, de qualquer modo, actualmente não sou seduzível. Gato escaldado de água fria tem medo.

– Vais ficar fora durante quanto tempo? Gostava de ir contigo. – Sylvie parecia verdadeiramente preocupada.

– Não é preciso, volto dentro de um par de dias.

– E então onde vais ficar?

– Lily disse que estava no Bauer, por isso suponho que fico lá também.

– Hmm, vê mas é se arranjas um quarto *single*. E promete telefonar logo que chegues, está bem?

Preshy prometeu e desligou. Empurrou a relutante *Maou* para a caixa de transporte. Bufando, a gata rodopiou várias vezes antes de se instalar, mesmo na altura em que Sam regressava com o carro alugado.

– O que é isso? – perguntou, mirando a caixa desconfiado.

– É *Maou*, claro.

– Queres dizer que a *gata vem* connosco?

– *Maou* vai para todo o lado comigo. O que querias aliás que fizesse com ela a esta hora num domingo?

Ele lançou-lhe um olhar exasperado e Preshy replicou:

– Vamos lá esclarecer isto, Sam Knight. Para onde eu vou, *Maou* vai também. Não há volta a dar. Se não gostas, sabes o que fazer.

Sam rolou os olhos, mas não disse nada, por isso Preshy pegou na gata e seguiu à frente pelas escadas abaixo até à rua onde o carro alugado estava estacionado.

– Toma. – Passou-lhe um pacote de caixotes de areia descartáveis para viagem e o saco da areia. – Põe um destes no chão junto ao banco de trás – explicou. – E depois enche-o de areia.

Sam resmungou mas fez o que ela pedia, enquanto Preshy arrumava a caixa de transporte sobre o banco traseiro. Encaixou a sua própria mochila arrumada à pressa ao lado e Sam colocou aí também o seu pequeno saco, que fora buscar ao hotel.

Preshy fez menção de se sentar no banco do condutor, mas ele agarrou-lhe o braço.

– Nada feito – disse, guiando-a de volta ao lado do passageiro e abrindo-lhe a porta. – Eu é que vou a guiar.

– Mas eu conheço bem a estrada – protestou ela.

– Mas eu não sei como guias. – Instalou-se atrás do volante, depois lançou-lhe um olhar de esguelha e sorriu-lhe. – Está bem, Rafferty, fazemos turnos – decidiu generoso.

Ela estava a apertar o cinto de segurança, quando se lembrou de repente do pão estaladiço e dos bons queijos ainda à espera na bancada da cozinha.

– Espera aí – exclamou, esgueirando-se lá para fora outra vez.

Correu pelo pátio e subiu as escadas, pegou na comida e num par de copos, pratos, facas e numa garrafa de vinho, voltando de novo a correr para o carro.

– Só para o caso de ficarmos atolados no gelo e os São Bernardos não nos conseguirem alcançar – disse, atirando as coisas para o banco traseiro já atulhado, antes de deslizar outra vez para o banco do passageiro ao lado dele.

Sam ia silencioso enquanto seguia as indicações dela, tentando sair do complicado sistema de estradas de sentido único de uma Paris cheia de neve para a *périphérique* e depois para a auto-estrada. Desta vez a gata ia também silenciosa.

Na auto-estrada, Preshy pensou que havia qualquer coisa muito íntima no facto de viajarem assim através da noite escura e gelada, os dois sozinhos no casulo sossegado do carro. Vasculhou na mala e encontrou o CD *Zucchero & Co.*, o seu actual favorito. Zucchero era o cantor italiano, cuja mistura de clássico e *pop* a fazia relembrar os antigos Verões nos clubes de praia do Sul de França com a tia. Em breve fechou os olhos e adormeceu.

Quando acordou um par de horas depois, levou alguns segundos a recordar onde estava. Lançou uma olhadela rápida ao perfil de Sam enquanto ele guiava, concentrado na estrada. Tinha um ar severo e percebeu que não sabia praticamente nada sobre ele excepto que era escritor e tinha uma casa no Outer Banks. Lembrando-se das palavras de aviso de Sylvie, de súbito desconfiada, perguntou-se por que razão exacta se teria dado ao trabalho de vir com ela, mas depois supôs que estaria simplesmente farto de esperar por um voo para Nova Iorque.

Mesmo assim, pensou que ele tinha um aspecto fixe com os *jeans* azuis estreitos e a camisola preta. Espiou-o de novo por baixo das pestanas, avaliando a testa larga, a massa espetada de cabelos castanhos, o queixo firme com o despontar da barba – ainda não conseguira fazê-la. Até os óculos de aros dourados eram meio retro chique. Definitivamente, cada vez lhe agradava mais.

O CD acabara e estava tudo silencioso. Ainda estava a pensar nele e a perguntar-se qual seria a sua verdadeira história.

– Fala-me da tua mulher – pediu, quebrando o silêncio.

Ele virou ligeiramente a cabeça para olhar para ela.

– Pensei que estivesses a dormir.

– Estava.

Ele não disse nada.

– Desculpa – ripostou ela – não quero bisbilhotar, sinto só alguma curiosidade a teu respeito.

– Chama-se Leilani – retorquiu ele. – Conheci-a numa dessas viagens de promoção de autor organizadas pelo departamento de relações públicas da minha editora. Estava em Santa Fe, a assinar livros. Leilani entrou, ficou por ali e começámos a conversar. – Encolheu os ombros. – Três meses depois estávamos casados.

– Que romântico.

– Sim. Foi. – Emudeceu, concentrando-se na estrada.

– Como é que ela é?

Ele ficou em silêncio durante muito tempo e depois disse finalmente:

– É de uma beleza discreta. Meio havaiana; cabelo comprido preto; pele dourada; esbelta; graciosa. É artista, era por isso que gostava de viver em Santa Fe. Há lá uma grande colónia de artistas. Comprámos uma casa quase no meio do deserto. Só nós os dois com o meu cão, um pastor alemão chamado *Cent*. Leilani pintava e eu escrevia. Era ideal para ela, mas eu sou um rapaz nascido e criado em terras baixas e ansiava pelo cheiro do oceano. Tinha saudades da forma como os rios correm lentamente pelos terrenos alagadiços e do gemido dos juncos e canas ao vento. Tinha saudades do grito das aves marinhas, do deslizar das nuvens baixas nos céus cinzentos, e suspirava pelo brilho do sol a reluzir no mar. Está-me no sangue e precisava de tudo aquilo para a minha paz de espírito, para a pujança da minha escrita. Assim, embora detestasse o oceano, Leilani concordou em mudar-se e comprámos a casa dos meus sonhos na praia.

– E é aí que tens vivido desde então.

– Tenho uma casa em Nova Iorque; um apartamento em Gramercy Park.

– O melhor de dois mundos – exclamou Preshy, perguntando-se por que razão estaria em Paris sem a linda mulher, Leilani. – Têm filhos? – indagou porém.

– Não.

Absteve-se de perguntar porque não, pensando em Sam a regressar a Nova Iorque e em Leilani à espera dele no aeroporto JFK.

– Suponho que vais ficar contentíssimo quando a vires de novo.

Sam saiu da via e parou num café à beira da auto-estrada.

– Está na altura de tomar café.

Preshy deixou *Maou* sair da sua caixa de transporte, esperando enquanto ela usava com elegância o caixote de areia. Depois voltou a colocar a gata na caixa e transportou-a para o café, onde se demoraram a tomar café e a comer o pão e os queijos, falando da questão de Lily e não chegando a qualquer conclusão.

De volta ao carro, Preshy disse que era a sua vez de guiar e, nas duas horas seguintes, fez-se silêncio enquanto ela assumia a direcção e Sam passava pelas brasas. Depois, os papéis inverteram-se até que pararam de novo e repetiram a sessão. Finalmente encontraram-se na Autoroute du Soleil, viajando ao longo da costa. Quando passaram o entroncamento para St.-Tropez, Preshy telefonou à tia e combinaram encontrar-se no restaurante Le Chantecler, em Nice, dentro de meia hora.

44

CHEGARAM alguns minutos mais cedo e aproveitaram para se refrescar nas casas de banho chiques do Negresco antes de Grizelda e Mimi aparecerem. Estudando o rosto no espelho, Preshy pensou que tinha bom aspecto considerando que guiara toda a noite e precisava urgentemente de um duche, embora naquele momento um copo de vinho fosse ainda mais apelativo.

Deixando *Maou* aos cuidados do porteiro, Sam e ela dirigiram-se para o restaurante Le Chantecler, onde mandaram vir copos de champanhe.

Preshy avisara Sam para não se espantar quando visse duas velhas coristas de Las Vegas a aproximarem-se deles. Contudo, as sobrancelhas de Sam ergueram-se de surpresa quando Mimi se pavoneou pela sala de jantar dourada, num estilo elegante à moda da Riviera, num fato de lã de um rosa-pálido e sapatos de salto em cunha muito altos que faziam as suas pernas ainda fabulosas parecer ainda mais compridas. O cabelo loiro estava alisado para trás num *chignon* e as fiadas de pulseiras de diamantes cintilaram quando apertou a mão de Sam.

– *Enchantée*, M'sieur Knight – disse, afundando-se com um suspiro sentido numa cadeira. – Os saltos agulha são a resposta à súplica de uma rapariga alta e os melhores amigos de uma rapariga baixa – acrescentou. – Mas são por certo um inferno para os pés.

– Cá estão vocês.

Grizelda movia-se sinuosa na direcção deles num vestido vermelho justo com um pequeno casaco de zibelina que pertencera à sogra e que jurava era mais velho do que ela. Trazia também um lindo casaco branco *Valentino*, que entregou a Preshy.

– Eu sabia que vinhas com esse «horror» verde vestido. Por isso trouxe-te isto. Vai estar frio em Veneza e vais precisar dele. – Estendeu a mão a Sam. – Ouvi dizer que engatou a minha menina em La Coupole. – Tal como a sobrinha, Grizelda ia sempre directa ao assunto.

Sam sorriu:

– Deveria pedir desculpa?

Grizelda examinou-o.

– Penso que não – decidiu por fim. – Vamos, sentem-se. Oh, já têm champanhe, óptimo. – Fez sinal ao empregado e pediu dois *gin fizzes*. – Aqui conhecem-nos – confidenciou a Sam. – Compreendem exactamente como Mimi e eu gostamos das bebidas. – Virou-se depois para Mimi. – O que achas, querida? Ele é suficientemente bom para a nossa menina?

– *Oh, meu Deus*! – Preshy encolheu-se na cadeira. – Paras por favor com isso, tia Grizelda! – mas Sam só se ria.

Mimi provou a sua bebida, virando-se para fazer um gesto satisfeito de polegares ao alto para o empregado.

– Então... o que se passa com Lily?

– Vamos pedir, falaremos mais tarde – decidiu Grizelda. – Eles guiaram a noite toda, devem estar a morrer de fome.

Escolheram todos a mesma coisa: o bife de vaca com alcaparras e ravióli de batata, a seguir queijo e uma tarte de marmelo com gelado de maçã Granny Smith. Beberiam um *rosé* provençal.

– Agora – disse Mimi, quando a questão da comida ficou resolvida – vamos lá ao que interessa.

Então Preshy contou-lhe toda a história de novo e o facto de Bennett estar envolvido.

– E é por essa razão que tenho de voltar a Veneza – concluiu.

Olhou cautelosamente para elas, à espera que dissessem que estava louca, mas Grizelda franziu o sobrolho.

– Nunca te contei antes, mas conheci os Song há muitos anos, no casino em Macau. Henry já perdera a sua boa aparência à conta da bebida e dos cigarros. Tinha um aspecto doentio, macilento e velho. Os olhos estavam permanentemente meio cerrados pelo facto de fumar e os dedos manchados de amarelo devido à nicotina. – Estremeceu. – O homem parecia que vivia debaixo de uma pedra, nunca vendo a luz do dia ou respirando ar fresco. E a mulher, a pobre filha mimada do avô Hennessy, vestia um vestido antiquado e sapatos baratos. Tinha um ar esgotado. Contou-me que Henry Song perdera o dinheiro todo e eu disse-lhe que ela devia deixá-lo. «Pede desculpa ao teu pai por fugires com esse *playboy*», sugeri-lhe. Claro que o pai a teria recebido de volta, mas a pobre mulher estava obcecada com o marido. Percebi que ele era uma espécie de fanático que gostava de controlar tudo. Tinha-a enfeitiçado *e* era viciado em álcool e em jogo. E além disso por essa altura já tinham a filha. A pobre pequena Lily.

– É também por esse motivo que tenho de ir ter com ela – retorquiu Preshy. – O avô teria gostado que eu a ajudasse.

Grizelda teve de admitir que ela tinha razão.

– Mas vais ter de ter muito cuidado. Não gosto do aspecto da coisa. Nem um pouco. – Lançou um olhar incisivo a Sam. – Posso confiar que tome conta dela?

Os olhos de Sam encontraram-se com os dela.

– Farei o melhor possível – replicou calmamente.

Grizelda suspirou fundo, agradecida.

– É tudo o que um homem pode fazer. É uma pena que não tenha tempo para ficar, teria dado uma *petite soirée* em sua homenagem, ter-lhe-ia apresentado alguns dos meus amigos, embora te deva recordar, Preshy, para nunca guiares pela estrada Corniche quando vieres ao Mónaco. Nunca mais andei por ela, desde que quase fui forçada a resvalar pela borda do penhasco por um louco. Foi mesmo depois de Bennett e tu nos terem feito uma visita – acrescentou, olhando para Preshy. Depois levou a mão à boca, atrapalhada por ter mencionado o passado. – O que estou para aqui a dizer? Desculpa, minha querida.

– Não faz mal, já passei à frente – disse Preshy, ainda num tom um pouco duvidoso.

Sam escutou Grizelda a contar o que sucedera na estrada Corniche. Perguntou se relatara o incidente à polícia e ela respondeu que sim, um par de dias depois, quando recuperara do nervosismo, mas claro que por essa altura era demasiado tarde para localizar a carrinha branca. E custara uma fortuna arranjar o *Bentley*.

– E foi mesmo depois de Bennett aqui ter estado?

– Bennett e Preshy já se tinham ido embora para Paris. Ele ia directo para Xangai. O incidente aconteceu uns dois dias depois.

– Então, segundo o seu conhecimento, ele não se encontrava no país?

Intrigada, Grizelda retorquiu que julgava que não e passaram a outro assunto.

Sam conseguira lugares no voo das quatro para Veneza e encaminharam-se para a saída para se despedirem, deixando *Maou* com as tias.

– Então? – perguntou Grizelda, os olhos verdes a arder de curiosidade ao abraçar Preshy, enquanto Sam ia buscar o carro.

– Então... *o quê?*

– Oh... *tu sabes* – replicou Mimi, exasperada.

– Se querem saber se estou interessada nele, a resposta é não. Somos dois desconhecidos de passagem na noite que se encontram por acaso e é tudo.

– Então se «é tudo», o que está a fazer aqui contigo? – retrucou Mimi. – Na minha opinião isso demonstra algum «interesse».

Preshy gemeu.

– Querem parar de ser casamenteiras? Ele é só um tipo que conheço. E, de qualquer modo, é casado.

– O quê! – Dois pares de olhos pasmados fitaram-na.

– Quer dizer que não repararam na aliança?

– Então onde está a mulher?

– Não sei. De facto, não sei muito sobre ele. Já vos disse, somos como navios que se cruzam na noite. Ele ofereceu-se simplesmente para ir a Veneza ajudar-me com a questão de Lily. E, para vos dizer a verdade, fiquei satisfeita com a oferta.

– Hmmm... eu também – retrucou a tia G, pensativamente – embora me pergunte por que razão ele se ofereceu. Toma cuidado desta vez, Preshy – acrescentou.

E, para sua surpresa, desta vez Preshy sabia que ela se referia a ter cuidado com Sam, e não com Lily, em Veneza.

45

VENEZA

Já estava escuro quando aterraram em Veneza e o aeroporto Marco Polo trouxe-lhe à memória uma quantidade de lembranças da última vez que Preshy aqui chegara com Sylvie e Daria, trazendo o seu belo vestido de noiva e a capa dourada com o capuz revestido a pele e de como se sentira eufórica. E, mais tarde, da triste partida com as suas amigas em vez de com o seu novo marido.

– Calculo que isto te traga algumas recordações difíceis – disse Sam de repente.

– É verdade – admitiu ela. – Mas não vou pensar nisso.

Apesar disso, fechou os olhos para não entrever a cúpula iluminada de Santa Maria della Salute quando passaram por ela.

– Esta cidade é um verdadeiro Canaletto ao vivo – comentou Sam.

Preshy sorriu.

– Pergunto-me por vezes se ele a pintou primeiro e eles a construíram a seguir, é simplesmente tão perfeita... Esqueci-me de te perguntar – acrescentou, surpreendida consigo própria – é a tua primeira visita a Veneza?

– A primeira, mas olhando para o que estou a ver não será provavelmente a última.

O *motoscafo* deteve-se no embarcadouro privado do Hotel Bauer, o cais de desembarque, onde a bagagem foi levada e depois foram conduzidos para dentro do edifício.

O luxuoso hotel dava para o Grand Canal e, embora impecavelmente recuperado, os seus salões e quartos evocavam o romantismo de outras eras. Registaram-se no hotel – quartos separados e em andares diferentes – tudo muito correcto. Depois Preshy disse ao empregado da recepção que estava à espera de se encontrar com uma Miss Song, que estava também hospedada no hotel, e perguntou se havia alguma mensagem para ela. O empregado foi verificar, mas não havia nada.

Sam disse que queria ver alguma coisa da cidade e que ia dar uma volta, mas, para sua surpresa, não lhe perguntou se queria ir com ele.

No seu quarto, de novo sozinha, Preshy abriu os cortinados. E, do outro lado do Grand Canal, lá estava a Salute, a cúpula como uma lua no céu nocturno. Parecia, no final de contas, que não havia como escapar ao passado e, entristecida, foi afogar as suas mágoas no duche, onde as lágrimas se misturaram com a água. Perguntou-se se o desgosto alguma vez realmente acabaria e o que teria Lily para lhe dizer sobre Bennett.

46

Já era quase noite quando Lily despertou de um sono profundo mas pouco reparador. Lançou uma olhadela ao telefone e depois recordou-se de que o desligara e, claro, não havia mensagens. Soerguendo-se na cama, relançou os olhos, nervosa, pelo quarto de hotel escurecido. Ainda não se sentia segura, ainda pressentia que havia olhos que a vigiavam, sentindo--se ameaçada, apesar de, logicamente, ninguém poder saber onde estava. Excepto a prima Preshy que, esperava fervorosamente, estivesse a caminho e viesse ter com ela.

Algum tempo depois, com o banho tomado, vestida e com fome, contemplou a hipótese de telefonar para o serviço de quartos, mas pensou que estava a ser ridícula. Encontrava-se em Veneza, uma das maravilhas do mundo, uma cidade que nunca visitara. Nunca estivera sequer na Europa. Pelo menos deveria ver a sua magnificência e provar a sua comida.

Caminhou pelas ruas estreitas e movimentadas até chegar à Piazza San Marco com as suas vistas mágicas sobre o Grand Canal e a laguna e a sua soberba basílica. Ouvindo música, entrou, espreitando na obscuridade para toda a beleza que a rodeava. Depois, subitamente, todas as luzes se acenderam, inundando a grandiosa igreja com um brilho dourado. Havia uma missa prestes a começar e ficou ali de pé a observar e a escutar, impressionada pela majestade, pelos mosaicos e pelo cintilar do ouro; pelas madonas e santos nos seus nichos em arco, pelo grande altar e o canto do coro que se elevava no ar. Muito de repente todas as recordações vergonhosas daquelas secretas noites geladas em cemitérios antigos e dos artefactos roubados, da traição e da violência, das ameaças e do terror, a abandonaram. Naquele momento sentiu uma paz e serenidade que rezou lhe ficassem para sempre.

Passado algum tempo, saiu da basílica e caminhou ao longo do canal, pensando no passado, em todos os anos a esforçar-se para ganhar a vida e no seu futuro logo que vendesse o colar. Todo um novo mundo se abriria para ela. Esperava que a prima Precious chegasse depressa porque queria imenso falar com ela, não só sobre o colar, mas agora sobre muitas outras coisas.

Virando para uma estreita rua lateral, deparou-se com um pequeno restaurante. Gostando do aspecto do seu interior simples em madeira escura, entrou e sentou-se, pedindo massa com amêijoas e um copo de vinho branco. A seguir, demorou-se a beber um café, desta vez em paz consigo própria, com a certeza por fim de que não estava a ser seguida.

Estava escuro quando saiu e não se via alguém. Apressando o passo, dirigiu-se para a rua maior que seguia ao longo do canal, sorrindo quando o avistou, a cintilar sob uma lua quase cheia. Parou para apreciar, inspirando fundo, enlevada, e admirando os contornos da cidade recortados, com as suas cúpulas e pináculos e a água escura a deslizar silenciosamente por eles. Aqui estava um cenário que nunca esqueceria.

O golpe na cabeça apanhou-a completamente desprevenida. Gritou uma vez e ergueu as mãos. O sangue quente gotejou-lhe por entre os dedos. Subitamente, a toda a volta, estava a ficar mais escuro, era como se as luzes de Veneza estivessem a ser apagadas, uma a uma. O empurrão nas costas fê-la cambalear. Vacilou na borda, outro empurrão e caiu no canal. E depois tudo se tingiu de preto. A água escura fechou-se sobre a sua cabeça quase sem turbulência.

Um assassínio perfeito.

47

AGITADA, Preshy decidiu ir dar uma volta. Enfiou algumas roupas – *jeans*, uma camisola, botas. Estava frio lá fora e vestiu o casaco de lã branco de Inverno, com a marca impressionante, que a tia G lhe dera.

Enroscou o cachecol comprido de lã azul com duas voltas ao pescoço e as pontas a baloiçarem quase até aos joelhos, mesmo como gostava, embora não tivesse dúvidas de que a tia teria dito que estava a arruinar «a linha» do casaco caro. Desceu e saiu pela entrada do Bauer para a rua.

Vagueou indolentemente pelas *calli* estreitas, a tremer com o vento nocturno gelado. Todas as esquinas lhe traziam recordações. As próprias pedras debaixo dos pés e as paredes de estuque a pelarem pareciam exalar romantismo. Havia no ar um aroma de café e de lenha a arder nas lareiras, um odor a *pizzas*, a pão e a vinho. As montras iluminadas ofereciam um milhão de tentações e por todo o lado se ouvia o som da água a bater eternamente nas bordas da cidade a afundar-se. Era como caminhar pela história.

Contornando a esquina, achou-se em frente do Palazzo Rendino. Os pés tinham-na simplesmente levado até ali, sem qualquer reflexão. Não estava iluminado, no entanto, da forma que estivera para as festividades do seu casamento e a pequena praça estava às escuras. Fechou os olhos, sentindo uma punhalada de dor no local onde o coração costumava estar antes de ser partido. Então, ao abrir os olhos, vislumbrou um homem alto de cabelo escuro, com um casaco preto comprido, a desaparecer na esquina. «*Bennett!*» gritou. *Oh, meu Deus... seria mesmo ele?* Correu até à esquina, mas viu só uma mulher idosa a passear o cão. Devia ter sido uma alucinação. Fora o facto de voltar ao Palazzo que lhe pusera a imaginação a trabalhar, só isso.

Regressou lentamente ao sítio, perto da entrada do Palazzo, onde Bennett e ela haviam estado abraçados na noite anterior ao dia do casamento. Recordava-se de ter dito «Amanhã, meu amor» e de o ter beijado. «Amanhã» replicara ele. E depois desaparecera da vida dela.

Mesmo assim, desejava secretamente que tivesse sido Bennett que vira naquele momento. Queria acreditar que existia ainda, algures, um pouco de esperança, que havia uma explicação lógica e que tudo se resolveria. Desejava tanto que Bennett lhe pedisse perdão, declarasse de novo que a amava e que tudo voltaria a ser como dantes. Mas claro que isso nunca poderia acontecer.

48

T RISTE, continuou a andar sem destino, emergindo da rua estreita e
sombria para o cenário aberto e glorioso da Piazza San Marco. Estava
repleta de luz, do esvoaçar de pombos e de pessoas apressadas. Música flu-
tuava no ar vinda dos *caffès* rivais, Quadri e Florian. A grandiosa basílica
iluminada dominava a praça para a sua esquerda e, à direita, as antigas
arcadas de pedra cintilavam à luz dos candeeiros, da cor de mel derretido.
E, em frente, encontrava-se o panorama mais magnificente de todos em
Veneza: o Grand Canal com, mais ao longe, na neblina, as ilhas e a laguna.

No Verão, as cadeiras e mesas do *caffè* derramavam-se pela praça,
mas o tempo frio de Janeiro obrigara toda a gente a recolher-se no interior. Quer dizer, excepto as tribos agressivas de pombos. «Ratos com asas»,
chamava-lhes a tia G.

Decidindo que a especialidade de Veneza, um café expresso duplo
fortalecido com *grappa* era exactamente o que precisava nesta noite fria,
Preshy empurrou as portas de vidro gravadas entrando nas salas douradas e de veludo rosado do Quadri. E numa névoa de fumo de cigarro,
conversas, risos e música do quarteto de cordas que tocava Cole Porter,
outro habitante de Veneza a dada altura, embora *Night and Day* soasse
estridentemente diferente num violino.

Ouvindo chamar o seu nome, ergueu os olhos e viu Sam sentado a
uma mesa junto à janela cheia de vapor de água, tendo à sua frente o que
parecia ser um vodca duplo com gelo.

– Olá. – Sorriu-lhe abertamente, correndo a ocupar o lugar a seu lado.

– Pareceu-me que estava na hora de tomar uma bebida – disse ele. – O que dizes?

– Café expresso com *grappa*. Quando em Itália...

Chamou o atarefado empregado e observou divertido enquanto ela desenrolava o comprido cachecol. Teceu um comentário elogioso sobre o casaco branco.

– Tens um ar muito italiano.

– Devia ter, é um modelo *Valentino*. Da tia G – acrescentou. – Não suporta o de pele de carneiro.

– Oh, não sei, acaba-se por gostar.

Para sua surpresa, estavam a rir-se juntos, como duas pessoas de férias sem uma única preocupação no mundo, em vez de um par de aspirantes a detectives a tentar resolver um mistério.

– Ainda nada de Lily – disse Preshy. – É realmente uma mulher muito misteriosa.

– Uma combinação de Greta Garbo e Mata Hari – concordou ele.

O empregado trouxe o café recheado de *grappa*, bateram com os copos dizendo «*cin-cin*», ao estilo italiano, e depois Preshy perguntou-lhe o que pensava de Veneza.

– Haverá palavras para a descrever? – inquiriu ele. – Nunca pensamos que exista uma tal maravilha no mundo até a vermos realmente. Mesmo Canaletto só nos conseguiu mostrar um breve vislumbre. Edifícios belos flutuando em água prateada, um céu baixo que parece pairar sobre a cidade, como se uma escada para o paraíso aguardasse todos os que aqui entram.

Preshy fitou-o com admiração.

– Exprimes por palavras coisas em que só consigo pensar.

– As palavras são o trabalho do escritor.

Beberricou o vodca, uma bebida que, reparara ela, ingeria em grande quantidade, enquanto ela telefonava para o hotel e perguntava se havia alguma mensagem. Não havia, por isso deixaram-se ficar, trocando impressões sobre Veneza, antes de se aventurarem de novo a sair para o frio.

O nevoeiro adensava-se sobre a laguna, grandes ondas de lã macia que deixavam gotículas a brilhar nos cabelos. Sam colocou-lhe o braço por cima dos ombros e comprimiram-se um contra o outro, desconhecidos íntimos, cheios de frio. Para sua surpresa, Preshy descobriu que gostava da sensação.

– Tenho fome – declarou Sam. – E uma vez que Lily ainda não apareceu, vamos jantar.

Assim apanharam o *vaporetto* para o Rialto onde ela o levou a um pequeno sítio que conhecia, um velho mosteiro onde, sob um tecto de pedra abobadado, iluminado por castiçais, jantaram pequenas santolas e o prato clássico veneziano, fígado de vitela com cebolas. Sam disse que devia ser Preshy a escolher o vinho e ela optou por um simples *Pinot Grigio* das encostas do Veneto que, admitiu ele, ligava perfeitamente com tudo. E Preshy estava tão entretida a falar de Veneza que se esqueceu de Lily.

49

MARY-LOU ia no terceiro expresso, sentada à frente de Bennett no bar do hotel.

Fazendo sinal ao empregado, Bennett pediu uma segunda *grappa*. Pediu uma para ela também.

– Estás com aspecto de quem precisa – disse, com um arrepanhar desdenhoso dos lábios que, supôs ela, seria o seu verdadeiro sorriso e era bastante diferente do encanto sensual e experimentado do sorriso que sempre usara com ela antes.

Apesar disso, emborcou o licor, estremecendo quando lhe atingiu o estômago. A carteira de camurça preta estava em cima da mesa à sua frente, com a *Beretta* aninhada no forro de cetim rosa-choque. Pegou na carteira e colocou-a no colo. Dava-lhe uma sensação de segurança.

– A nossa única esperança é que Lily tenha escondido o colar na mala dela, ou no cofre do quarto. – Fitou-a com aquele olhar duro e implacável. – Temos a chave do quarto. Vamos até lá acima e revistamos as coisas dela. Se a empregada te vir, suporá que és Lily.

Mary-Lou sabia que ele não iria permitir que ela fosse sozinha. Já tornara óbvio que não a ia perder de vista. A tremer, correu as pontas dos dedos pela protuberância que era a *Beretta*. Detestava Bennett. Preferia dar-lhe um tiro a entregar-lhe o colar.

Caminharam juntos até ao elevador e depois pelo corredor até ao quarto de Lily. A empregada de serviço lançou-lhes um olhar de passagem e cumprimentou-os com um *buona sera*. Havia um candeeiro aceso e a cama fora aberta. Estava tudo arrumado. A mala de Lily estava no suporte de bagagens. Não se dera obviamente ao trabalho de a desfazer e Mary-Lou revistou rapidamente o respectivo conteúdo.

Ergueu os olhos para Bennett, de pé, com os braços cruzados, a observá-la.

– Não está aqui – disse.

– Tenta o cofre.

Foi o que fez. Estava vazio.

Lily enganara-os.

Mary-Lou sentou-se na cama e, de repente, começou a chorar. Fora até ao limite – e para nada.

Menosprezando-a, sem mais palavras, Bennett saiu do quarto e do hotel. Mary-Lou já não tinha mais utilidade para ele. Nem sequer valia a pena correr o risco de a matar. Estava demasiado envolvida agora para ir ter com a polícia. Não diria nada. Cumprira o seu objectivo e iria para casa como uma boa menina e ele nunca mais ouviria falar dela outra vez.

Caminhou pelas escuras ruelas secundárias de Veneza durante horas nessa noite, tentando perceber o que Lily poderia ter feito com o colar. De repente, a resposta surgiu-lhe. Claro, ela ia a caminho de Paris. Teria enviado o colar para a prima. Preshy Rafferty devia tê-lo com ela.

50

De volta ao hotel, Sam e Preshy subiram ao quarto de Preshy para ver se havia alguma mensagem no telefone. A luz vermelha não estava a piscar. Preshy telefonou para o quarto de Lily. Ninguém atendeu.

Sentou-se na beira da cama a olhar para Sam.

– O que fazemos agora? – perguntou preocupada.

Sam ergueu as mãos com ar fatigado.

– Sugiro que vamos descansar e verifiquemos outra vez as coisas amanhã.

Despediram-se com um boa-noite, mas ainda inquieta e sem conseguir dormir, Preshy telefonou a Daria em Boston e contou-lhe tudo o que se estava a passar. Claro que Daria ficou tão alarmada quanto Sylvie ficara, em especial quando ela lhe falou de Bennett.

– Presh, por que razão foste para Veneza? O problema é de Lily Song, não teu. A coisa parece-me perigosa. Especialmente a parte de Bennett. Isso está tudo acabado para ti.

– Mas eu sou a única pessoa que a pode ajudar. Ela não tem realmente mais ninguém – respondeu Preshy. – De qualquer modo, preciso de saber o que tem a dizer sobre Bennett. E além disso não estou sozinha. Tenho comigo um novo amigo. Chama-se Sam Knight. Poderás já ter ouvido falar dele – acrescentou com um pequeno sorriso na voz.

– *O quê*? Estás com *Sam Knight*? Poça, Presh, como é que o conheceste?

– Não vais acreditar nisto. Numa espécie de cena repetida, engatei-o em La Coupole no sábado à noite, a meio de uma tempestade de neve.

– Engataste *Sam Knight*?

– Pois. Porque não? Ele estava encalhado em Paris, não havia voos, o aeroporto estava fechado... Porquê? O que tem isso de mal?

O suspiro de Daria soprou agoirentamente pela linha do telefone até chegar ao ouvido de Preshy.

– Tenho de reconhecer. Sabes mesmo escolhê-los.

– Por amor de Deus, o que se passa?

– Quer dizer que não sabes a história?

– *Que história*, raios?

– Creio que não vais gostar disto – disse Daria – mas penso que deves ficar a saber. Há cerca de três anos a mulher de Sam Knight desapareceu.

– *Desapareceu?* – O coração de Preshy deu um pequeno salto. – O que queres dizer com *desapareceu*?

– Cá vai a história. Sam disse à polícia que a última vez que viu a mulher foi na casa de praia. Ele fora pescar. Tinha um pequeno barco e disse que pescava muitas vezes à noite. Ela não gostava do mar e nunca ia com ele. Disse à polícia que ela ficou sozinha em casa, só com o cão por companhia, um pastor alemão chamado *Cent*. Estás a ver, até me lembro do nome do cão; a história andou nos meios de comunicação durante semanas...

Preshy apertou o telefone com mais força.

– O que lhe aconteceu?

– Não havia qualquer sinal de violência, nada fora remexido, não havia nada roubado. O cão, que Sam afirmou ser-lhe muito dedicado, ainda lá estava. Ninguém dormira na cama e a televisão ainda estava ligada. Ela simplesmente desaparecera. Exactamente como um dos romances de mistério dele. O departamento médico-legal virou aquela casa de Outer Banks do avesso, mas não descobriu nada. E, até hoje, Leilani Knight não foi encontrada. Creio que Sam ainda é uma «pessoa de interesse» para a polícia – e é dessa forma que é mencionado, nunca como propriamente *suspeito*. Mas desconfiaram mesmo de que ele a matou. Toda a gente desconfiou. E Leilani Knight nunca foi encontrada.

– Não acredito – retorquiu Preshy, pouco segura. – Claro que não a matou. – Contudo, pensando nisso, por que outra razão se mostraria Sam tão misterioso em relação ao seu passado? – Talvez tenha fugido com outro homem. – Estava a agarrar-se a qualquer coisa, ainda relutante em acreditar que Sam tinha alguma coisa a ver com o desaparecimento da mulher.

– Acreditas seriamente que não teria sido descoberta por esta altura se tivesse fugido com alguém? Já se passaram *três anos*, Presh. E digo-te outra coisa, Sam Knight não escreveu mais nada desde então.

Preshy agarrava-se agora ao telefone com uma força de morte. Sabia que a história era verdadeira. Era por isso que Sam não tinha vontade de falar sobre Leilani... porque se calhar a havia morto. As lágrimas estrangularam-lhe as palavras quando disse, numa pequena voz cansada:

– A vida costumava ser tão pouco complicada, Daria. Estou aqui com Sam, à procura de Lily... e agora pergunto-me por que *motivo* exactamente terá vindo comigo. Julgas que ele sabe alguma coisa sobre ela? Sobre *Bennett*? Não sei o que fazer.

– Tem cuidado – avisou Daria. – E apanha o próximo voo para casa. *Sozinha.* Suplico-te, Preshy, sai daí para fora e sem Sam Knight.

Prometendo que assim faria, Preshy disse-lhe adeus. Desligou o candeeiro e ficou deitada, rígida de choque, a fitar as trevas.

Veio-lhe à cabeça o rosto magro de Sam; os olhos castanhos por trás dos óculos, o perfil distante e severo a guiar pela auto-estrada durante aquela noite longa e escura. Pensou na coincidência de se ter vindo sentar ao lado dela em La Coupole, apesar de o restaurante estar meio vazio. *Tal como Bennett fizera.* E como dissera, com tanta rapidez, que a acompanharia a Veneza. Perguntava-se agora porquê. Haveria alguma coisa que Sam sabia e ela não? Estaria também envolvido nesta saga de Lily? Tal como no desaparecimento da mulher?

Oh meu Deus. Estava em Veneza com um homem suspeito de assassínio, à procura de outro homem que podia estar também envolvido em homicídio. *O que fora fazer?*

51

PARA Sam, o sono era uma arte perdida. Estivera a beber toda a noite e ainda era escuro quando, um pouco depois das seis da manhã, saiu do hotel e caminhou ao longo do *fondamenta*, a passagem pedonal ao lado do canal. Não se via ninguém e a água parecia bater em sincronia com os seus passos solitários.

Passado algum tempo começou a chover, farpas geladas cortantes como agulhas que o arrefeciam até aos ossos. Levantou a gola do casaco, abotoou-o e continuou a andar, indiferente. Só ele e os gatos selvagens, sombras esguias, amontoadas perto das fontes e nos degraus das igrejas, esperando pela madrugada e pelo recomeço da vida.

Havia alguma actividade no canal, no entanto, os barcos de entrega de fruta e legumes dirigindo-se para o mercado do Rialto; um barco do lixo; os *vaporetti* na sua maioria vazios. E um barco da polícia, com as luzes azuis a piscar, mesmo à sua frente.

Juntara-se uma pequena multidão e observou uma equipa da polícia a prender qualquer coisa na água e depois a içá-la para bordo.

– Provavelmente alguma turista – ouviu um inglês dizer no meio da multidão. – O tipo do barco do peixe viu-a. Uma mulher asiática. Pelo aspecto, já deve estar na água há algum tempo. Provavelmente embebedou-se, caiu. Acontece. Ou então o namorado empurrou-a – acrescentou com uma risada que ricocheteou oca nos edifícios silenciosos.

Sam virou costas e caminhou depressa pelo labirinto de pequenas ruelas até chegar a um *caffè*-bar de rua. Acercou-se do balcão onde homens de fatos e sobretudos, jornais enfiados debaixo dos braços, tomavam café e *cornetti* a caminho do escritório. Pediu um expresso duplo, encheu-o de açúcar, bebeu-o de um trago e pediu outro. Acendeu um cigarro, retraindo-se com o sabor amargo. Fumar era um hábito que perdera há anos e ressuscitara apenas recentemente. O cigarro sabia a cinzas e apagou-o esmagando-o, beberricando o café. Tomou um terceiro, esperando que a cafeína fizesse efeito e lhe desanuviasse a cabeça sobrecarregada de álcool. Eram quase oito horas quando uma madrugada cinzenta e fria despontou sobre Veneza e ele regressou ao hotel.

Deteve-se no balcão do porteiro e pediu-lhe para arranjar um lugar no voo de Paris e depois para Nova Iorque.

Já no seu quarto, ligou para Preshy. Era óbvio, pela voz entaramelada, que a acordara, mas retesou-se de imediato, atenta e glacial, quando ele disse quem era.

– Não é um bocado cedo para telefonar? – disse friamente.

– Preciso de falar contigo – replicou. – Houve alguns desenvolvimentos.

– São só oito e dez. Como é que pode ter havido desenvolvimentos?

– Rafferty, veste-te, vou subir. Dou-te cinco minutos.

Desligou o telefone, acendeu outro cigarro, fez uma careta, esmagou-o no cinzeiro. Lançou uma olhadela à garrafa vazia de vodca, depois ao minibar. Não, não ia voltar àquilo. Tinha coisas a tratar.

52

ELA abriu a porta de *jeans* e *T-shirt*. O cabelo curto estava espetado em pontas cor de cobre, os olhos pálidos orlados de sombras e tinha um ar exausto.

Sem falar, liderou o caminho para dentro do quarto e depois sentou-se a olhar para ele, enquanto Sam sacudia o casaco de cabedal ensopado e alisava para trás o cabelo húmido.

– Então? – proferiu de forma distante.

Sam pensou que gélida era a palavra que melhor poderia descrever a atitude dela. Perguntou-se o que teria acontecido. Puxou uma cadeira e sentou-se diante dela. Preshy desviou os olhos e ele inclinou-se para a frente, com os joelhos afastados e as mãos entrelaçadas mas pouco apertadas. Os rostos estavam apenas a centímetros de distância. Quando Preshy ergueu por fim os olhos, relutante, ele disse:

– Esta manhã, a polícia encontrou o corpo de uma mulher asiática no canal.

O queixo dela empinou-se e fitou-o chocada.

– Calculo que seja Lily – continuou ele.

– *Oh, meu Deus* – sussurrou Preshy. – Eu *sabia. Sabia* que alguma coisa estava mal. – Os olhos semicerram-se com súbita desconfiança. – Como sabes isso?

– Aconteceu estar no local quando pescaram o corpo do canal, muito cedo esta manhã.

– Oh, pois. *Aconteceu simplesmente* andares por ali, antes da madrugada, quando a polícia descobriu um cadáver? Que *talvez pudesse* ser o de Lily? Não é muita coincidência, Sam? Quer dizer, ainda não conseguiste descobrir a tua mulher, mas descobres logo Lily? O que *sucedeu* exactamente a Leilani, Sam? Foi alguma coisa semelhante ao que aconteceu a Lily? Ou não consegues admiti-lo?

Sam encolheu os ombros. Agora percebia a razão da frieza dela.

– Obviamente que já te contaram a história, porquê dar-me a esse trabalho?

– Porque preciso de ouvi-lo da tua boca.

– A verdade, nada mais do que a verdade – declarou ele com amargura. – Vai perseguir-me para o resto da vida.

– Sim – concordou ela. – Acredito que sim.

Sam levantou-se e encaminhou-se para a porta. Hesitou e ficou ali de pé a pensar, depois virou-se para ela, com as mãos nos bolsos dos *jeans*, a olhar fixamente para o chão.

Por fim disse:

– A minha mulher, Leilani, tinha tendência para a depressão. Era uma alma frágil, tímida e insubstancial como uma ninfa dos bosques; calma num momento, profundamente desesperada no outro. Deixou-me nessa noite, tal como ameaçara fazer tantas vezes anteriormente. Não queria «incomodar-me» mais tempo, era o que dizia. Que «incomodar» perguntava eu, zangado por ela não entender que eu a amava e que era só isso que importava. Mas Leilani detestava o oceano. Tinha medo dele. Fora por essa razão que abandonara o Havai, não conseguia suportar o ruído da rebentação. Santa Fe era para ela uma ilha de paz sem mar e, egoisticamente, afastei-a daquilo. Não sei o que aconteceu a Leilani, só que não estava em casa quando regressei da minha excursão piscatória na manhã seguinte, mas calculei que fizera o que sempre ameaçara fazer. Deixar-me para não ser um «incómodo». Não havia qualquer mensagem, qualquer bilhete a explicar.

Sam ergueu os olhos para olhar para Preshy.

– Era uma mulher tão reservada, não podia envergonhá-la partilhando com o mundo o seu tormento pessoal. Os meios de comunicação teriam tido um dia em grande. Assim, não disse nada e levei eu com as acusações. – Encolheu os ombros. – E era o correcto. No final de contas, a culpa era minha. Tirara-a do lugar onde se sentia segura para ir viver num sítio que por fim a levou à loucura.

Apesar das apreensões de Preshy, ele parecia tão... abatido... sentiu pena dele.

– Julgas que ela...? – Não conseguiu arranjar coragem para dizer «se matou».

– Não penso nisso – retrucou ele abruptamente. – Pelo menos tento não pensar. Ou seja, nos momentos em que estou acordado.

Preshy sabia o que ele queria dizer. À noite, sozinha no escuro, as recordações tinham uma forma insidiosa de surgir para nos perseguir, todos os porquês e porque não e se ao menos.

– Compreendo – disse, querendo acreditar nele, mas ainda com dúvidas.

Os olhos de Sam por trás dos óculos eram duros como o aço quando encontraram os dela.

– Compreendes? – perguntou com indiferença, como se já não lhe interessasse o que as pessoas pensavam. Encolheu os ombros e depois voltou a sentar-se diante dela. – Temos de falar sobre Lily – disse.

53

Sᴀᴍ tirou os óculos e esfregou os olhos com ar fatigado.

– Vais ter de ir à polícia – disse. – Dizer-lhes que tinhas combinado encontrar-te com a tua prima aqui e que pensas que o corpo poderá ser o dela. Vão querer que a identifiques.

Preshy ofegou, horrorizada.

– Mas eu nunca a conheci. Não consigo identificá-la, nem sequer sei como ela é.

– O passaporte dela deve estar na recepção, ou no quarto.

Não acrescentou que, de qualquer modo, uma mulher afogada que tivesse estado na água por algum tempo estaria inchada e irreconhecível e que as impressões digitais e a ficha dentária poderiam ser factores mais decisivos na sua identificação.

A mão de Preshy tremeu quando se serviu de um copo de água de uma garrafa meio vazia de *San Pellegrino*. Estava quente e sem gás e torceu o nariz, desagradada.

– Farão imediatamente uma autópsia, claro – continuou Sam. – Para estabelecer a causa da morte. Depois o corpo será entregue. A ti – acrescentou.

Preshy pousou a cabeça nas mãos. Teria de identificar o corpo, tratar de tudo, mandar Lily para casa para ser enterrada. Queria que este pesadelo acabasse. Mas não ia desaparecer tão depressa.

Sam olhou para o relógio.

– É melhor ir andando – disse. – Despachar as coisas.

Controlando os nervos, Preshy vestiu o belo casaco branco *Valentino* da tia G e enrolou o cachecol azul duas vezes à volta do pescoço. Lily era sua prima. Era seu dever cuidar dela. O avô Hennessy teria contado com isso.

– Vais dar conta do recado – exclamou Sam.

Ela lançou-lhe uma olhadela rápida.

– Vens comigo, não vens? – perguntou, de súbito preocupada.

– Não posso – retorquiu ele baixinho.

Preshy fitou-o, atordoada. Ele estava envolvido nisto... não podia ir simplesmente embora, deixá-la a tratar das coisas desagradáveis.

– Estás a olhar para um homem que já lidou com isto antes – prosseguiu Sam. – Não consigo passar por tudo outra vez. Sabendo o que sabes sobre mim agora, vais ter de compreender. Vou apanhar o voo para Nova Iorque esta noite. Lamento, Rafferty, mas vais ter de resolver isto sozinha.

Ficaram ali de pé, em silêncio, a olhar um para o outro durante um longo momento. Depois ele abanou a cabeça e saiu do quarto. E também, pensou Preshy com uma súbita pontada de mágoa, da vida dela. Para sempre.

54

De uma maneira ou de outra, Preshy acalmou-se. Telefonou à tia Grizelda do telemóvel e contou-lhe as terríveis notícias.

– Não faças nada – foi a resposta horrorizada da tia G. – Mimi e eu estaremos aí com um advogado dentro de algumas horas.

Andando de um lado para o outro no seu quarto, Preshy repisou vezes sem conta o que Sam dissera. Claro que entendia o que ele quisera dizer – que um homem suspeito de um assassínio não podia dar-se ao luxo de se ver envolvido noutro – no qual, devido ao seu passado, se poderia tornar de novo suspeito.

Inquieta, perguntou-se por que *razão* Sam se envolvera com ela. E então Bennett? Saberia Sam alguma coisa sobre ele que ela não soubesse? E o que possuía Lily que alguém queria tanto, o suficiente para matar? E agora que ela estava morta, essa pessoa já teria essa coisa?

Estava a ficar maluca. Com os nervos à flor da pele, vestiu o casaco e foi à procura de café. A cabeça doía-lhe e desejou que Lily nunca a tivesse contactado, desejou nunca ter conhecido o homem mistério Sam Knight, cujo passado era tão lúgubre quanto o de Lily. Como é que ele me pôde abandonar? Estava lá quando descobriram o cadáver. Estava envolvido nisto, o sacana. Não tinha o direito de fugir da cidade.

Enroscada no Florian, diante da sua chávena de café de dez dólares, desejou estar em qualquer outro sítio à excepção de Veneza, que, para ela, começava agora a afundar-se sob o peso de más recordações.

A TIA G CHEGOU UM PAR de horas mais tarde num avião particular «emprestado» por um amigo, com um advogado, Maître Hugo Deschamps, a reboque.

– Estás com um aspecto horrível, *chérie* – foram as suas primeiras palavras encorajadoras.

E as segundas:

– Onde está o cavaleiro de armadura reluzente?

– *Sinto-me* horrivelmente mal. – Preshy enterrou o rosto no ombro perfumado da tia G e as lágrimas fluíram por fim. – E o cavaleiro voltou para Nova Iorque. Deixou-me sozinha para arcar com as consequências. Não posso culpá-lo – acrescentou, erguendo o rosto molhado e os olhos turvos para a tia. – Já passou por tudo isto antes quando a mulher desapareceu do mapa e nunca mais voltou.

– *O quê?* – Mimi lançou um guincho e a tia G ofegou. Preshy foi obrigada a contar-lhes a história de Sam.

– Por isso estão a ver – concluiu – é suspeito do desaparecimento da própria mulher ou até assassínio. «Uma pessoa de interesse» foi o que a polícia lhe chamou.

– Imagine-se, um homem simpático como aquele – admirou-se Mimi, pensando no agradável almoço no Chantecler.

Mas Grizelda bufou e disse que quanto a ela os homens eram todos iguais e não se podia confiar em qualquer um, especialmente Preshy, que por certo «sabia como escolhê-los».

– Claro que Maître Deschamps é uma excepção – declarou com um sorriso açucarado para o advogado: um francês alto e imponente, de cabelo prateado com quarenta anos de direito penal em cima, incluindo vários julgamentos de homicídio famosos.

– Obrigado pela parte que me toca, condessa – retorquiu ele com uma vénia cortês. – Mas agora tenho de acompanhar Precious à *polizia*. E você, minha querida – continuou, olhando severamente para Preshy – não dirá uma palavra. Deixe tudo por minha conta.

Preshy prometeu não abrir a boca e Maître Deschamps informou as tias de que não podiam vir com eles, porque receava que Grizelda falasse de mais e sabia, por experiências anteriores, que não tinha qualquer controlo sobre *ela*. Combinaram encontrar-se mais tarde no Harry's Bar e Preshy e ele dirigiram-se para a esquadra da polícia.

Graças a Maître Deschamps, a entrevista não foi tão traumática como Preshy receara. Como prometera, Maître Deschamps foi o único a falar, dizendo meramente que Precious ficara de se encontrar com a prima de Xangai, lançando-lhe um olhar de vez em quando para ela corroborar a história.

O capitão da polícia encarregue do caso disse que parecia não haver muito mistério no facto de uma turista ter caído no canal e de se ter afogado e que, provavelmente, bebera demasiado. Entretanto, a autópsia seria efectuada amanhã e determinada a causa da morte. Agradeceu-lhes a ajuda, prometendo revelar o resultado da autópsia no dia seguinte.

– ENTÃO, O QUE ACHA? – perguntou Preshy a Maître Deschamps, os dois no *motoscafo* a caminho do Harry's Bar.

– Claro que tudo depende da autópsia. Se houver provas de actividade criminosa, então teremos de repensar a sua situação. Mas se a causa de morte for oficializada como acidente – ergueu um ombro a retirar importância ao caso – então duvido que a polícia nos incomode mais. E a seguir, o meu conselho seria esquecer tudo sobre Lily Song. – Maître Deschamps ajudou-a a descer do *motoscafo* à porta do Harry's. – Agora vamos provar um desses famosos Bellini, está bem?

BEBERRICARAM OS SEUS *COCKTAILS* BELLINI – uma bebida tornada famosa pelo então empregado de bar Harry e que consistia em champanhe e pêssegos frescos espremidos, embora no Inverno os pêssegos tivessem de ser de lata. Não importava, eram deliciosos e o de Preshy deslizou-lhe como seda pela apertada garganta abaixo.

Sam, seu sacana, deixaste-me sozinha, pensou, já no seu terceiro Bellini. *Sei por que razão o fizeste, mas foi muito cobarde... e, de qualquer maneira, não confio em ti...*

– Estás demasiado calada – disse a tia G desconfiada. – Em que estás a pensar?

A tia Grizelda apresentava-se vistosa como habitualmente, num vestido preto com alfinetes de diamantes em forma de folha, tipo anos trinta, no decote princesa e o penteado ruivo à Rita Hayworth deslizando por cima de um olho esmeralda maliciosamente brilhante. Um casaco de marta Fendi cinzento-acastanhado repousava no assento a seu lado e usava saltos altos que eram completamente desajustados para andar nas ruelas empedradas de Veneza.

– Estava a pensar como vocês as duas estão com um aspecto formidável – mentiu Preshy –, em especial considerando que tiveram tão pouco tempo de aviso e chegaram aqui em tempo recorde.

– *Chérie*, sabes que consigo fazer as malas em exactamente dez minutos e estar pronta para qualquer ocasião. – Grizelda concedeu-lhe um sorriso caloroso. – Mas *não* era nisso em que pensavas.

– Calculo que esteja a pensar naquela *serpente*, Sam – disse Mimi, voltando ao ponto de partida da conversa anterior.

Suspirando, Preshy admitiu que era verdade.

– Não consigo evitar – retorquiu com mágoa – parece que vou sempre ter com os patifes.

Maître Deschamps olhou para o relógio e depois levantou-se.

– *Mademoiselle*, o meu conselho – observou, pagando a conta – é que o esqueça. E esqueça tudo sobre o outro, Bennett, não era? Deixe que as suas tias a apresentem a alguns cavalheiros simpáticos. Têm muitos amigos e tenho a certeza de que serão casamenteiras perfeitas.

As tias sorriram deliciadas para ele e Grizelda disse-lhe que só aquele conselho valia todo o dinheiro que ia ter de lhe pagar.

– Não se preocupe, eu mando-lhe a conta – prometeu ele com um sorriso. – Espero até ter novidades da polícia amanhã e depois telefono-lhes e discutiremos quais deverão ser os nossos próximos passos.

– Lá está – replicou Grizelda aliviada. – Eu sabia que Hugo tratava de tudo. Não há necessidade de te preocupares mais, *chérie*. Vai correr tudo bem.

– Mas e então a pobre Lily?

– Pensaremos nisso amanhã, querida – disse Mimi. – Entretanto, vamos comportar-nos como turistas e pedir os hambúrgueres de Harry. Ouço dizer que são divinais.

55

O voo de Sam para Paris estava meio vazio. Pediu um vodca e tragou-o enquanto sobrevoavam os Alpes e a França rural, esvaziando deliberadamente a mente dos acontecimentos dos últimos dias.

Olhando em volta, reparou numa mulher asiática, uma mulher excepcionalmente atraente que lhe desferiu um olhar fugaz vindo de uns olhos em forma de amêndoa da cor de âmbar quente, e cujo cabelo preto curto balouçou quando passou por ele. Perguntou-se o que *ela* teria andado a fazer em Veneza. Claro que era ridículo pensar que pudesse ter conhecido Lily simplesmente porque eram ambas asiáticas, mas reparou na coincidência.

Deixara Rafferty em Veneza por duas razões. Não se podia dar ao luxo de se envolver, e não havia mais nada que pudesse fazer. Acabara. Ou não? A pergunta perseguiu-o durante o voo inteiro.

Pensou nela a lidar com a polícia, a responsabilizar-se pelos pertences de Lily, a tratar de enviar o corpo de volta a Xangai para ser enterrado.

Tomou outra bebida, mas não conseguiu tirar Rafferty da cabeça. Mesmo cheio de álcool como estava, ouvia-lhe a voz a dizer: «Vens comigo, não vens?» Mesmo com os olhos fechados, via-lhe os olhos verde-azulados muito abertos de desconfiança e recordava a mancha de sardas em redor do nariz.

O avião aterrou com turbulência numa Paris ainda assolada pela tempestade e Sam encaminhou-se a passos largos pelo terminal para a Delta para fazer o *check-in* no voo para Nova Iorque. A meio caminho, mudou de direcção e dirigiu-se para a Cathay Pacific, onde conseguiu arranjar um lugar num voo que partia na tarde seguinte para Hong Kong e daí para Xangai.

Cancelou Nova Iorque e depois foi até à zona das lojas onde comprou *T-shirts* e *boxers*, um par de camisas, uma camisola de caxemira e um casaco quente. Noutra loja, descobriu uma mala leve onde colocou as suas compras. A seguir registou-se no Hilton do aeroporto, pediu um hambúrguer ao serviço de quartos, que comeu enquanto via, na televisão, as habituais notícias más, em francês. Depois tomou um duche e caiu na cama. E, desta vez, dormiu.

No dia seguinte, o voo da Cathay Pacific partiu para Hong Kong e demorou mais de onze horas. Após uma espera de quatro horas, apanhou um voo de ligação na Dragonair para Xangai.

56

VENEZA

Os sonhos de Preshy estavam preenchidos com a imagem do corpo de uma mulher a flutuar mesmo à superfície do canal. A água batia-lhe no rosto e não conseguia ver quem era, mas a mulher tinha os braços estendidos, com as palmas para cima, como se estivesse a pedir ajuda.

Soergueu-se de repente, a suar. Lançou um olhar ao relógio e resmungou. Quatro e meia. Saiu da cama, serviu-se de um copo de água e sentou-se enroscada numa cadeira, a fitar o ecrã despido da televisão. Tinha de esperar horas até que Maître Deschamps recebesse a resposta do capitão da polícia sobre o resultado da autópsia. Horas antes de saberem se o corpo era realmente de Lily. Horas antes de possivelmente lhe pedirem para identificar a mulher que nunca conhecera.

Imaginou a morgue fria, imaginou o cheiro do formaldeído, a forma feminina tapada na mesa de autópsias, uma etiqueta presa ao dedo do pé; o empregado a erguer o lençol do rosto morto... *Não conseguiria fazer aquilo*. Mas tinha de ser. Não havia mais ninguém.

Tomou um duche e pensou em voltar para a cama. Com que sonharia desta vez? Mais cadáveres? Bennett? Estremeceu. Acordada, pelo menos tinha mais controlo sobre os seus pensamentos.

Contemplou a hipótese de tomar uma chávena de café, mas já havia tanta cafeína a correr-lhe nas veias que calculou só lhe provocasse mais pesadelos. Pensou em Sam, a caminho de Nova Iorque. Lá se fora o cavaleiro de armadura reluzente.

Fitou zangada o copo vazio durante algum tempo, depois levantou-se, foi até à janela e puxou as cortinas para o lado. O céu desanuviara e a cúpula da Salute cintilava branca sob uma lua prateada, trazendo-lhe recordações de Bennett e do casamento que não se realizara.

Exausta, voltou a subir para a cama e desligou a luz. Seria uma longa espera sem dormir até de manhã.

ÀS DEZ ESTAVA na suíte da tia, a tomar o pequeno-almoço, quando Maître Deschamps telefonou.

– Pode ficar tranquila. Não há necessidade de identificar o corpo. Conseguiram efectuá-lo através do passaporte e das impressões digitais. Receio que seja mesmo Lily Song. Ao que parece deve ter resvalado – as pedras da calçada estavam escorregadias por causa da humidade. Deduziram que caiu, bateu com a cabeça e rolou inconsciente para o canal. A morte foi por afogamento. No final de contas *foi* um acidente. E aconselho-a a esquecer o que Lily lhe disse ao telefone. Leve-a simplesmente para casa, enterre-a e deixe as coisas por aí.

– Bem – disse Preshy às tias, pousando o telefone – vão entregar-me o corpo. Agora tudo o que tenho de fazer é organizar as coisas para que Lily seja enviada para Xangai para o enterro.

– Mas *quem* a vai enterrar?

– A família, os amigos... certamente que deve existir alguém. Lily não poderia ter estado sozinha no mundo. Devíamos procurar na sua agenda, descobrir que eram os amigos.

Mimi ficou encarregue de arranjar uma agência funerária que fosse buscar o corpo de Lily e tratasse de um caixão adequado para trasladação, enquanto Preshy telefonava às companhias aéreas para ver como se poderia enviá-lo para Xangai. Depois foi com a tia ao quarto de Lily.

Lily não desfizera a mala e todas as suas coisas ainda lá estavam dentro. Observando a pequena pilha de roupa interior, os sapatos de camurça preta e a camisola, Preshy pensou que eram patéticos os pertences deixados por uma mulher morta. As lágrimas alfinetaram-lhe as pálpebras.

– Não posso deixá-la ir para casa sozinha – disse. – Tenho pelo menos de ir ao funeral.

– Então vou contigo – retorquiu a tia G rapidamente.

Mas Preshy sabia que por mais que a tia negasse ser «velha», a viagem seria demasiado extenuante para ela.

– Não há necessidade. Eu represento as duas. Trato de tudo.

Grizelda encontrou a pequena agenda de pele preta de Lily em cima da mesa-de-cabeceira.

– É de Smythson, a loja elegante da Bond Street, em Londres – declarou com aprovação. – A prima Lily tinha bom gosto.

– Um gosto caro, queres dizer – retorquiu Preshy, examinando-a.

Alguns cartões de visita estavam enfiados na bolsa no verso da capa da frente. A maioria era da própria Lily. Os outros estavam escritos em chinês, à excepção de um com o nome Mary-Lou Chen, com o mesmo endereço de Lily, mas com um número de telefone diferente.

Calculando que Mary-Lou devia trabalhar para Lily, Preshy marcou o número. Ninguém atendeu. Não podia deixar simplesmente uma mensagem dizendo que Lily morrera, por isso desligou. Tentaria de novo mais tarde.

Entretanto, Mimi conseguira que fossem buscar o corpo à morgue e o preparassem para ser transladado no dia seguinte. Preshy não suportaria voar no mesmo avião, por isso arranjou um lugar num voo via Singapura que a faria chegar a Xangai por volta da mesma hora. Grizelda reservou-lhe um quarto no Four Seasons de Xangai e depois as tias partiram, no seu avião particular, para Monte Carlo.

Preshy saiu de Veneza mais tarde nesse mesmo dia, supondo que seria a última vez, num voo para Frankfurt e daí para Singapura, onde apanharia um voo de ligação para Hong Kong e depois para Xangai. A cidade de Bennett.

57

XANGAI

Sam calculou que a tia Grizelda não iria permitir que a «filha» ficasse numa velha pocilga qualquer e, por isso, quando chegou ao aeroporto Pudong, em Xangai, começou a telefonar para os hotéis, principiando pelos de cinco estrelas. Calculara bem. No Four Seasons disseram-lhe que Miss Rafferty chegaria amanhã. E sim, tinham quartos disponíveis. Apanhou de imediato um táxi para esse hotel.

Uma vez instalado, pediu que lhe entregassem flores no quarto. «Qualquer coisa exótica», disse à florista. «Orquídeas e peónias, esse tipo de coisa.» Escreveu um cartão com as palavras «Bem-vinda Rafferty» e depois passou pela sauna durante meia hora para clarear a cabeça. A seguir vestiu-se, usando o novo casaco quente, e pediu ao porteiro para descobrir a morada e número de telefone de Song Antiquities, cujo nome recordava ver escrito no pacote que Lily enviara para Paris. Depois apanhou um táxi.

A zona da Concessão Francesa era uma estranha mistura de encanto à moda antiga, ruído de muitos decibéis, velocidade e descaracterização urbana. Mas as avenidas largas cobertas de árvores tinham conservado algum do seu *glamour* e as vielas estreitas, as *longtang*, estavam repletas de pequenas lojas e comércio, clubes, bares e casas de chá onde, para seu espanto, havia pássaros em pequenas gaiolas de bambu penduradas das árvores, alimentados com grilos vivos por donos muito carinhosos. Casas de telhados de telhas estavam escondidas atrás de entradas de pedra em arco chamadas *shikumen*, dispostas em filas ao longo das ruas, com portas de madeira que abriam para o interior, para pequenos pátios.

A chuva começou a cair quando entrou na rua onde estava localizada a Song Antiquities. Aí chegado, deu um passo atrás para observar melhor. Por cima do portão alto, conseguiu ver um telhado de telhas vermelhas, o topo de algumas colunas e um alpendre de tecto *art déco*. A casa parecia maior do que a maioria e calculou que Lily vivia e trabalhava nela. Havia um pequeno clube nocturno com mau aspecto de um dos lados e uma movimentada loja de massas do outro. Tocou à campainha de Lily e esperou. Ninguém veio à porta, mas também não esperara outra coisa.

A andar rapidamente, voltou à avenida principal, resguardando-se da chuva numa casa de chá onde pediu o que lhe disseram ser a especialidade, chá *longjing* e uns sonhos em forma de quarto crescente recheados de porco, conhecidos como *shenjian bao*. Deu uma dentada num, retraindo-se quando queimou a boca no recheio a escaldar lá dentro. No entanto, era bom.

Olhou em redor para os seus vizinhos, todos eles a falar mandarim, uma língua que não tinha qualquer esperança de alguma vez entender. De vez em quando um deles lançava um olhar não sorridente na sua direcção. Compreendeu que era o único estrangeiro e, sentindo-se como um intruso, em breve se levantou e saiu. Fez sinal a um táxi e disse ao condutor para o levar ao mercado.

Era o final da tarde e as ruas estavam apinhadas de pessoas ruidosas. A fragrância do incenso de um templo próximo misturava-se com os aromas das bancas de rua, onde todo o tipo de comida era grelhada no churrasco, frita ou cozida.

Sam abriu caminho por entre a multidão, ofuscado pelos milhares de anúncios luminosos a piscarem, a algazarra áspera da língua, a música, os gongos e os tambores, as crianças com balões, a gritar e a correr, e a massa de pessoas a entrar e sair do ornamentado templo de colunas vermelhas, onde videntes liam a sina em pequenos compartimentos separados.

Encaminhou-se para o sítio onde os homens que liam a sina exerciam o seu ofício e descobriu a publicidade escrita em inglês para turistas como ele e os recortes amarelados de jornais pregados nas paredes que proclamavam a sua excelente capacidade para predizer o futuro das pessoas.

Um dos recortes de jornal vangloriava-se de um deles, o filho do mais ilustre vidente da China e que agora continuava a tradição do seu famoso pai. «Magnatas, bilionários e senhoras da sociedade consultam--no diariamente» dizia o recorte de jornal «para saberem como planear o seu dia e qual será o momento mais auspicioso para um negócio importante ou para apanharem o homem que desejam.»

Num impulso, Sam afastou para o lado a cortina de contas e entrou.

O vidente era um homem pequeno de meia-idade com olhos contraídos e pele macia. Estava sentado atrás de uma mesa vazia e fez sinal a Sam para se sentar numa cadeira à sua frente.

Sam estava à espera de que ele sacasse de um maço de cartas ou, pelo menos, de uma bola de cristal, mas em vez disso o vidente estudou--lhe intensamente o rosto. Sam ofereceu-lhe a palma da mão para a leitura, mas o homem disse «Ainda não» e continuou a perscrutar-lhe o rosto. Pouco à vontade, Sam afastou o olhar.

– Estou a ler-lhe o crânio – disse por fim o vidente. – O seu rosto conta-me a sua história. Vejo que quando era criança sofreu de uma doença que lhe pôs a vida em risco.

Sam lançou-lhe um olhar, alarmado. Estivera na realidade muito doente quando tinha apenas cinco anos.

– A sua mente é rápida, simplista. É um criador – continuou o vidente, de novo com exactidão. – O êxito chega-lhe com facilidade. O dinheiro cola-se-lhe aos dedos. – Os olhos estreitaram-se para meras fendas fitando o rosto de Sam. – Mas a tragédia persegue-o – acrescentou baixinho. – Imagens de violência e morte dominaram-no. E há mais mesmo agora, longe de sua casa.

Assustado, Sam não disse nada; observando; esperando.

– O mistério rodeia-o – continuou o vidente. – Está sempre à procura de respostas.

Pegou finalmente na mão de Sam, fixando a palma com intensidade.

– A linha da vida é longa, mas existem quebras. – Apontou para feixes de linhas opostas. – Aqui, quando era muito jovem e novamente aqui. – Ergueu os olhos semicerrados para ele. – *Agora* – declarou.

Sam não gostou do tom daquilo, mas pensou que o vidente se aproximara da verdade em relação à doença de infância e aos mistérios. Disse:

– Estou à procura de duas pessoas. Quero saber se as encontrarei.

Os olhos estreitados do homem fitaram os dele.

– A primeira pessoa que procura é uma mulher. E a resposta encontra-se na sua própria alma – disse baixinho. – Para a segunda, a resposta encontra-se com outra mulher.

Sam pagou e empurrou a cortina de contas para sair. O suor perlava-lhe a testa enquanto pensava no que o vidente dissera. O aroma do incenso fluía do templo; os cheiros da comida condimentada eram esmagadores e o ruído da multidão avolumava-se. Já não aguentava mais. Fez sinal a um táxi e regressou ao hotel, onde foi para o quarto e caiu num sono profundo, sonhando com Rafferty, que chegaria amanhã. E com o corpo de Lily.

58

QUASE vinte e quatro horas depois, Preshy emergiu meio grogue do elevador que a levou ao Hotel Four Seasons, onde se registou.

– *Madame*, está um cavalheiro à sua espera no bar – disse-lhe o empregado da recepção. – Pediu-me para a avisar mal chegasse.

Com o cérebro ainda tonto de horas de viagem encafuada num cilindro de aço, a respirar um ar deficiente e obliterando as más recordações com champanhe, Preshy perguntou-se inquieta quem poderia ser. Dirigiu-se ao bar e o coração caiu-lhe aos pés. Era Sam.

– O que estás aqui a fazer?

– À tua espera, Rafferty, claro – retorquiu ele.

Preshy deslizou para o banquinho de pele do bar ao lado dele.

– Porquê? – perguntou, fitando-o nos olhos. Estavam avermelhados por trás dos óculos.

– Porque precisas de ajuda. E não posso deixar-te passar por isto sozinha.

– Ah! – Ergueu um ombro com uma contracção descrente. – Da última vez que falámos não querias envolver-te. De qualquer maneira, estás com muito mau aspecto.

– É meramente um reflexo da forma como me sinto. A propósito, o que queres beber?

Ela lançou uma olhadela depreciativa ao vodca duplo que estava diante dele.

– *Perrier*. Com lima.

– Tive oportunidade de repensar a minha posição no voo para Paris – retorquiu ele. – Passou os dedos pelo curto cabelo castanho, oferecendo-lhe um sorriso. – Digamos apenas que mudei de ideias.

– Oh? E que papel desempenhou Leilani nessa reviravolta?

Sam fitou-a sem expressão, depois abanou a cabeça e disse tristemente:

– Não precisavas de ter ido por aí, Rafferty.

O empregado trouxe a água e ela olhou, envergonhada, para o copo efervescente.

– Desculpa – murmurou. – Não tive intenção. – A voz diminuiu de intensidade e os ombros vergaram-se de cansaço. – *Era* Lily no canal, claro. Mandaram o corpo de volta. Vim enterrá-la, mas primeiro preciso de ver se tem alguns parentes, encontrar os amigos.

– Sabia que virias. Estou aqui para te ajudar.

Preshy lançou-lhe uma olhadela. Estava com um ar desgastado, mas calculou que ela provavelmente também. E ainda não sabia se podia confiar nele. No final de contas, um homem não voa simplesmente meio mundo para vir ajudá-la a enterrar uma prima, a não ser que tenha um motivo.

– Obrigada. Mas não é necessário. – Desceu do banco. – Sei cuidar de mim.

– Óptimo. Vemo-nos por aí então.

– Talvez.

Voltou-se para olhar para ele quando saía lentamente do bar apinhado, querendo acreditar nele. Com tantos homens no mundo inteiro, pensou, tive de tropeçar neste. Não era uma frase de *Casablanca*? Ou seria «com tantos bares no mundo...» Estava demasiado cansada para se recordar.

E depois lá estavam as belas flores à sua espera no quarto. «Bem-vinda, Rafferty» dizia o cartão e o coração enterneceu-se. Só um bocadinho.

59

No quarto, Preshy viu que tinha três mensagens à sua espera. Livrou-se das roupas, tomou duche, vestiu um roupão e depois atirou-se para cima da cama, pegou no telefone e escutou as mensagens.

A primeira era da tia Grizelda, pedindo que lhe telefonasse a dizer se chegara bem e a contar-lhe o que se passava. Dizia que *Maou* assumira por completo o controlo do apartamento na sua breve ausência e que agora as duas cadelas se sentavam no chão aos pés da gata, enquanto esta se refastelava preguiçosamente no sofá, mantendo um olho azul-brilhante atento em todos eles.

A segunda era de Daria.

– O que *porra* estiveste a fazer em Veneza, envolvida no que Sylvie me conta (via tia G) poderá ter sido a morte de Lily Song? E que *porra* estás a fazer em Xangai, a enterrar a pobre mulher? Porque te envolves numa coisa que não te diz respeito, porque não deixas a família e os amigos tratarem de tudo? – Houve uma pausa, enquanto Daria reflectia, e depois acrescentou – Se é que tem alguns. E se a Super-Kid não estivesse com varicela, ia já no próximo voo, mas logo que ela esteja melhor, vou buscar-te, onde quer que estejas no mundo. E para teu bem, Presh, rezo para que seja Paris. Estou tão preocupada, Preshy, por favor, por favor, *por favor*, diz-me que estás bem.

A última era de Sylvie.

– A tia Grizelda contou-me tudo – dizia com severidade. – Nem sabes como o teu comportamento é estouvado. Porque sentes que tens de te envolver com essa mulher? Os problemas eram dela, não teus, e agora poderás estar em perigo. – *Oh, meu Deus, Sylvie estava a chorar!* – Vou apanhar um avião hoje à noite, chego a Xangai amanhã. Espero que ainda estejas viva, ou pelo menos que não tenha de te ressuscitar. *Merde*, Preshy, adoro-te, sua parva.

Apesar do cansaço e das preocupações, Preshy riu-se. Tinham-se sempre chamado «parva» uma à outra, quando faziam alguma coisa estúpida.

Desligando o candeeiro, recostou-se nas almofadas, tentando ajustar as costas doridas e estafadas da viagem ao conforto macio da cama. Se não estivesse tão fatigada teria feito uma massagem para acabar com todas aquelas tensões na coluna causadas pela viagem... mas estava simplesmente com tanto sono...

ERAM CINCO DA MANHÃ seguinte e ainda estava escuro quando acordou. Correu os cortinados e fitou lá fora os brilhantes reclamos luminosos da cidade estranha, perguntando-se o que o dia lhe traria. Pensou em Sam, vergado sobre o balcão do bar, com o copo na mão, e perguntou-se o que estaria a sentir. Estava provavelmente a dormir. Mesmo assim, fizera toda esta viagem para a ajudar – e ela precisava mesmo de ajuda. Reflectiu durante um minuto e depois, sorrindo com ar malicioso, pegou no telefone e pediu um pequeno-almoço completo para dois, de imediato. A seguir ligou para o quarto de Sam.

Tocou, tocou e por fim:

– *O qu...?*

Preshy sorriu. Sam não parecia muito desperto.

– *Bonjour* – disse.

– *O quê?*

Pelo menos acrescentara uma vogal ao final da palavra.

– Eu disse bom-dia – replicou. – Se calhar não percebeste em francês.

– Poça! – Ouviu-o resmungar, imaginou-o a voltar a cair sobre as almofadas, com os olhos ainda fechados. – Rafferty, sabes que horas são? *Cinco da manhã*. Não é um *bocadinho* cedo para uma conversa telefónica, com um bom-dia numa língua estrangeira?

– Disseste para ligar logo que estivesse pronta... por isso... aqui estou. Pedi pequeno-almoço para dois – acrescentou com vivacidade. – Deve aqui chegar dentro de dez minutos, por isso é melhor organizares-te. Pensei que podíamos ter uma reunião, discutir procedimentos.

– Hum, estamos muito empresariais hoje, não estamos? A noite passada pensei que nunca mais me quisesses ver.

– Tal como tu, mudei de ideias – retorquiu ela. – Até daqui a dez minutos. – E desligou o telefone.

Sam chegou dali a quinze, ao mesmo tempo que o empregado do piso com o pequeno-almoço. Inspeccionou-o, enquanto o empregado arranjava a mesa. Tinha o cabelo molhado do duche, mas não havia feito a barba de novo. E os olhos por trás dos óculos de aros dourados estavam encovados. A bebida não lhe assentava bem.

– Tenta o sumo de laranja. – Estendeu-lhe um copo alto gelado. – Dizem que é bom para a ressaca.

Bebeu-o de um trago e depois lançou-lhe um olhar inexpressivo.

– Cada um de nós tem a sua própria forma de lidar com os demónios – disse. – A minha é a bebida. A tua, presumo, é gatos.

Preshy riu-se.

– Tens razão – respondeu, sentindo de súbito a falta da presença sinuosa e siamesa de *Maou*.

Sentaram-se à mesa, um em frente do outro. Ela serviu o café e, ignorando o *bacon* com ovos, Sam tirou um *croissant* do cesto.

Ela estendeu-lhe a pequena agenda de pele preta.

– Tens aí todos os contactos de Lily. Pensei em telefonar-lhes um a um. Mas depois encontrei este cartão.

Sam leu-o.

– Mary-Lou Chen. E o mesmo endereço de Lily.

Preshy fitou-o espantada.

– Como sabes?

– O porteiro do hotel conseguiu-o na lista telefónica. Fui lá ontem para verificar. Não estava ninguém em casa.

Ela nunca teria pensado numa coisa tão simples, não quando tudo o resto parecia tão complicado.

– Bem, de qualquer modo, calculo que Mary-Lou seja a assistente de Lily, por isso deve ser a primeira a ser contactada.

Sam lançou uma olhadela ao relógio.

– Às cinco e meia da manhã? Não creio que Miss Chen ficasse muito satisfeita com isso. Provavelmente não começa a trabalhar senão às nove.

– Está bem, tens razão. Eu estava simplesmente tão excitada e pronta para ir...

– Eu sei, eu sei, Rafferty. – Estendeu o braço por cima da mesa e deu-lhe uma palmadinha na mão. – Mas depois do que aconteceu a Lily, julgo que seja melhor movimentarmo-nos com mais cuidado.

– Pareces um escritor a falar – disse ela com impaciência.

– Provavelmente porque costumava sê-lo.

– Costumavas?

Ele encolheu os ombros.

– Se calhar perdi o jeito.

Fitando-lhe o rosto macilento, ela sentiu pena dele.

– Desculpa o que disse a noite passada. Sobre Leilani. – Fez rodopiar as borras do café na chávena, evitando-lhe o olhar. – Não sei o que me deu, mas não tinha intenção, honestamente. E quero agradecer-te por teres cá vindo ajudar-me.

– Tudo bem. – Levantou-se. – Voltamo-nos a encontrar aqui às nove e meia. Depois telefonamos a Miss Chen e vemos o que ela sabe. – Sorriu-lhe da porta. – É melhor tomares um duche, estás com um aspecto horrível esta manhã.

60

MARY-LOU também não estava lá com muito bom aspecto. Remexeu no armário tentando decidir o que vestir. Por princípio devia vestir-se de branco, a cor do luto, mas não podia fazê-lo até Lily ser encontrada. Se alguma vez o fosse. Não havia correntes em Veneza que arrastavam as coisas? Detritos, haveres, corpos... Rezava para que assim fosse.

Envergou por fim um par de calças de caqui e uma camisa branca, atando-a num laço à cintura. Acrescentou um colar de coral, pulseiras volumosas e brincos de argola de ouro. Escovou o cabelo preto curto e aplicou o habitual batom escarlate. Não ficou satisfeita com o resultado. O assassínio, pensou, não abrilhantava o aspecto de uma rapariga.

Vestindo um casaco de pele vermelha, apanhou o elevador até à garagem, entrou no pequeno carro que odiava e conduziu até à Concessão Francesa. A vida tinha de continuar. Tinha de agir como se nada de errado se passasse.

Entrou no pátio, estacionou junto ao SUV de Lily, subiu os degraus baixos até ao alpendre e destrancou a porta.

A velha casa parecia fantasmagoricamente sossegada. Nem o tique-taque do relógio perturbava o silêncio. O relógio fora da mãe de Lily, trazido de França. Roubara-o, junto com o colar, e sempre ali estivera, como música de fundo na vida de Lily. Agora parara.

Supersticiosa, Mary-Lou estremeceu. Abriu a caixa do relógio e deu um pequeno empurrão aos ponteiros. O relógio continuou a não funcionar. Procurou na gaveta por baixo, descobriu a pequena chave e deu-lhe corda. Ouviu-se um roncar desmaiado e depois o relógio silenciou. Parecia um mau presságio e Mary-Lou atirou com a chave de volta à gaveta e fechou-a com estrondo.

Olhou em volta, perguntando-se onde estaria o canário de Lily; pelo menos o canto da ave traria alguma vida ao sítio. Mas o pássaro não estava ali.

Pensando no colar, recordou-se de que Lily guardava as suas jóias no pequeno cofre de parede na parte de trás do guarda-vestidos. Sabia onde estava escondida a chave – por baixo de uma pilha de camisolas na terceira prateleira a contar de cima.

Não havia muita coisa, apenas um grande anel de diamantes que Lily usava de vez em quando. Cerca de cinco quilates, calculou, e de uma boa cor. Colocou-o no bolso das calças. Havia também um pesado colar de ouro com pulseira a condizer; alguns braceletes de ouro e jade e um ou dois brincos. Um molho de documentos que percebeu serem as escrituras da casa. Não era um saque assim tão grande. Decidindo que, de momento, era melhor deixar os braceletes e o colar de ouro para o caso de aparecer alguém a fazer perguntas, voltou a enfiá-los no cofre junto com os documentos, trancou a porta e dirigia-se para os frágeis degraus de madeira da cave, para o cofre grande, quando o seu telefone tocou.

– Sim? – perguntou com impaciência.

– Estou a falar com Miss Chen? Mary-Lou Chen?

Era uma voz de mulher, mas ninguém que conhecesse.

– Sim – disse num tom que indicava que estava ocupada e não muito satisfeita com a interrupção.

– Miss Chen, fala Precious Rafferty. A prima de Lily de Paris.

– Ohh. – O choque atingiu-a primeiro, depois o medo.

– Miss Chen, estou aqui em Xangai...

– Está em *Xangai*?

– Cheguei a noite passada. Preciso de falar consigo. Tenho notícias importantes.

Mary-Lou percebeu de imediato que Precious devia saber de Lily.

– Que tipo de notícias?

Ouviu Precious suspirar e depois dizer:

– Prefiro falar consigo pessoalmente, Miss Chen. Posso estar aí dentro de meia hora, se lhe der jeito.

Mary-Lou hesitou. Se recusasse, poderia parecer suspeito, no final de contas era a sócia de Lily e a sua melhor amiga.

– Terei todo o gosto em conhecer qualquer parente de Lily – disse, conferindo um tom mais cordial à voz. – Lily mencionou que tinha uma prima em França. Lamento que ela não esteja aqui para a cumprimentar pessoalmente, mas por coincidência está na Europa.

– Eu sei – retorquiu Precious Rafferty, provocando-lhe novos calafrios pela espinha abaixo. – Daqui a meia hora então, Miss Chen.

Apesar do telefonema surpresa, Mary-Lou não esquecera todo o dinheiro escondido no cofre da cave, os lucros de Lily com a venda dos tesouros ilegais. Ainda tinha meia hora. O suficiente para o guardar numa mala e depois no porta-bagagem do carro. E falando de carros, o de Lily era muito melhor do que o dela. As chaves provavelmente ainda lá estavam. Ficaria com ele depois.

61

Sam comentou que seria preferível Preshy falar sozinha com Miss Chen, por isso deixando-o numa casa de chá ali próximo, Preshy desceu a rua atulhada de pequenas casas atrás de grandes portões assentes em arcos de pedra. O portão de Lily estava pintado de verde. Preshy tocou à campainha e esperou. Mary-Lou Chen respondeu no intercomunicador e carregou no botão para ela entrar.

A velha casa grande com o seu jardim chinês, o lago a rescender a lótus com os peixes dourados e a fresca fonte a gotejar fê-la sentir-se como se estivesse a entrar num outro mundo, mais tranquilo. Mary-Lou estava de pé nos degraus do alpendre à sua espera.

– Queira entrar por favor. Lily vai ficar tão triste por ter perdido a sua visita, mas espero poder compensá-la com alguma pequena demonstração de hospitalidade.

Conduziu Preshy à sala, indicando-lhe uma cadeira, e depois pediu licença e foi buscar o chá.

Curiosa, Preshy olhou em redor, reparando no mobiliário escasso, no soalho brilhante de bambu, na mesa de altar com o Buda dourado. Era simples e bastante belo e, pela primeira vez, desejou ter conhecido a prima.

Mary-Lou voltou num instante e Preshy pensou com admiração que era muito bela, com o cabelo preto, brilhante e magníficos olhos cor de âmbar e aquela boca escarlate num tom de batom que ela nunca ousaria usar.

Mary-Lou serviu o chá em pequenas chávenas esmaltadas de azul sem asa. Disse:

– É realmente uma pena. Lily teria gostado de a ter conhecido. É a única parente dela? – Olhou interrogativamente para Preshy, oferecendo-lhe uma chávena.

– Eu sou a única parente *europeia*. Em relação à família do pai não sei.

– Lily odiava o pai – replicou Mary-Lou sem rodeios. – A mãe e ela não tiveram qualquer contacto com a família Song depois de ele morrer e isso foi há muitos anos. Lily está muito sozinha – continuou, com ar pesaroso. – Tentei muitas vezes, oh, tantas vezes, mais do que suporá, fazer com que convivesse, frequentasse festas e reuniões sociais comigo, mas Lily é uma solitária. Dedica-se ao seu trabalho – acrescentou, sorrindo candidamente para Preshy. – Lily tem um gosto refinado para antiguidades, mas claro que a maior parte do negócio tem a ver com as cópias para turistas.

– Falsificações – retorquiu Preshy.

– Se quiser pôr as coisas nesse pé, embora nunca sejam vendidas como peças autênticas, são sempre descritas como réplicas.

Encolheu os ombros delicadamente de uma forma que levou Preshy a perguntar-se se seria sequer capaz de fazer algum movimento menos gracioso. Era como observar uma jovem pantera ágil quando atravessou a sala e pegou numa pequena estatueta de gesso.

– É este tipo de coisa que Lily vende – disse Mary-Lou. – É assim que ganhamos a vida.

Preshy olhou para ela.

– Tenho más notícias para si, Miss Chen.

– Más notícias? – Franziu o sobrolho, com ar preocupado.

– Lily estava em Veneza. Houve um acidente. Lamento dizer-lhe, mas Lily afogou-se.

Mary-Lou retraiu-se na sua cadeira. O pequeno rosto enrugou-se e os olhos cintilaram com lágrimas. Enrolou os braços à volta do peito, agarrando os ombros como se para se proteger.

– Mas porque estava Lily em Veneza? Pensei que tinha ido a Paris... Até mencionou que planeava encontrar-se consigo...

Preshy perguntou-se por que razão Mary-Lou não lhe dissera aquilo antes, mas pensou que talvez fosse apenas a maneira de ser chinesa e que não quisera discutir a vida privada de Lily com uma desconhecida, apesar de ser uma parente.

– Lamento muito – disse com suavidade. – Mas o facto é que trouxe Lily para casa para ser enterrada. – Colocou o papel com a morada e número de telefone da funerária chinesa na mesa baixa entre as duas e disse a Mary-Lou que eles precisavam de instruções. – Estava a contar que nos pudesse ajudar. Não conheço os costumes e tradições chineses, nem sei sequer quem são os familiares ou amigos.

Mary-Lou pareceu acalmar-se. Afirmou que claro que se ocuparia de tudo. Que não existiam familiares, nem amigos chegados, apenas ela. E se agora Miss Rafferty a desculpasse, estava um pouco perturbada e necessitava de ficar sozinha. Mas não precisava de se preocupar, ela faria tudo por Lily.

Prometendo telefonar mais tarde, Mary-Lou acompanhou-a à porta. No portão, Preshy virou-se para dizer adeus, mas a porta já estava fechada. Pobre rapariga, pensou. Foi um choque terrível.

Sam estava à espera na casa de chá, a beberricar uma infusão que disse chamar-se chá *longjing*, de que estava a gostar muito.

– Bate o vodca – declarou Preshy, provando-o.

– O que és, Rafferty? Alguma espécie de reformadora? – Fitou-a furioso.

– Desculpa, desculpa... não é preciso ficares tão ofendido. – Sorriu-lhe. – De qualquer modo é verdade.

Ele lançou-lhe um olhar fulminante e ela disse:

– Bem, Mary-Lou é uma beleza e amorosa. Oh, Sam, quando lhe dei as más notícias, aquela linda mulher pareceu simplesmente engelhar à minha frente. Parecia uma criança assustada.

– Assustada porquê? Eu estaria à espera de choque.

Preshy fitou-o espantada. Claro que ele tinha razão.

– Realmente não sei. Mas concordou em tratar dos preparativos do funeral. Vai telefonar-me mais tarde.

* * *

Mary-Lou tratou realmente dos preparativos do funeral e de forma muito rápida e eficiente, antes que se pudessem colocar mais questões.

– O enterro será amanhã – informou Preshy ao telefone nessa mesma tarde. – No templo onde a mãe de Lily já descansa. Se quiser assistir, esteja por favor no templo ao meio-dia. E por favor não vista preto. Não é nosso costume.

62

Sylvie chegou ao fim da tarde, furiosa e com *jet-lag*.

– Não me mereces – disse, quando Preshy a abraçou no átrio do Four Seasons. – Sou uma mártir das tuas emoções – acrescentou dramaticamente.

– Óptimo – retorquiu Preshy. – Dava-me jeito uma mártir. Sempre era uma mudança em relação a um bêbado.

– Que bêbado?

– Sam Knight. Deu em beber.

– Não me surpreende, estando ao pé de ti. – Sylvie parou e lançou-lhe um olhar penetrante. – O que está Sam Knight a fazer aqui? Pensei que tinha voltado para os Estados Unidos.

– Mudou de ideias. – Preshy tentou aparentar um ar recatado e depois riu-se. – Ou tem alguma coisa a ver com isto ou sucumbiu ao meu encanto fatal.

– Bem, certamente que se revelou fatal para Lily – replicou Sylvie. – E não te ocorreu perguntares-te por que razão continuam a desaparecer mulheres quando Sam Knight está por perto e se calhar depois a revelarem-se mortas?

– Na verdade sim, já me ocorreu.

– E não te detiveste a pensar se *tu* poderias ser a próxima?

Seguiram em silêncio no elevador até ao andar de Preshy, e depois caminharam, em silêncio, pelo corredor sumptuosamente atapetado até ao quarto, que Sylvie ia partilhar.

– Sylvie, estou em Xangai por duas razões – disse Preshy. – Primeiro para trazer para casa a pobre prima Lily. E porque é aqui que Bennett vivia. E Lily disse que tudo isto tinha a ver com Bennett.

– E então?

– Quero descobri-lo, mas nunca tive um endereço, nem um número de telefone, apenas o do telemóvel. Mas agora tenho a agenda de Lily. Ainda não tive tempo de a esquadrinhar toda, mas espero aí descobrir alguma coisa.

Enquanto Sylvie tomava um duche para dissipar os nervos da viagem, Preshy percorreu o livrinho página a página, mas não encontrou qualquer Bennett James.

– Não há nada – disse, desapontada, quando Sylvie emergiu da casa de banho, envolta num roupão, com o cabelo enrolado numa toalha.

Sylvie suspirou, pegou no telefone e ligou para o serviço de quartos pedindo chá e torradas.

– Pão com fermento sim – confirmou – e certifique-se de que chega quente. E um pouco de salmão fumado também, por favor. Salada? Não, creio que não... Quinze minutos? Obrigada.

Deixou-se cair fatigada numa cadeira e examinou o livrinho de endereços.

– Poderá não estar no nome de Bennett. Por exemplo, está aqui um Ben Jackson. E depois um Yuan Bennett. Poderá valer a pena tentar.

Enquanto Sylvie comia a sua torrada, Preshy telefonou para os dois números. O primeiro era um negociante de antiguidades que disse que tinha negócios com Lily e que lamentava saber que ela tinha tido um acidente. Mary-Lou Chen havia-lhe contado e iria ao funeral no dia seguinte.

O segundo número já não existia.

– Mas há uma morada – referiu Preshy, decifrando os gatafunhos desordenados de Lily. – Talvez deva lá ir e descobrir quem é.

Sylvie lançou-lhe um olhar de advertência.

– Oh, não. Não vais sem mim e eu vou dormir. – Bocejou. – Não faças simplesmente nada idiota até eu acordar, está bem?

Mas quando Sylvie começou a ressonar, dali a exactamente dois minutos, Preshy vestiu o casaco e desceu. Como esperara, Sam estava no bar.

– Tu outra vez não – exclamou, virando-se quando ela lhe bateu no ombro. – Já um homem não pode beber em paz?

– Quando está comigo não. A minha amiga Sylvie já chegou de Paris. Mostrei-lhe a agenda das moradas de Lily. Posso já estar na pista de Bennett.

Mostrou-lhe o endereço e ele olhou para a página com o nome Yuan Bennett.

– Julgas que pode ser ele?

Preshy encolheu os ombros.

– Quem sabe? Mas obviamente que Lily o conhecia e isto é o mais próximo possível de um Bennett. De qualquer modo, o telefone está desligado. Talvez já não viva lá ninguém.

– Muito bem. Então amanhã tratamos disso. – Sam voltou-se para a sua bebida.

Preshy ficou por ali alguns minutos, na esperança de que ele dissesse «Está bem, vamos lá agora», mas ele não o disse, e também não a convidou para se sentar e fazer-lhe companhia. Por fim, afastou-se a passos largos e saiu.

Xangai brilhava como um planeta novo sob luzes de halogéneo, com arranha-céus iluminados a tremeluzir como estrelas nos céus. Centenas de pessoas apinhavam as ruas e o ar frio da noite estava repleto de aromas condimentados das bancas de grelhados à beira da estrada. Fazendo sinal a um táxi, Preshy entrou e deu ao motorista o endereço de Yuan Bennett.

Era um edifício de apartamentos alto e caro, construído em granito rosa-brilhante com um par de leões rugosos de bronze colocados em estranhos ângulos *feng shui* no exterior, para protegerem o bom *chi*. Uma fonte iluminada por projectores brincava no pátio e um porteiro de uniforme abriu-lhe a porta do táxi.

– Estou à procura de um Mr. Yuan Bennett – disse-lhe esperançosa.

– Lamento muito, mas Mr. Yuan já não mora aqui.

Assim era Bennett *Yuan* que procurava, não Yuan Bennett e, portanto, provavelmente não o *seu* Bennett. Mesmo assim, precisava de ter a certeza.

– Vim de Paris para falar com ele. Pode dizer-me onde o posso encontrar?

– Lamento muito, *miss*, mas Mr. Yuan partiu depois de a mulher morrer.

– A *mulher*?

– Sim, *miss*. Ana Yuan era filha de uma família muito distinta de Xangai. Mrs. Yuan estava em Suzhou, um belo local com muitos canais, como a Veneza da China, dizem as pessoas.

– *Veneza*? – repetiu Preshy, atordoada.

– Sim, *miss*. Infelizmente, Mrs. Yuan tropeçou. Bateu com a cabeça e escorregou para o canal. Afogou-se, *miss*, e nunca se viu homem mais triste do que Mr. Bennett. Tentou encontrar testemunhas para o acidente, mas não havia nenhumas e ninguém sabia porque fora sozinha para Suzhou nesse dia. Disseram que Mr. Bennett soluçava no funeral, mas não herdou o dinheiro da mulher e já não podia pagar este magnífico apartamento. Mudou-se pouco depois, *miss*, e nunca mais o vimos.

Preshy agradeceu ao porteiro e pediu-lhe para chamar um táxi. De regresso ao hotel, encontrou Sam ainda no bar. Deslizou para o banco a seu lado. Ele lançou-lhe um olhar.

– Pensei que nos íamos ver amanhã. Não me digas que voltaste para me pregar um sermão.

– Não, embora devesse. Mas Sam, não vais acreditar nisto.

E contou-lhe a história de Bennett Yuan e como a mulher se afogara no canal de Suzhou.

– Porém, ainda não consigo acreditar que seja o *meu* Bennett – concluiu.

– Ah! O que precisas, Rafferty? Uma confissão assinada? Claro que é ele. – Sam voltou à sua bebida. – E porque foste lá sozinha? Podia ter acontecido qualquer coisa.

– Não, oh não – retorquiu suavemente. – Bennett nunca me faria mal. E ainda não acredito que seja ele, é apenas um rasto de provas circunstanciais. Nem sequer sabemos se é o mesmo homem.

Resmungando, Sam esvaziou o copo.

– Rafferty, precisas de mandar examinar a cabeça.

– Talvez precise. – Deslizou do banco abaixo. – E devia ter percebido que não podia esperar solidariedade da tua parte.

– Não precisas de *solidariedade* – exclamou ele enquanto ela se afastava. – Precisas de um cérebro!

De volta ao quarto, Sylvie ressonava suavemente. Ligando a televisão com o som baixo, Preshy sentou-se e viu programas chineses até de madrugada, a cabeça ainda cheia de Bennett Yuan. Seriam os dois afogamentos realmente apenas uma coincidência?

63

Havia apenas meia dúzia de pessoas enlutadas no funeral de Lily e três delas eram Preshy, Sylvie e Sam. Preshy envergava o casaco *Valentino* branco da tia G e Sylvie o seu velho *Burberry* bege, ao passo que Sam vestia de preto porque não tinha mais nada. Os outros presentes eram: Mary-Lou, espectacular num vestido chinês comprido de brocado branco, envolta em camadas de xailes de *pashmina* para se proteger do frio; Ben, o amigo de negócios com quem Preshy falara ao telefone; e um ancião débil com uma barbicha e cabelo que lhe caía solto, trajando uma túnica gasta cinzenta.

No templo, acenderam feixes de incenso perfumado e finos paus de bambu, observando o fumo a subir em espiral. Disseram-lhes que isso ajudaria o espírito de Lily na sua viagem para o céu. Um pequeno grupo de pessoas que tinham sido pagas para formar o cortejo fúnebre caminhava atrás do caixão a caminho do cemitério, batendo em tambores e címbalos e entoando um lamento, uma espécie de canção para os mortos, seguidos por uma tropa de miúdos de rua com mau aspecto a rirem-se e um cão vadio. Era, pensou tristemente Preshy, o funeral mais lúgubre que alguém poderia ter.

As lágrimas escorriam pelo rosto belo de Mary-Lou e tinha a cabeça curvada de dor. Depois do enterro, o homem de negócios foi apertar-lhe a mão e expressar as suas condolências e de seguida afastou-se rapidamente. Ela ficou junto ao túmulo com o ancião ao lado, mas não falaram. Passados alguns minutos, ele virou-se. Aproximou--se de onde Preshy e os outros esperavam, inclinando a cabeça enquanto apertava as mãos de todos.

– Encontrei Lily de novo apenas há pouco tempo – disse. A barba oscilava quando ele falava e os velhos olhos ramelosos mostravam-se brandos de mágoa. – Era amigo da mãe de Lily e, antes de morrer, confiou--me uma coisa que deveria dar a Lily no seu quadragésimo aniversário. Esse aniversário, como poderão saber, ocorreu há apenas alguns meses, por isso fui ter com Lily. Dei-lhe o colar no seu belo estojo de pele vermelha. Contei-lhe a sua história encantadora e expliquei-lhe o seu valor.

Eles fitaram-no, surpreendidos.

– Um colar?

O ancião assentiu.

– Não um colar vulgar, mas um colar com uma história que é quase tão valiosa quanto as próprias jóias.

Tremendo com o frio continuou:

– Mas não é altura de falar de jóias. Tenho a certeza de que descobrirá o colar da sua avó entre os pertences de Lily e então tornar-se-á seu. – Enfiou um cartão na mão de Preshy. – Estou à sua disposição, Miss Rafferty – concluiu com dignidade.

Depois, fez uma pequena vénia e afastou-se através das árvores empapadas em nevoeiro, descendo a vereda até ao portão.

– O que quererá ele dizer com «colar da sua avó»? – disse Preshy. – Será que está a falar do que aparece na fotografia?

– A fotografia que desapareceu – retorquiu Sam.

– Oh... – exclamou ela, percebendo a que ele se referia e recordando--se de que Bennett era a única outra pessoa que estivera no seu apartamento.

– Lá vem Mary-Lou – murmurou Sam. – Age naturalmente.

Naturalmente! Preshy já mal sabia o que era «natural».

Mary-Lou aproximou-se deles, com aquele andar característico tipo pantera, sorrindo tristemente quando Preshy apresentou os outros.

Enxugando os olhos, numa voz baixa e tranquila agradeceu-lhes por terem vindo.

– Lily e eu éramos amigas de infância – explicou – duas crianças meio chinesas marginalizadas na nossa escola onde todos eram chineses, por isso claro que estabelecemos de imediato laços afectivos. Agora as coisas são muito diferentes, não tem propriamente importância quem somos ou quem foram os nossos pais. As coisas evoluem, sabem – acrescentou com um sorriso hesitante. – Mas dar-me-iam muito prazer se me dessem a honra de regressar a casa de Lily para tomar um chá.

Tinham alugado um carro com motorista e assim seguiram Mary-Lou até casa de Lily. Quando lá chegaram ela desfizera-se dos xailes e apresentava um ar calmo e formoso no seu vestido branco chinês até aos pés.

– Dou-vos as boas-vindas em nome de Lily – disse com a sua voz baixa e rouca.

Apesar de estar tapada dos pés à cabeça, Preshy pensou que, de algum modo, ainda parecia sensual. Um olhar de esguelha para Sam confirmou que ele também reparara nisso.

Sylvie e ela empoleiraram-se na beira do sofá baixo e duro, mas Sam disse que preferia ficar de pé. Mary-Lou serviu o chá com pãezinhos redondos especiais recheados com massa doce de lótus e depois sentou-se numa cadeira de madeira de olmo diante deles.

– Fiquei triste por ver tão poucas pessoas – comentou Preshy. – Pensei que Lily teria mais amigos que se quisessem despedir dela.

Mary-Lou encolheu os ombros.

– Contei-lhe que ela era uma solitária. Detestava conviver, vivia para o trabalho.

– Fico surpreendido por saber que fabricar e vender réplicas de guerreiros Xi'an pudesse significar tanto para alguém – disse Sam, bebendo um gole do seu chá. Estava a começar a gostar muito do chá chinês.

Mary-Lou pareceu de súbito agitada.

– Pode parecer realmente um pouco estranho. Mas tanto Lily como eu crescemos pobres. Fazer dinheiro era a obsessão dela, Mr. Knight, não os guerreiros Xi'an.

– E a sua também? – O olhar dele demorou-se no diamante de cinco quilates no dedo dela.

Mary-Lou fitou-o com os seus belos olhos cor de âmbar.

– Claro. Não achei agradável ser pobre.

– Então Lily deve ter deixado um grande património.

Um vislumbre de irritação perpassou-lhe pelo rosto.

– Não andei a vasculhar as coisas de Lily, Mr. Knight. Mas o mundo dela era muito pequeno. O que vê aqui era tudo o que tinha. Tanto quanto sei – acrescentou.

– Mas devia ter um advogado, alguém que lhe tratasse das coisas, que preparasse um testamento para ela.

– Como todos os chineses, Lily mantinha os seus assuntos pessoais muito reservados. Nunca ouvi dizer que usasse um advogado e trabalho com ela há muitos anos. Contudo, sei que há um cofre no quarto. Se houver alguma coisa particular, algo que não quisesse que mais ninguém soubesse, deve estar lá. E *sei* onde escondia a chave. Lily passava a vida a mudar o esconderijo – acrescentou com um meio sorriso – mas esquecia-se onde estava, por isso dizia-me sempre. Creio que actualmente está debaixo das camisolas no guarda-vestidos.

Levantou-se e perguntou:

– Porque não vamos ver?

Seguiram-na até ao quarto e Mary-Lou pescou a chave debaixo das camisolas e estendeu-a a Sam.

– Pode abri-lo – disse, empurrando para o lado as roupas penduradas e revelando a porta do pequeno cofre cinzento.

Havia muito pouca coisa lá dentro. Algumas jóias de ouro, braceletes de jade e um molho de papéis, escritos em chinês. Mary-Lou leu-os.

– São as escrituras da casa. Pertencia à família do pai e por fim ao próprio pai. A mãe herdou-a e depois passou para Lily. Claro que agora tem muito valor.

– E então contas bancárias, cofres no banco? – Sam fitava-a com dureza, mas Mary-Lou nem pestanejou.

– Claro que existe uma conta empresarial. E tem liberdade, Mr. Knight, para revistar a casa inteira e procurar quaisquer outros documentos ou valores. Lily tinha apenas quarenta anos, não tinha família, não contava morrer. Não creio que a ideia de fazer um testamento lhe tivesse alguma vez passado pela cabeça.

– Então o que acontecerá aos seus bens?

Mary-Lou encolheu os ombros, aquele simples encolher de ombros felino que lhe era habitual.

– Os bens irão para o parente vivo mais próximo. Que será Miss Rafferty, suponho.

Preshy olhou para ela surpreendida.

– Oh, mas não creio... Quero dizer, você era a melhor amiga dela, deverão ir para si.

– Falaremos nisso depois – interrompeu Sam secamente. – Entretanto, se tiver tempo, talvez possa passar a casa a pente fino para ver se há mais alguma coisa. Mais papéis relacionados com contas bancárias, assuntos legais, coisas do género.

– Claro. – Mary-Lou acompanhou-os à porta. – E obrigada mais uma vez por tudo o que fizeram por Lily. Foi tão trágico afogar-se assim, em Veneza, tão fora de propósito. Ainda não sei o que estaria lá a fazer.

Quando chegaram ao carro, Sam disse:

– Claro que sabia.

– Sabia o quê? – Preshy e Sylvie fitaram-no espantadas.

– Sabia o que Lily estava a fazer em Veneza. Mary-Lou sabia porque também lá esteve. Ia no meu voo de Veneza para Paris.

– *Oh... meu... Deus...* – sussurrou Preshy. – Julgas que teve alguma coisa a ver com a morte de Lily?

– Por que outra razão teria lá estado? E sabes que mais? Aposto que tem alguma coisa a ver com o fabuloso colar da tua avó.

64

De volta ao hotel, decidiu-se que Preshy deveria telefonar a Mary-
-Lou a convidá-la para tomar uma bebida, para que Sam pudesse inter-
rogá-la e combinaram encontrar-se no bar Cloud 9.

Mary-Lou chegou numa nuvem de perfume caro, com um aspecto
arrebatador e, enquanto bebiam, assegurou-lhes de que iria procurar na
casa quaisquer documentos legais, embora duvidasse sinceramente de que
houvesse mais alguma coisa.

– Continuarei, claro, com o negócio – acrescentou, beberricando o
seu habitual vodca martíni com três azeitonas.

Preshy pensou que tinha um ar belíssimo no fato preto simples com
brincos pendentes de âmbar negro a cintilar por baixo do cabelo preto-
-brilhante.

– Não se preocupe com isso. Leve o tempo que quiser, E desejo-
-lhe sorte com o negócio.

– Obrigada.

Mary-Lou sorriu recatadamente ao mesmo tempo que lançava um
olhar cauteloso em redor da grande sala. Nunca se sabia; Bennett poderia decidir voltar a Xangai e aparecer ali no bar.

– E então o colar? – perguntou Sam, reparando que o rosto de Mary-
-Lou se contraía uma fracção mínima.

Bebeu um gole da sua bebida e depois respondeu:

– Receio não saber nada sobre nenhum colar. Lily nunca usava muitas jóias, sabe.

– Estou a falar do colar da avó – retorquiu Sam, fazendo pontaria no escuro e esperando acertar. Não conseguiu nada.

– Receio que vá ter de deixar isso para Miss Rafferty – replicou Mary-Lou. – Não tem nada a ver comigo.

Um pouco mais tarde, Mary-Lou afirmou que tinha de se ir embora e despediram-se, observando-a a caminhar confiante, a passos largos, através do bar agora repleto de gente.

– Miss Chen – chamou Sam. Ela virou-se. – Posso perguntar-lhe uma coisa?

Ela assentiu.

– Claro.

– Já alguma vez esteve em Veneza?

Os olhos de Mary-Lou dilataram-se.

– Lamento – objectou tranquilamente – mas nunca estive na Europa. – Virou-se de novo e continuou o seu caminho.

– Está outra vez a mentir – disse Sam. – E gostaria de saber porquê.

Preshy também estranhava. E pensou outra vez em Sam. Estava a ser tão prestável. O escritor de romances de mistério talvez à procura de uma história? Começava a sentir-se melhor em relação a ele; de facto, poderia até sentir-se atraída por ele. Noutras circunstâncias, claro.

NESSA NOITE, NÃO SABENDO O QUE fazer e para se animarem e experimentarem a cultura de Xangai, jantaram no Whampoa Club at Three, no Bund, o destino chique para jantar e fazer compras. Sylvie escolheu-o por causa da cozinha chinesa moderna e, ainda a discutirem Mary-Lou, regalaram-se com pedaços crocantes de enguia e galinha bêbada e ovos fumados com chá, bem como porco estufado Su Dongpo. Depois comeram peras chinesas cozidas com amêndoas, cogumelos prateados e sementes de lótus, ao mesmo tempo que provavam algumas das quarenta infusões oferecidas pelo escanção do chá.

Sylvie declarou que era espectacular e foi dar os parabéns ao *chef*, Jereme Leung, e dizer-lhe que iria experimentar algumas das ideias dele no Verlaine.

– Então? – perguntou Sam, olhando por cima da mesa para Preshy.

– Então... o quê? – Retribuiu-lhe o olhar por baixo das pestanas.

– Ainda pensas que sou um assassino?

Um rubor escaldante aqueceu-lhe as faces.

– Oh, eu nunca... quer dizer... eu não... – Tartamudeou até parar.

– Não me mintas, Rafferty. Suspeitaste o tempo todo que eu tivesse alguma coisa a ver com isto. E suponho que não te tenha dado qualquer razão para mudares de ideias. Certo?

– Certo. – Assentiu.

Depois deixou escapar da sua forma habitual, muito sinceramente:

– Mas continuo a gostar de ti.

Sam ainda se estava a rir quando Sylvie voltou.

Mas Preshy dissera a verdade. Apesar de tudo o que havia contra ele, «gostava» realmente de Sam.

E DEPOIS XANGAI ACABOU. Mary-Lou ainda era um mistério; Lily fora enterrada ao lado da mãe e na manhã seguinte regressaram de avião a Paris. E Preshy esperava que a prima descansasse em paz. Embora soubesse que *ela* própria não o faria. Não até ter descoberto a verdade.

65

PARIS

DE novo em Paris, Sam registou-se no Hôtel d'Angleterre, a poucos passos da loja de Preshy. Largou lá a mala e depois voltaram para o apartamento dela.

Preshy telefonara à tia G para lhe dizer que ia a caminho de casa e, sabendo quanto ela sentira saudades da gata, a tia despachara *Maou* por correio especial. A mal-humorada porteira deixara a gata entrar e dera-lhe de comer e agora a gata veio a correr com um uivo de boas-vindas. Preshy beijou-a, abraçou-a e falou-lhe docemente, dando-lhe alguns dos seus biscoitos especiais. A seguir fez café e foi sentar-se no sofá em frente de Sam, a olhar fixa e melancolicamente para a grelha vazia da lareira.

– Não temos qualquer prova de que Mary-Lou estivesse em Veneza – disse.

– Não, mas a polícia podia verificar as linhas aéreas e também os serviços de fronteiras. Também não temos nenhuma prova de que Bennett James, ou Bennett Yuan, ou seja lá ele quem for matou a mulher, mas apostava nisso todo o meu dinheiro. E um deles matou Lily.

– Como podes dizer isso? – Olhou para ele zangada. – Não há prova nenhuma de nada disso. E, de qualquer modo, a autópsia mostrou que Lily se afogou. A morte dela foi acidental.

– E a de Ana Yuan também. Tens de atacar Mary-Lou – persistiu Sam. – Alguém matou Lily por causa do colar da tua avó. E eu *sei* que ela esteve em Veneza.

– Mas *não posso* – retorquiu Preshy, sentindo as lágrimas a aflorarem. Os meses anteriores haviam sido penosos; não conseguia simplesmente aguentar mais nada.

Sam passou as mãos exasperado pelo cabelo, resmungando.

– *Porque não*? Tens medo de ficar a saber a verdade?

Preshy enfureceu-se.

– O que queres dizer com isso?

– Ora, vamos lá, Rafferty, admite, não queres saber se o perfeito Bennett, ou a doce, bonita e oh tão triste Mary-Lou, tiveram alguma coisa a ver com a morte de Lily.

– Oh, pára com isso! – Virou a cara. – Deixa-me em paz, está bem?

Sam levantou-se.

– O teu problema, Rafferty, é que pensas sempre o melhor de toda a gente.

– E o teu problema, Sam Knight, é que *nunca* pensas o melhor de alguém. E, de qualquer modo, não foste exactamente prestável com a polícia quando se tratou de descobrir o que aconteceu com a tua mulher.

Olharam-se fixamente através de um abismo de animosidade que abrira um fosso entre eles, como placas tectónicas a movimentarem-se num tremor de terra.

Sam assentiu.

– Tens razão. Mas conheces o velho ditado «duas coisas boas não desculpam uma errada». Bem, desta vez esses velhos adivinhos tinham razão.

Preshy observou-o a pegar no casaco que estava nas costas de uma cadeira.

À porta, virou-se para olhar para ela. Recordara-se do vidente do templo a dizer-lhe: «A resposta à sua segunda pergunta encontra-se também numa mulher» e sabia que essa mulher era Rafferty. Só ela podia deslindar este mistério.

– Telefona-me... se mudares de ideias – disse, fechando a porta atrás dele.

As lágrimas aguilhoaram os olhos de Preshy. Sentia-se exausta da longa viagem de avião, desgastada pelos acontecimentos dos últimos dias. Sam não tinha o direito de a tratar assim. Já nem sequer *gostava* mais dele. *Nunca* lhe telefonaria. E se ele lhe telefonasse, nem sequer lhe falaria. Nunca mais.

A chorar, ligou para Boston.

– O que se passa? – perguntou Daria.

Preshy ouvia o ruído de pratos a baterem, Daria estava obviamente na cozinha, sem dúvida a cozinhar alguma coisa boa. Desejou lá estar também, onde toda a gente era normal, confortável, sem segredos e sem assassinatos. Contou a história toda a Daria e exactamente o que Sam lhe dissera.

Quando terminou já não se ouvia o ruído de tachos e panelas. Ao contrário, fizera-se silêncio. Por fim, Daria disse:

– E não achas que Sam tem razão, Presh? No final de contas, morreu uma mulher. Sei que disseram que era um acidente, mas a pretensa amiga de Lily *esteve* lá, Sam viu-a. E está a mentir. E então a mulher de Bennett? Se for o mesmo homem e Sam acredita obviamente que é, mesmo que tu não acredites, Bennett nunca te falou *dela*, não é? E *ela* morreu da mesma forma que Lily. Algo está errado, Presh. Um deles matou-a e está na altura de o reconheceres. E se calhar fazeres alguma coisa a respeito.

O quê, por exemplo? perguntou-se Preshy lastimosamente, mais tarde, quando se preparava para ir dormir. Deitada acordada no escuro com o corpo quente e reconfortante de *Maou* enroscado em cima da almofada, o ronronar no ouvido, pensou que pelo menos a gata não podia fazer perguntas e exigir respostas. E acção.

66

NA manhã seguinte, estava no duche quando o telefone tocou. Ignorando-o, deixou a água quente aliviar-lhe os ossos, estranhando o centro de mensagens não atender. É verdade que tinha andado a funcionar mal nas últimas semanas.

Mas os toques continuaram e, de repente, todas as coisas más que poderiam ter acontecido lhe acudiram à mente. Devia haver algum problema... Teria sucedido alguma coisa à Super-Kid? Por que outra razão insistira alguém em telefonar desta maneira? Agitada, saltou do chuveiro, quase tropeçando em *Maou*, que estava sentada mesmo à porta de vidro com ar melindrado. A gata também não gostava do toque do telefone... e *ainda* continuava a tocar...

Agarrando uma toalha, Preshy correu para o quarto e estendeu o braço para o telefone, mesmo na altura em que parou de tocar. Afundou-se na cama, enxugando o cabelo molhado. Esperou alguns minutos, mas como não tocou de novo, voltou à casa de banho e começou a esfregar creme nas pernas. Pensou em telefonar a Daria, mas se tivesse sido ela, tinha a certeza de que telefonaria de novo. E também poderia ter sido Sylvie ou as tias. Ou Sam, embora uma vez que Sam e ela já não se falavam isso parecesse pouco provável. A não ser, pensou esperançosa, que ele estivesse a telefonar para pedir desculpa.

Mirando o espelho, começou a espalhar creme no rosto, um creme que afiançava evitar os estragos do tempo. Talvez do tempo, mas e o que dizer do stresse? Conseguia *contar* agora aquelas linhas finas à volta dos olhos e tinha pés de galinha!

Sobressaltou-se quando o toque estridente do telefone quebrou de novo o silêncio. *Maou* uivou e ela bateu com o dedo no pé da cama ao correr para o atender. Retraindo-se de dor, a saltitar num só pé e com o outro pé apertado na mão, agarrou o aparelho. Sabia que era Sam e bem que ia dar-lhe nas orelhas por andar a ligar daquela maneira incessante.

– Se és tu, Sam Knight – disse de forma glacial – nunca mais quero voltar a falar contigo.

Houve um grande silêncio e depois uma voz familiar falou:

– Preshy, é Bennett.

Imobilizou-se por um minuto, rígida de choque. O sangue pareceu esvair-se-lhe do cérebro e julgou ir desmaiar. Os joelhos cederam e afundou-se na cama, com o telefone ainda apertado na mão dormente.

– Preshy? Fala comigo por favor – pedia ele. – Preciso de conversar contigo. Preciso de explicar...

Bennett estava a falar com ela... estava a dizer que precisava de vê-la, de explicar...

– Fala comigo, Preshy, por favor *fala* simplesmente comigo – continuou ele naquele tom de voz doce e premente que lhe trouxe à memória mil momentos íntimos passados ali mesmo na sua cama. – Podes não me perdoar, mas pelo menos deixa-me contar o meu lado da história. Por favor Preshy, por favor, meu amor, fala comigo.

– Não quero falar contigo nunca mais – retorquiu ela, surpreendida por descobrir que tinha voz.

– Compreendo. Acredita, sei o que estás a sentir, mas quero que saibas, Preshy, que apesar do que aconteceu, sempre te amei. Tudo o que peço é que te encontres comigo, mesmo que seja só pelo período de tempo que preciso para me explicar. Preshy, não posso viver com este peso da culpa nos meus ombros.

Ela deitou-se para trás nas almofadas, os olhos fechados com força. As lágrimas escorriam-lhe de lado pelas faces descendo às orelhas. *Não contara sentir-se assim. Pensava que já superara aquilo. Tinham-se acabado*

os Dias de Luto... Seguir em frente... Uma vida nova... Vida com um V grande...
E em poucos minutos fora reduzida a um farrapo trémulo...

– Sempre te amei, Preshy – disse Bennett com voz premente. – Mas não te havia dito a verdade e era com isso que não conseguia viver. Foi por isso que não consegui ir para a frente com aquilo. E era demasiado tarde, não vi saída. A verdade é que não tinha dinheiro, Preshy. Era um tipo pobre a fingir o contrário porque estava apaixonado. Recordas-te daquela noite em que nos encontrámos? Em que te disse que te segui? Apaixonei-me naquele momento e nada mudou. A questão resumiu-se a que não te consegui enganar, não podia casar contigo e viver a mentira que construíra à minha volta. E não podia contar-te a verdade. Tornou-se tudo demasiado. A única solução era desaparecer. Não queria magoar-te. Pareceu-me simplesmente a coisa correcta a fazer.

Preshy não disse nada.

– Preshy, ainda aí estás? – Houve um longo silêncio enquanto ele esperava por uma resposta. – Fala comigo, querida – proferiu com a voz um pouco presa, como se, tal como ela, estivesse a chorar.

– Não sei por que razão me estás a telefonar, Bennett – respondeu por fim, soerguendo-se e secando as lágrimas. Não ia ser enganada de novo por aquelas palavras melífluas e declarações de amor.

– Tenho de te ver – pedia ele. – Tens de me deixar explicar. Tens de me perdoar, Preshy, porque só nessa altura poderei... *poderemos*... seguir em frente. Estou aqui em Veneza – continuou. – A cidade onde fomos tão felizes. Vem ter comigo a Veneza, minha querida. Suplico-te. Se ao menos me pudesses *ver*, Preshy. Estou de joelhos a *suplicar-te* que, pelo menos, te encontres comigo aqui para me deixares explicar. Tens de *confiar* em mim.

Ela fechou de novo os olhos, silenciosa, imaginando Bennett de joelhos, a suplicar.

– Há mais uma coisa – prosseguiu ele, numa voz de súbito calma. – Sei quem matou Lily. E não fui eu. Acredita-me. Conto-te tudo quando cá chegares. Mas estás também em perigo, Preshy.

Oh, meu Deus. O que estava ele a dizer? Pensou na pobre Lily a avisá-la de que ela estava em perigo e agora Bennett dizia-lhe a mesma coisa.

Tinha de se encontrar com ele e apurar a verdade. E para sua própria paz de espírito. Para arrumar as coisas. Ou aquilo persegui-la-ia o resto da vida.

– Encontro-me contigo, Bennett – disse baixinho. – Estarei aí esta noite.

A voz dele pareceu animar-se de alegria e alívio quando replicou:

– Oh, querida, vai ser tão maravilhoso ver-te de novo. Vais adorar isto aqui. Estamos no Carnaval, a festa pagã em que toda a gente usa máscaras e se disfarça e finge ser outra pessoa. Já sei – acrescentou, com ar inspirado – vou arranjar bilhetes para um baile. Porque não trazes também um fato de Carnaval? Fingimos que não nos conhecemos, começamos tudo desde o princípio, como se fôssemos duas pessoas novas.

Preshy tentou imaginar a situação, mas não conseguiu. O passado estava demasiado gravado na sua mente para fingir que era outra pessoa. Ele parecia ter esquecido temporariamente tudo sobre Lily e o perigo que ela própria corria, estava tão arrebatado pelo facto de a ir ver outra vez.

– Dá-me o teu número – foi tudo o que Preshy disse. – Telefono quando aí chegar.

– Não é que *ainda* te ame, Preshy – foram as últimas palavras dele antes de ela desligar. – Sempre te amei.

E apesar dela própria, apesar de todos os progressos que fizera, apesar de Lily, apesar de todas as perguntas a girar-lhe na cabeça, Preshy ainda se perguntava a si mesma se seria verdade.

Ficou sentada na cama durante muito tempo, a pensar em Bennett. Não tinha dúvidas de que ia fazer o que era correcto. Precisava de encerrar o assunto do assassínio de Lily e de todo esse episódio desastroso. E precisava também de saber a verdade sobre ele e descobrir quem na realidade era.

67

RAPIDAMENTE, antes de mudar de ideias, telefonou e conseguiu um voo ao meio-dia para Veneza. Depois começou a fazer as malas. Afinal de contas, talvez a sugestão de Bennett do disfarce de Carnaval fosse uma boa ideia. Poderia observá-lo e sem ele saber que era ela.

O traje de casamento ainda estava pendurado mesmo ao fundo do armário onde o enterrara na sua mortalha de plástico. Retirou a capa revestida a pele. Seria o disfarce perfeito; a capa da noiva que o noivo nunca vira. Enrolou-a implacavelmente numa trouxa e enfiou-a na mala de mão. Estava com uns *jeans* pretos vestidos, uma camisola de gola alta preta e botas moles sem salto. Não precisaria de muito mais, porque não planeava passar lá muito tempo. Mas, recordou-se, precisaria de um sítio para ficar.

Telefonou para o Bauer, mas comunicaram-lhe que, por causa do Carnaval, estavam cheios. Todos os hotéis de Veneza estavam lotados, disseram-lhe. Assim, ligou para o posto de turismo e deram-lhe o nome de uma pequena *pensione* perto do Rialto. Teria de servir.

Telefonou para a porteira em baixo e subornou-a para vir dar de comer à gata de novo. Pensou depois a quem havia de telefonar mais.

Não ia certamente ligar a Sam, porque ele só interferiria e, além disso, não falava com ele. E precisava de fazer isto sozinha. Não ia telefonar a Sylvie pela mesma razão, porque faria um pandemónio e dir-lhe-ia que estava louca, o que era verdade, mas a coisa teria de ser assim.

Nem telefonaria a Daria. Mas tinha pelo menos de dizer à tia G onde ia. E porquê.

Ficou aliviada, no entanto, quando ninguém atendeu, porque sabia qual seria a resposta das tias. Que havia perdido o juízo e que não devia mesmo ir. A governanta, Jeanne, nunca atendia o telefone quando as tias não estavam porque as mensagens eram com frequência em línguas estrangeiras e ela baralhava-as, por isso agora era o atendedor de mensagens que atendia.

– Olá, sou eu, quero só dizer que vou a Veneza encontrar-me com Bennett. Ele quer ver-me, explicar-se. Diz que sabe quem matou Lily. E que não foi ele. Tenho pelo menos de lhe dar uma oportunidade para se confessar. Não é? – acrescentou, em tom mais duvidoso do que quereria. – De qualquer modo, vou a Veneza encontrar-me com ele. Preciso de fazer isto. Lá é Carnaval e todos os hotéis estão cheios, por isso fico na Pensione Mara, perto do Rialto.

Deixou o número e continuou:

– Só vou ficar uma noite. Não será preciso mais para esclarecer isto. Pelo menos espero que não. E preciso mesmo de saber a verdade sobre Lily. Não se preocupem, no entanto, não vou fazer nada «idiota» – acrescentou com um risinho nervoso. – Estou bem. É simplesmente uma coisa que tenho de fazer sozinha. Amo-vos...

Em breve estaria com Bennett de novo e, enquanto o avião voava em círculos sobre o aeroporto Marco Polo, pensou no que sentiria quando isso acontecesse.

O GRITO DE GRIZELDA PÔS TODA A GENTE A CORRER. Vinha do quarto e Mimi, Jeanne, Maurice e as cadelas chegaram lá todos ao mesmo tempo. Incapaz de falar, Grizelda estava na cama, a abanar o rosto com uma mão para não desmaiar. Apontou para o telefone e articulou a palavra *mensagem*. Mimi pressionou o botão e ouviu-se a voz de Preshy: *Vou a Veneza encontrar-me com Bennett... Ele quer ver-me, explicar-se... Disse que sabe quem matou Lily... Preciso de fazer isto...*

– *Oh... Mon... Dieu...* – Mimi afundou-se na cama ao lado de Grizelda, enquanto Jeanne se apressava a ir buscar copos de água gelada e

Maurice abria as janelas para entrar ar. – A pequena idiota – exclamou. – Temos de impedi-la.

Grizelda assentiu.

– Telefona a Sam – disse, engolindo a água. – Manda um avião buscá--lo. Diz-lhe que nos encontramos em Veneza.

Mimi fez o que lhe pediram. Sam atendeu ao primeiro toque.

– Se és tu, Rafferty, recorda-te de que não nos falamos.

– Bem, em breve falar-se-ão, espero – retorquiu Mimi energicamente. E depois contou-lhe a história. – Vá até ao aeroporto de Orly. Estará um avião à sua espera. Encontramo-nos no aeroporto Marco Polo. Saia já, Sam.

Não teve de lho dizer duas vezes. Em menos de cinco minutos estava dentro de um táxi e uma hora depois num *Cessna* privado de quatro lugares a caminho de Veneza.

Mimi e Grizelda também, embora estivessem sobre a corrente do Golfo. Desta vez iam tensas e caladas. De vez em quando, Grizelda gemia:

– Como é que ela pôde ser tão estúpida? Como é que pôde?

E Mimi respondia:

– Porque ainda não aprendeu nada sobre os homens, só por isso. A pobre idiota ainda acredita que está apaixonada.

No aeroporto Marco Polo esperaram uma hora por Sam. Por fim, ele veio a correr na direcção delas, alto e magro no seu casaco de pele e *jeans* pretas. Apanharam um barco táxi para o Rialto e andaram até à Pensione Mara, onde lhes disseram que a *signorina* já chegara, mas não estava de momento.

Sam tentou o telemóvel de Preshy, mas estava desligado, por isso Grizelda ligou para o Cipriani e, usando a sua influência, conseguiu arranjar-lhes quartos. Enquanto esperavam junto ao canal perto de San Marco que a lancha do Cipriani os fosse buscar, Sam ligou para Preshy de novo. E, mais uma vez, não obteve resposta.

No hotel, enquanto as duas tias descansavam um pouco, descobriu o bar e sentou-se a matutar diante de um triplo expresso. Deixara de beber – ia precisar de todas as suas capacidades mentais para safar Preshy desta situação. Sentia muito medo por ela.

À MEDIDA QUE ESCURECIA, VENEZA GANHAVA vida. Gôndolas cheias de borguistas mascarados e fantasiados desciam os canais e lanchas a motor apinhadas aceleravam para a frente e para trás numa torrente de espuma, com carregamentos de médicos da peste com grandes pencas e meretrizes de cabelo ruivo de meias de rede com plumas escarlates no cabelo. A música martelava ruidosamente, as festas principiavam e as ruas estreitas fervilhavam de foliões mascarados. Risos e cantigas ricocheteavam nas velhas paredes, ecoando pela laguna e os foguetes rasgavam o céu num milhão de estrelas. Era o Carnaval em Veneza.

Sam ia no segundo expresso quando marcou o número mais uma vez. *Nada*. Telefonou para a *pensione*. Nada. Grizelda e Mimi tinham-se juntado a ele e estavam sentadas em silêncio, a observar o fogo-de-artifício sem realmente o ver. Tinham os rostos crispados de preocupação e ele não tinha palavras para as tranquilizar.

– Não sei onde está, mas vou até lá.

Elas saltaram de imediato.

– Vamos consigo.

– Não. Não, não podem. – Não queria assustá-las dizendo que poderia ser perigoso. – Por favor. Deixem-me tratar disto. Telefono logo que saiba alguma coisa.

– Promete? – perguntaram em uníssono e ele assentiu.

Porém pensou que, a não ser que conseguisse apanhar Preshy no telemóvel, as suas hipóteses de a encontrar numa cidade cujas ruas estreitas estavam repletas de foliões anónimos eram menos que diminutas. Mas, de qualquer modo, as tias não acreditaram nele. Em vez disso, apanharam a lancha seguinte para a Piazza San Marco. Iam coladas a ele.

68

VENEZA

PRESHY estava sentada no Quadri. Não pensava em Bennett, mas sim em Sam. Estava até sentada na mesma mesa, ao pé da janela, onde tinham estado juntos, altercando, a beberricar as suas bebidas. Quase desejou que ele estivesse ali agora com ela. *Quase*, pensou, mas não propriamente. Agora era senhora do seu nariz e precisava de provar a si própria que conseguia fazer isto sozinha.

Usava a capa de brocado do vestido de noiva com o capuz revestido a pele atirado para trás e uma mascarilha com penas. Com o seu novo cabelo curto, duvidava de que Bennett a reconhecesse e isso convinha-lhe perfeitamente. Claro que *ela* o identificaria a *ele*. Como não, quando todos os aspectos do seu rosto e corpo estavam permanentemente gravados na sua mente?

Nervosa, bebeu outro gole do café quente com *grappa*. Agora entendia porque Sam bebia. Procurava coragem no álcool, bebendo para conseguir enfrentar o dia-a-dia desde que a mulher desaparecera. Excepto que, ao contrário de Leilani, Bennett voltara.

Estava já escuro lá fora e a neblina começara a instalar-se sobre a laguna como acontecia no Inverno, em grandes novelos de vapor cinzento, como algo retirado dos filmes de suspense a preto e branco dos anos cinquenta, sobre zombies e monstros de lagoas negras.

Pescou o telemóvel da bolsa, ligou-o e marcou o número de Bennett. Ele atendeu de imediato, como se estivesse à espera.

– Preshy – disse, numa voz rouca, repleta de emoção. Sabia que seria ela; esperava o telefonema há horas. – Estou tão feliz, estou ansioso por te ver.

Preshy não respondeu.

– Onde nos encontramos? – perguntou.

– Não vais adivinhar onde é o baile. No Palazzo Rendino. Pensei que seria um local perfeito para o nosso encontro. Porque não nos vemos lá? E depois falamos.

– Está bem – assentiu ela.

– Vou estar mascarado, espero que tenhas trazido a tua máscara?

– Trouxe.

– Eu vou fantasiado de médico da peste – referiu ele com riso na voz. – Como cerca de mil outros tipos hoje. Manto preto, calções pretos, chapéu de três bicos e uma máscara branca. Achas que me vais reconhecer?

– Claro que sim.

– E qual é o *teu* disfarce?

– Vais ter de esperar para ver. Vemo-nos no Palazzo – disse e desligou.

O telemóvel tocou outra vez, logo a seguir. Não atendeu. Passados alguns minutos, no entanto, a curiosidade levou a melhor e escutou a mensagem.

– Rafferty, onde diabo te meteste? – berrou Sam. – As tuas tias contaram-me o que sucedeu. Perdeste completamente o juízo? Estou farto de te tentar apanhar no telemóvel e agora estou no meio da laguna a caminho da Piazza San Marco. *Sei* que estás aí. Telefona-me. E não faças nada ainda mais idiota do que já fizeste.

Ele estava em Veneza. «Não faças nada mais idiota!» dissera. Como conhecer-*te*, pensou. Sam tinha o dom de a exasperar. Seria quase calmante estar de novo na companhia de Bennett. Pelo menos ele fora sempre amável com ela. Ou seja, antes de a abandonar.

69

Bᴇɴɴᴇᴛᴛ andava de um lado para o outro na ruela que corria ao lado do Palazzo Rendino, ligando a pequena praça calcetada com o canal. A música ribombava das janelas abertas e lampiões tremeluziam no nevoeiro que pairava com um manto cinzento, apenas centímetros acima da água. De vez em quando, barcos e gôndolas festivos cheios de jovens bêbados irrompiam pela neblina num clamor de ruído e risos. Toda a gente estava mascarada, toda a gente anónima. Não poderia existir cenário mais perfeito para o que ele queria fazer.

O seu traje baseava-se nas vestes usadas pelos médicos que cuidavam das vítimas da peste na grande epidemia que assolara Veneza na Idade Média e também trazia o «pau da peste», uma vara que utilizavam para tocar nos seus doentes quando os examinavam, para evitarem apanhar a doença. Excepto que o pau de Bennett era mais pesado, embora jocosamente enfeitado com fitas bonitas. Não era diferente do que utilizara quando matara a mulher, Ana, e depois Lily.

Lançou uma olhadela ao relógio. Passara quase uma hora desde que falara com Preshy. Estava ansioso de que ela aparecesse.

A ᴘɪᴀᴢᴢᴀ sᴀɴ ᴍᴀʀᴄᴏ enchia-se de uma multidão ondulante que dançava. Tinham construído um palco para o grupo musical e o som das trombetas ressoava nos enormes altifalantes, fazendo eco nas velhas paredes. Toda a cidade se divertia nas grandiosas *piazzas*, nos palácios e nos barcos.

Mas as estreitas ruas laterais que daí partiam estavam vazias. As lojas e restaurantes estavam fechados e o nevoeiro enrolava-se como algodão em rama, comprimindo-se tão perto do rosto de Preshy que mal via um pé à frente do outro. A maravilhosa capa de noiva encapelava-se atrás dela enquanto se apressava, os saltos baixos das botas moles pretas a retinirem na calçada. Passados alguns minutos, parou e olhou em volta. Viu apenas paredes cinzentas anónimas, forradas de nevoeiro. Não se recordava de ter vindo por aqui antes, mas esta noite tudo parecia diferente, como se a própria Veneza usasse um disfarce. Não havia aqui foliões e, nervosa, acelerou. Certamente que chegaria em breve a algum ponto de referência, um café, uma loja que conhecesse.

Ao atravessar uma minúscula ponte de pedra ouviu passos atrás dela. De súbito, um médico da peste irrompeu do nevoeiro, seguido de meia dúzia de outros homens e mulheres mascarados. Brandiu o pau na sua direcção e, aterrorizada, ela gritou, mas os risos deles achincalharam-na ao fugirem de novo.

Menos segura agora de ter tomado a decisão certa, desejou ter pedido a Sam para vir com ela. Puxando o telemóvel do bolso dos *jeans*, marcou o número. Ele atendeu de imediato.

– Diz-me por favor onde estás – exclamou ele. – Estou a implorar-te, Rafferty, diz-me só isso.

– Estou a caminho do Palazzo Rendino. Combinei encontrar-me lá com Bennett. Há um baile de Carnaval. Ele está vestido de médico da peste com uma máscara branca. Pensei que estaria tudo bem, mas agora estou amedrontada.

Subitamente, ao fim da ruela, avistou a praça conhecida.

– Estou aqui – disse – enquanto o alívio a fazia perceber como estivera realmente assustada. – Agora fico bem, só que me assustei, sozinha nas ruelas secundárias.

– Fica aí! – ordenou Sam. – Espera por mim. E Rafferty... faças o que fizeres, *não* fales com Bennett. Não te aproximes sequer dele. Está bem?

– Está bem – retorquiu ela em voz fraca, enquanto ele desligava.

O telemóvel de Sam tocou. Era Grizelda.

– Onde está? – inquiriu.

– A caminho do Palazzo Rendino, vai encontrar-se lá com Bennett.

– Não sem mim, não vai não – cortou Grizelda e desligou.

Preshy hesitou numa esquina da pequena *piazza*. Ponderava qual seria o seu próximo passo, quando sentiu um par de braços enrolarem-se à sua volta e aspirou o aroma familiar do perfume de Bennett.

– Cá estás, minha adorável Preshy – sussurrou-lhe ele ao ouvido. – Por fim.

Ela rodou nos braços dele – e fitou a aterrorizadora máscara branca do médico da peste. Mas eram os intensos olhos azuis de Bennett que a fulminavam, a voz dele a dizer como estava feliz por a ver, como fora amável por ter vindo, por deixá-lo explicar-se... e que podia explicar tudo e que cuidaria bem dela, protegê-la-ia do assassino de Lily.

Hipnotizada, Preshy devolveu-lhe o olhar.

– Estás tão bonita, apesar da máscara, reconheci-te pelo andar. – O capuz tombou para trás e ele ergueu a mão e tocou-lhe no cabelo curto. – Mas cortaste o teu cabelo – exclamou, num tom de mágoa. – Foi a primeira coisa que notei em ti. Recordas-te de o dizer, Preshy?

Preshy olhava fixamente para ele, como um pequeno animal encadeado pelos faróis dos seus olhos. A música que se filtrava do Palazzo zumbia-lhe nos ouvidos. Era como se não fosse ela própria, não estivesse realmente ali, fosse outra mulher qualquer a escutar o que Bennett dizia, a ficar enfeitiçada outra vez.

No fundo da sua mente ouviu a voz de Daria. «*Trinta "Dias de Luto"*», dizia. «*Trinta dias em que podes chorar e gemer... e depois acabou... Avançar... Uma nova vida...*» E ouviu Sam a dizer-lhe que não era Precious. «*És definitivamente uma Rafferty*» dissera. *Era forte, era uma nova mulher. Era ela própria e já não a marioneta de Bennett.*

Soltou-se dos braços dele.

– Diz-me para que me trouxeste aqui. E vê se te sais bem, Bennett, porque não confio em ti. Quero saber exactamente porque me abandonaste no altar. E quem matou Lily. Conta-me a verdade sobre ti. Explica-me tudo. Estou a ouvir.

Uma lancha cheia de flores buzinou alto quando passou por eles. Os borguistas sopraram as suas cornetas, mas Bennett ignorou-os, os olhos ainda fixos nos dela.

– Digo-te exactamente porque estou aqui – replicou naquele tom suave de persuasão que sempre usara com ela. – Claro que te amo, já te disse, e que fiquei envergonhado. E conto-te tudo sobre Lily. Mas, em primeiro lugar, tens uma coisa que preciso.

De súbito, agarrou-lhe a capa dourada, atirando-a para trás, fitando-lhe o pescoço, como se esperasse aí ver alguma coisa.

– Diz-me onde está o colar – exigiu depois, ainda numa voz tão suave que provocou calafrios pela espinha de Preshy abaixo.

Assustada, deu um passo atrás. Claro! Era por essa razão que queria que ela fosse a Veneza. Pensava que ela tinha aquele colar de valor incalculável. *Oh meu Deus, oh meu Deus*, e estúpida como era, caíra que nem uma parva! Perguntou-se, desesperada, onde andaria Sam. Olhou rapidamente em redor da *piazza* deserta, procurando uma saída. O Palazzo e os seus foliões estavam tão perto, mas poderiam estar a um milhão de quilómetros de distância pois não podiam fazer nada por ela.

– Não tenho o colar – respondeu, tentando empatá-lo, ganhar tempo.

– Tens sim. *Sei* que Lily to deu. – Rodeou-a de novo com os braços, segurando-a com tanta força desta vez que ela não se conseguia mexer. – É para nós, Preshy. Tenho um comprador para ele. Seremos ricos e posso casar contigo sem te envergonhar. Tudo o que te peço é que me digas onde ele está.

– Está no meu quarto, na *pensione* – mentiu.

E depois desejou de imediato não o ter feito, porque se fossem à *pensione* Sam nunca mais a encontraria. E não podia telefonar-lhe. *Onde, oh*, mas onde é que *ele estava*?

Bennett agarrou-lhe na mão.

– Apanhamos um barco.

Arrastando-a com ele, encaminhou-se para os degraus que conduziam ao canal. Avistando uma gôndola vazia que se aproximava, largou-lhe a mão por um segundo para lhe fazer sinal. Preshy não percebeu como, mas naquele instante foi como se fugisse dele. Com a capa a esvoaçar atrás dela como asas, precipitou-se pela ruela acima e passou o Palazzo.

Continuou a correr por vielas escuras e silenciosas. O nevoeiro esborrachava-se-lhe contra os olhos. Mal conseguia ver. Sem fôlego, teve de parar. E então ouviu passos.

Virou-se, correndo agora ao longo do canal, arrepiando caminho. *Tinha* de ir ter com Sam ao Palazzo. Era a sua única hipótese. Mas agora perdera-se de novo. E os passos de Bennett estavam à sua frente? Ou atrás?

As luzes do Palazzo cintilaram de repente a meio do nevoeiro e, com um grito agradecido, correu para ele.

Bennett precipitou-se que nem uma seta da viela. Apanhou-a com uma chave de braços, comprimindo-lhe a garganta.

Preshy sufocava, aflita para respirar, os olhos esbugalhados. Ele estava outra vez a falar com ela e as palavras malévolas pareciam simplesmente irromper de dentro dele, contando-lhe por fim a verdade.

– Não senti *nada* por ti, Precious. *Absolutamente nada.* Claro que queria o teu dinheiro, mas planeei matar primeiro Grizelda para ter a certeza de que o recebias. A seguir matar-te-ia a ti. Grizelda conseguiu escapar, mas quando descobri que não te ia deixar o dinheiro e que não havia qualquer recompensa, parti. És uma mulher sem interesse, Preshy – continuou no tom baixo, suave e sedoso. – Tal como todas as outras. Não contas nesta vida. Não ofereces nada, és só um pedaço de ADN arrastado num canal. O teu único valor é aquele colar. Agora, vê se te portas bem, Preshy, e diz-me onde fica a *pensione* e onde escondeste o colar. Ou mato-te já aqui.

As palavras de Bennett desabaram sobre ela como socos. Todos os seus lindos sonhos passados jaziam em ruínas. Não havia mais nada a lamentar excepto a sua própria estupidez egoísta. Ele nunca a amara. Nem sequer a odiava. Não era nada para ele. Ele matara Lily. E agora ia matá-la.

A fúria arrebatou-a numa injecção de adrenalina. Diabos a levassem se ia morrer. Mas não tinha força suficiente para lutar com ele e fugir. Tinha de pensar com rapidez. Se lhe dissesse onde estava o colar ele matava-a. E se não dissesse, ele matava-a na mesma. Em pânico, lutou para se libertar, mas o braço dele apertou-se-lhe na garganta, de modo que nem conseguia gritar. Ouviu passos que se aproximavam, o estalido seco feminino de saltos altos a trotarem pela viela atrás deles.

Bennett ouviu-o também. Virou a cabeça por uma fracção de segundo... e descobriu-se a olhar para uma arma.

Ali estava a tia G, enrolada no seu segundo melhor casaco de pele de marta, o azul-escuro, a segurar o que Preshy julgou ser um revólver de punho de madrepérola. Mimi estava ao lado, toda de branco e prateado, o cabelo loiro a cintilar com gotas de nevoeiro, com ar de valquíria vingadora. O par parecia saído de um filme de James Bond dos anos sessenta.

A voz de Grizelda apresentava um ligeiro tremor quando disse:

– Solte imediatamente a minha sobrinha ou dou-lhe um tiro.

– Força. Dispare. – Bennett tinha Preshy à sua frente, os braços presos atrás das costas. – Embora não perceba por que razão me quer dar um tiro. Estava apenas a dizer à sua sobrinha que a amava muito. Pedi-lhe perdão e expliquei-lhe o que sucedeu. Tudo o que ela tem de fazer é dizer-me onde está o colar e depois pode voltar para si.

Espreitando para as sombras atrás dele, Mimi tentou empatar.

– Que colar? – inquiriu.

Mas Bennett viu para onde se dirigia o olhar dela. Virou-se, mesmo no momento em que Sam se lançava sobre ele. Bennett largou Preshy e ela caiu no chão com um baque, com Bennett por cima e Sam em cima dele. Grizelda correu para eles, ainda a agitar a arma, e Mimi berrou a pedir ajuda.

Preshy não teve a certeza do que aconteceu a seguir. Espalmada, com o rosto na calçada e todo o ar eliminado dos pulmões, ouviu gritos que de certa maneira se misturavam com música e o som de pés a correr. *E depois um tiro.*

Oh meu Deus. A tia Grizelda matou-o.

Levantou-se e viu Grizelda a fitar a arma fumegante na mão e Mimi com as mãos nos ouvidos, a gritar, e Sam a correr atrás de Bennett.

Alcançara o canal, mas Sam estava mesmo atrás dele. Um barco vazio esperava, atracado ao poste de riscas azuis no embarcadouro do Palazzo. Bennett saltou para ele, o pé prendeu-se-lhe na beira, escorregou e caiu, rachando a cabeça no poste estriado. Ergueu-se a cambalear, oscilou e depois, com um chape, caiu de costas na água.

Preshy precipitou-se com os outros para o canal. A água preta gelada agitava-se suavemente. O nevoeiro cinzento comprimia-se sobre ela como uma mortalha. Não havia sinal de Bennett. Era o acidente perfeito.

70

–MATEI-O – disse a tia Grizelda numa voz trémula.

– Não atingiu Bennett, Grizelda, atingiu-me a mim. – Sam despiu o casaco e apontou para o sangue que lhe gotejava lentamente do braço.

Grizelda levou uma mão chocada à boca.

– Oh, lamento muito. Oscar sempre disse que eu tinha uma pontaria horrível e que algum dia mataria alguém.

– Mas não hoje, graças a Deus.

Sam contemplou Preshy ainda a olhar fixamente para a água. Como se, pensou zangado, esperasse que Bennett ressuscitasse a qualquer minuto. Porra, será que nunca mais aprenderia? O homem acabara de tentar matá--la.

Recordando-se de que devia ser afável, apesar de ela os ter metido a todos nesta alhada que teria agora de ser discutida mais uma vez com a polícia, disse:

– Vamos lá, Rafferty. Bennett foi-se e nenhum de nós deve ter pena dele. Não duvido de que tenha morto a mulher e Lily. O homem era um sociopata da espécie mais perigosa. Teria morto quem quer que se atravessasse no seu caminho.

– Eu sei – replicou Preshy com amargura.

As palavras de Bennett ainda queimavam e abanou a cabeça, tentando não as recordar. *Devia* lembrar-se era do mal que estivera escondido por trás daqueles penetrantes olhos azuis e por trás daquela voz suave que sabia como dizer coisas tão doces e por trás daquele encanto que ele transformara numa forma de arte.

– Peço perdão por vos ter metido a todos nisto – continuou em tom fatigado. – A culpa foi minha e aceito total responsabilidade. – Tirou o telemóvel do bolso. – Vou telefonar à polícia e contar-lhes tudo.

Sam agarrou-lhe o braço.

– Oh não, não vais. Vais levar Grizelda e Mimi de volta ao hotel. Eu trato da polícia.

Preshy recordou-se de ele dizer que não se podia dar ao luxo de se envolver noutro caso de homicídio, como é que ia agora assumir a responsabilidade de lidar com a polícia? Já estava a ver os títulos dos jornais: «*Suspeito de homicídio envolvido noutra morte.*»

– Não te posso deixar fazer isso – disse.

– Não tens escolha. E desta vez, Rafferty, vais fazer o que te digo.

– Mas então o seu braço? – perguntou Grizelda, preocupada.

– Agrada-me dizer que o tio Oscar tinha razão. Já vi mais sangue a sair de uma hemorragia nasal. Agora, vão. Todas. Vemo-nos daqui a pouco. E recordem-se de que isto foi um acidente. Não sabem de nada. Nunca estiveram aqui. Ninguém vos vai perguntar sequer nada, claro, porque os vossos nomes não serão mencionados. Mas mantenham a calma. Está bem?

As três mulheres afastaram-se lentamente de volta à Piazza San Marco onde apanharam a lancha do Cipriani. Na suite de Grizelda pediram café e uma variedade de pequenos bolinhos porque, disse Mimi, precisavam de uma dose de açúcar depois do que tinham passado. A seguir Preshy contou-lhes exactamente o que sucedera com Bennett, que fora ele quem tentara empurrar a tia G para fora da estrada, e o que lhe dissera.

– Senti-me tão... desprezível – disse em lágrimas. – Era apenas um pedaço de inútil ADN, foi o que ele disse. E realmente, se me tivesse morto, era isso mesmo que acabaria por ser.

– Os homens como Bennett é que são desprezíveis – retorquiu Mimi ferozmente. – Nunca gostou de ninguém na vida senão dele próprio.

– E vejam lá onde isso o levou.

Grizelda foi sentar-se ao lado de Preshy. Abraçou-a e disse:

– *Chèrie*, não podes certamente acreditar no que aquele homem horrível te disse. Todas as palavras tinham a intenção de te ferir. Estava a atirar-te lanças verbais, a rebaixar-te, para te manipular. Estou contente que tenha morrido, Preshy. E sabes que mais? Nem sequer me teria importado se o *tivesse* morto. Maître Deschamps ter-me-ia defendido. Um *crime passionné*, ter-lhe-ia chamado e tenho a certeza de que me teria conseguido um par de anos numa das prisões mais bonitas. Teria de boa vontade arcado com as culpas por ti, minha menina.

– Mas agora é Sam que o está a fazer – disse Mimi.

E assim pediram mais café e bolinhos.

– Depois de tudo o que aconteceu, creio que precisamos de uma mudança – observou pensativamente Grizelda para Mimi. – Um cruzeiro à volta do mundo, se calhar?

– Teremos de ir fazer compras – retorquiu Mimi. – E pensa só em todas as coisas boas que poderemos comprar a preços de saldo na China.

– Mimi! – Grizelda lançou-lhe um olhar furioso.

– Oh, bem, talvez possamos suprimir a China – replicou Mimi apressadamente. – Dizem, no entanto, que para comprar pérolas o melhor é o Japão.

Mimi metia sempre o pé na poça, pensou Grizelda com resignação.

71

ERA já de madrugada quando Sam saiu finalmente da *polizia* depois de prestar as suas declarações. Dissera-lhes que vira um homem cair no canal perto do Palazzo Rendino. Julgava que se chamava Bennett Yuan ou Bennett James. A polícia interrogou-o, inspeccionou-lhe o passaporte, perguntou-lhe qual a profissão, o que fazia na zona e onde estava hospedado.

– Estou com a condessa von Hoffenberg no Cipriani – respondeu. – Ia a caminho do baile no Palazzo quando vi o que aconteceu. Claro que corri para ver se conseguia ajudar, mas já era demasiado tarde. Não havia sinal dele.

Era tudo verdade, Bennett morrera num acidente que ele próprio concebera, pensou cansado, ao regressar através das ruelas atulhadas de restos da festa, passando por pares estafados ainda mascarados, pelo grupo musical a emalar os seus instrumentos na Piazza San Marco; depois na lancha para o hotel, flutuando no canal que reclamara a vida de Bennett James Yuan num acto de justiça final que a família chinesa da mulher poderia considerar apropriada. Os deuses malévolos do rio do Dragão tinham-no reclamado e apropriado. E nem Sam, nem Rafferty, nem as tias tinham qualquer responsabilidade no caso.

De regresso ao hotel, Sam encontrou as três mulheres sentadas em fila no sofá, as chávenas de café apertadas nas mãos, olhos bem abertos e vigilantes, à sua espera.

– Então? – Grizelda falou por todas.

– Tudo bem. Tudo se resolveu. O polícia disse que não seria o único corpo pescado do canal esta manhã. As pessoas embebedam-se, brigam, acontece no Carnaval.

Mimi serviu-lhe café e ele sorveu-o agradecido. Sentia-se vazio por dentro, esgotado. Rafferty poderia ter morrido e teria sido culpa sua por a ter deixado sozinha. Tal como fizera com Leilani. Subitamente, quase batendo no fundo com a emoção e a fadiga, afundou-se numa cadeira.

Bebendo o café, contou-lhes tudo o que fora dito na *polizia* e que podiam partir.

– Mas o que acontecerá a Bennett? – perguntou Preshy numa voz fraca. Não podia evitar, tinha de saber.

– Quando o descobrirem, irão identificá-lo. Enviam-no de volta a Xangai, suponho. – Encolheu os ombros. – Já não é problema nosso.

Preshy sentiu o peso sair-lhe do coração. Estava cerca de cinco quilos mais leve, um pouco como quando cortara o cabelo.

– Vamos regressar a Paris – disse em tom fatigado. – Preciso de ir para casa.

O CORPO DE BENNETT FOI ENCONTRADO NA manhã seguinte e identificado através do passaporte e dos serviços de fronteiras. Viajava como Bennett Yuan e o cônsul chinês informou a família Yuan da sua morte. Depois da autópsia, o corpo seria devolvido aos Yuan, em Xangai.

Ironicamente, Bennett seria enterrado como o homem rico que sempre quisera ser em vida.

72

XANGAI

MARY-LOU soube das notícias sobre Bennett quando esbarrou com a rapariga do ginásio.

– Trágico – disse a rapariga, com os olhos lacrimosos – tão formoso, tão encantador. Por que razão as coisas más parecem suceder sempre às pessoas boas? – perguntou em tom de mágoa.

– Porque será? – retorquiu calmamente Mary-Lou, embora por dentro tremesse.

Claro que a morte de Bennett Yuan foi noticiada nos meios de comunicação, mas, ao contrário da da mulher, foi minimizada, tal como o enterro. Mary-Lou não sentiu nada. Apenas alívio. Perguntou a si mesma o que teria acontecido ao colar, mas recordando que fora a causa de todos os seus problemas, decidiu que não queria saber.

Tinha a sua própria vida agora, gerindo o negócio de antiguidades de Lily. Mais ninguém se apresentara para o reivindicar, por isso assumira muito simplesmente o controlo e, desde a morte de Lily, vivia sozinha na bonita casinha onde planeara outrora a ruína da amiga.

Se Mary-Lou tivesse uma consciência, tê-la-ia considerado limpa. Roubara alguns dólares aqui e ali – e então? Não matara ninguém, não é? E agora saía com uma pessoa que Lily conhecera, um tipo suíço que actuava como agente para ricos coleccionadores de arte. Se tivesse agora o colar, conseguiria dar o golpe.

73

VENEZA

PRESHY beberricava um *brandy*, tentando recompor-se. Ainda se sentia bastante abalada. Acontecera tudo tão depressa, só agora começava a relembrar com pormenor o puro horror de ser encurralada por Bennett, sabendo que ele tencionava matá-la. A única coisa boa que daí decorrera fora o facto de não ter cedido de novo ao encanto dos seus fascinantes olhos azuis e das palavras doces de amor. Enfrentara-o, dissera-lhe que não queria ouvir nada daquilo. O que queria era a verdade e, graças a Deus, fora isso que recebera. Constituíra um choque enorme que a fizera cair em si e Bennett tivera o fim que merecia. Um fim pelo qual fora o único responsável. E Sam, querido Sam, que tão injustamente suspeitara de estar envolvido, fora o seu herói. As tias e ele tinham-lhe salvo a vida.

Encontrou-lhe os olhos por cima da borda do copo e sorriu-lhe. O sorriso dele em resposta estava repleto de ternura.

E depois o telefone tocou. E o momento perdeu-se.

Sam atendeu. Disse muito pouco, não fez perguntas. Quando pousou o auscultador, virou-se para elas.

Os seus olhos encontraram de novo os dela.

– Era o meu agente a telefonar de Nova Iorque – disse com uma voz tão calma que inquietou Preshy. – Contou-me que encontraram um casaco vermelho nas rochas perto da casa de praia. A polícia acredita que pertencia à minha mulher. Querem que volte. Deduzo que seja uma questão de ir voluntariamente ou então chamam-me para ser interrogado.

Preshy ouviu os arquejos das tias.

– O que vais fazer? – perguntou, chocada.

– Vou, claro. Conheço o casaco. *Era* de Leilani, mas era pesado e não sei por que razão o estaria a usar numa noite quente de Verão.

Preshy não hesitou.

– Vou contigo. – Ouviu as tias a arquejarem de novo.

– Não, não vais.

– Porque não?

– Porque não te quero envolvida. Além disso, já passaste por demasiadas coisas.

– Eu *estou* envolvida – retorquiu ela ferozmente. – Estou envolvida *contigo*, Sam Knight. Acabaste de me salvar a vida. Esperas realmente que me afaste quando estás com problemas?

– Hei – ele encolheu os ombros – não há qualquer obrigação.

– Vou contigo e acabou-se – disse Preshy.

– Muito bem – intrometeu-se a tia G.

– Nós também iríamos, para dar apoio – acrescentou Mimi – mas fica provavelmente satisfeito se for só Preshy.

Sam abanou a cabeça, sorrindo a agradecer-lhes.

– Fico bem – replicou. – Sozinho – acrescentou, olhando para Preshy.

– Ela vai consigo – disse a tia G energicamente. – Vão lá então, já. Resolvam tudo. Vou arranjar um avião para estar à vossa espera no aeroporto Marco Polo.

Ele tentou protestar, mas ela recusou-se a ouvir.

– E Sam – declarou, quando eles saíram, – os nossos corações vão consigo.

SAM IA MUITO CALADO NO avião que regressava a casa. Tinha os olhos fechados e Preshy esperava que estivesse a dormir. Tinha um ar exausto.

Esgotado, na realidade, como um homem que tivesse chegado ao fim da linha. Já não bebia. Aqueles dias de procurar coragem no álcool haviam terminado.

74

OUTER BANKS

ATERRARAM por fim no pequeno aeroporto local. Dali, Sam foi directo para a esquadra da polícia, enquanto Preshy arranjava um quarto num motel. Estaria ali quando ele precisasse dela.

Estendeu-se na cama a ver a CNN e os minutos a passarem no relógio, pensando em Sam, na forma como se tinham encontrado por mero acaso e como as suas vidas pareciam agora tão inextrincavelmente enredadas.

Fechando os olhos, viu-lhe o rosto fino e raiado, os afectuosos olhos castanhos por trás dos óculos antiquados, o corpo alto e magro, confortável nos *jeans* e no velho casaco de couro, agora com um rasgão da bala incontrolável da tia G. Sam não era o tipo de homem que alguma vez abandonasse uma mulher num momento difícil e era por isso que sabia, sem sombra de dúvida, que teria protegido a sua doce Leilani com a própria vida. Tal como a protegera a ela.

O telefone tocou.

– Passo a buscar-te – disse Sam, com voz cansada. – Compramos alguma comida e vamos até à casa de praia. Se concordares.

Preshy disse que sim e saiu para esperar por ele. Quando o *Mustang* preto alugado parou a seu lado, subiu e lançou-lhe uma rápida olhadela ao rosto. Estava com ar carregado.

– Como é que correu? – perguntou.

– Bem.

Sam encolheu os ombros. Avançaram um par de quarteirões em silêncio e depois ele estacionou numa loja de conveniência onde entraram e compraram pão, manteiga, leite, café e um par de latas de guisado.

A viagem pela estrada da costa foi agreste e ventosa, com o oceano a encapelar-se e a espumar, a avançar e a recuar com o princípio de uma tempestade de Inverno. Viraram para uma vereda arenosa que conduzia, entre as filas de tamargueiras que Sam plantara há dez anos, para a simples casa de ripas de madeira cinzentas com o seu alpendre a toda a volta e a sua vista desimpedida sobre as dunas até ao mar.

Os ombros de Sam vergavam-se. Brincavam-lhe no rosto emoções diferentes: prazer, alívio, desespero. Endireitou-se e olhou para Preshy.

– Bem-vinda à minha casa – disse baixinho.

Depois pegou-lhe na mão e caminharam juntos, subindo a escada de madeira de acesso à casa. O interior era simplesmente uma imensa divisão com uma enorme lareira de pedra no centro e paredes forradas com quadros grandes e sombrios, pintados, calculou Preshy, por Leilani.

Mas quando Sam abriu as portadas de aço eléctricas que protegiam a casa de furacões e tempestades de Inverno, encheu-se instantaneamente de uma luz límpida e cinzenta, mágica, pensou, como a primeira madrugada deveria ter tido. Tão translúcida e nacarada, tão pura e límpida, era como estar à proa de um grande navio no meio do oceano.

– Não admira que a adores – afirmou. – É deslumbrante.

– Então vem cá fora e respira.

Saíram e ficaram no alpendre, inalando o ar frio e salgado, tonificante, escutando o vento a irromper pelas árvores e a ondulação do imenso oceano.

– No entanto, mesmo ali, junto à praia temos o rio e os braços de mar e pauis calmos – contou-lhe Sam. – Temos os canaviais onde os patos fazem ninho e os mangues com as suas raízes nodosas enterradas profundamente na lama e escorrendo barbas-de-velho como teias de aranha no *Halloween*. E, no Verão, é um mundo diferente, cheio de sol, com pequenos barcos de velas brancas a resvalar pelo horizonte e uma luz inteiramente diversa, mais dourada e azul.

– Aposto que é húmido – disse Preshy, pensando no cabelo e conseguindo fazê-lo rir.

Assim era melhor, pensou. Pelo menos, conseguia rir-se, apesar de ter acabado de passar um par de horas na polícia a responder a perguntas sobre o desaparecimento da mulher. Porém, não lhe perguntou ainda o que sucedera. Sabia que se ele quisesse, lho diria.

Enquanto Sam construía um bom fogo, ela aqueceu o guisado e partiu pedaços irregulares de pão. Ele trouxe uma garrafa de vinho e dois copos.

– O tinto da Carolina? – perguntou ela, provando-o desconfiada.

– Então? – replicou ele, uma sobrancelha erguida numa interrogação.

– Bem, não é um *Bordeaux* – respondeu e depois riu-se. – Mas é bastante bom, em especial numa tarde fria e ventosa depois de uma viagem longa e esgotante.

– E um interrogatório esgotante – declarou ele em tom cansado, sentando-se ao lado dela na bancada de azulejos brancos da cozinha.

Preshy sorveu um pequeno gole de vinho e esperou que ele continuasse.

– Encontraram o casaco de Leilani que deu à praia não muito longe daqui. Um casaco acolchoado vermelho, de Inverno. «Na noite em que a sua mulher desapareceu era Verão e a noite estava quente» disse-me o inspector. «Porque acha que estaria a usar esse casaco?» Eu respondi que não sabia, era um enigma. «Talvez porque como o forro acolchoado retenha melhor a água, torna-se mais fácil afogar uma pessoa», disse o polícia.

Preshy ofegou nervosa.

– Eu repliquei que acreditava que sim. – Sam tirou os óculos e esfregou os olhos. – «Hei-de recordar-me disso para o meu próximo livro», disse. E depois eles mostraram-me o que haviam encontrado, fechado no bolso de fecho-de-correr. – Estendeu a mão esquerda para lhe mostrar. Fitou Preshy nos olhos. – A aliança de casamento de Leilani. Exactamente igual à minha.

Preshy cobriu-lhe a mão com a sua, de forma protectora. Era um homem a ser destruído diante dos seus próprios olhos.

– Deve tê-la tirado antes de... – Parou, não querendo dizê-lo e observando Sam a levantar-se.

– Vou dar uma volta. – Vasculhou o armário à procura de um casaco. – Volto daqui a bocado – disse, fechando a porta atrás dele.

Preocupada, Preshy telefonou a Daria.

– Estou aqui com Sam.

– Eu sei, Sylvie contou-me. – Daria parecia perturbada. – Então o que é desta vez, Presh? É amor?

– Ainda me sinto nervosa quando penso em «amor». Mas nunca me senti desta forma antes, tão... tipo solidária, preocupada, tão *envolvida* com um homem. Poderá ser amor, Daria?

– Se calhar. E agora, então?

– Tenho de o ajudar. Oh, Daria, nunca se viu um homem mais devastado e agora a polícia anda a assediá-lo porque encontrou o casaco da mulher na praia com a aliança de casamento no bolso. Pensam que a matou e Sam sabe-o. E eu não sei o que fazer.

– Porque não vais simplesmente para casa, querida – sugeriu Daria suavemente. – Tenta entender as tuas próprias emoções e deixa Sam entender o seu destino.

Mas Preshy sabia que não era isso o que devia fazer. Sabia que o que sentia era autêntico.

– Fico com ele até ao fim – declarou. Porque era o que ele havia feito com ela.

E sabia que ele o faria de novo. Era o seu salvador, o seu herói. E desejava que fosse seu amante. Mas isso podia nunca se concretizar.

75

SAM caminhou a passos largos pela areia dura até à bordinha do mar onde as ondas espumavam sobre as suas botas e os maçaricos corriam à sua frente. Estava sozinho com o fragor do oceano e o grito queixoso das aves a revolutear por cima da sua cabeça, com o bramido da rebentação nos bancos de areia e o ranger das árvores sem folhas. E sempre o rugido do vento. Era bravio, elementar, só ruído e força. A força do oceano.

Levantando a gola do casaco, continuou a andar a passos largos. Leilani desaparecera. Nunca mais a veria e o seu coração carregaria aquela ferida para sempre. Acontecesse o que acontecesse, teria de abandonar este sítio que amava. Nunca poderia ser o mesmo sem ela.

Surgiu-lhe na mente o rosto do vidente do templo de Xangai, tão nítido como numa fotografia. «Estou à procura de duas pessoas», dissera-lhe Sam. «Quero saber se as encontrarei.» As palavras do vidente ecoaram-lhe mais uma vez nos ouvidos. «A primeira pessoa que procura é uma mulher. E a resposta encontra-se na sua própria alma», replicara. Sam estivera a falar de Leilani. E sabia no fundo do coração que aquilo que o homem dissera era verdade. Perscrutou agora a sua própria alma, perguntando-se onde errara, como a desiludira.

Enfiando as mãos com mais força nos bolsos do casaco, esvaziou a cabeça de todos os pensamentos até parecer estar em harmonia com os elementos, à deriva no vento e com apenas o rugido do oceano por companhia. A mão esquerda fechou-se à volta de qualquer coisa bem no fundo, na dobra do bolso. Um pedaço de papel.

Alguma velha receita, pensou, puxando-o e amachucando-o, pronto para ser deitado fora. Mas então viu que era um pedaço de papel verde, do tipo que Leilani usava sempre. O verde era a sua cor preferida, dizia que a achava calmante. Viu também que ela havia escrito qualquer coisa no papel. O nome dele estava no cimo.

«Meu querido Sam», começava

Estou a olhar para o nosso adorado cão deitado aqui ao meu lado, sentada no alpendre, a tentar não olhar para o oceano onde sei que estás esta noite e que, pelo amor que lhe tens, o conhecimento que dele tens, quase podes reclamar como teu. O teu cão está velho, Sam. Os olhos estão enfraquecidos, a respiração é difícil. Já não lhe resta muito tempo neste mundo e não podes saber como o invejo.

Nunca poderei «amar» da forma como o teu cão ama, da forma como tu amas, tão directa, tão pouco complicada. Tão fácil. Aguardo que o meu coração me mostre como se faz, mas está congelado dentro do meu peito, um peso de chumbo, arrastando-me para o fundo. Aguardo que esses sentimentos venham ter comigo, que me façam subir às alturas da simples felicidade, como tu te sentias esta noite, a assobiar enquanto preparavas os apetrechos de pesca e limpavas o teu pequeno barco. Porquê, pergunto-me, não posso ser assim?

Toda a minha vida tentei e toda a minha vida falhei. Por vezes consegui perder-me na pintura e foi o mais perto que consegui chegar dessa «felicidade», ou aquilo que acreditava ser a felicidade. Mas a maior parte das vezes, Sam, estava simplesmente perdida. E agora sei que nunca me encontrarei.

Não sou «dona» de mim. Não sou dona de ti, Sam. Nem sequer sou dona do cão. Já não aguento mais. Tudo o que desejo, querido Sam, é ser «nada». E esta noite alcançarei por fim o meu objectivo. Dentro de alguns minutos caminharei até ao pequeno braço de mar e ao banco de areia que fica a descoberto apenas na maré baixa. Sentar-me-ei e verei o mar avançar para me vir buscar. Só tu sabes o medo que tenho do oceano. Dizem que é a fuga de um cobarde, mas isto que estou a fazer é uma coisa corajosa, não é, Sam?

E então, meu querido, serei finalmente livre. Seremos ambos livres.

Estou a pensar na nossa felicidade durante a lua-de-mel em Paris. Foi felicidade, não foi? Costumava recordar-me como era, mas agora perdeu-se sob todas as trevas.

Não chores por mim, nem pelo nosso adorado cão, que em breve, sei, me seguirá.

Tens de continuar, Sam. Sê «feliz». Sei que tens capacidade para isso e para o amor. E acredita-me, se eu soubesse como amar, terias sido tu quem amaria.

Assinara *«Leilani Knight»*.

Sam dobrou cuidadosamente o bilhete. Voltou a colocá-lo no bolso, onde ela o devia ter deixado, na expectativa de que ele o encontrasse de imediato, porque usava sempre aquele casaco quando levava o cão a passear na praia. E teria querido certificar-se de que apenas ele o encontrava e lia. A mensagem destinava-se apenas a ele.

Com as mãos enfiadas nos bolsos, caminhou pela praia onde o vento lhe secou as lágrimas. Quando chegou ao sítio mencionado por Leilani, onde o banco de areia estava a descoberto como agora se via, na maré baixa, deteve-se.

A maré estava a virar e viu a primeira onda abater-se sobre o banco de areia e depois recuar, deixando-o limpo e vazio.

As lágrimas aguilhoaram-lhe os olhos.

– Eu amava-te, Leilani – gritou para o vento. – Nunca te esquecerei.

76

Preshy compreendeu pela cara de Sam quando ele entrou que alguma coisa sucedera. Observou-o com ansiedade a despir o casaco e a atirá-lo para cima de uma cadeira. Puxou o pedaço dobrado de papel verde do bolso e ficou de pé com ele na mão a olhar para ela.

– Isto foi escrito apenas para mim – disse serenamente. – Mas penso que tens direito a uma explicação.

Ela pegou na carta, ainda a fitar-lhe o rosto atormentado. Toda a vida parecia ter-se-lhe esvaído dos olhos e, de repente, percebeu porquê.

– É de Leilani, não é? – perguntou.

Sam assentiu.

– Deixou-o no bolso do meu casco, pensando que eu o encontraria de imediato. Estava amarfanhado numa dobra e, de alguma maneira, os polícias não deram por ele. – Dirigiu-se para a lareira e atirou outro tronco lá para dentro, fustigando-o até pegar fogo. – Lê-o, por favor.

Preshy andou até à janela e começou a lê-lo. Quando terminou, ficou ali de pé durante um longo momento, a debater-se com as suas emoções.

– Mas porquê? *Porquê?* – disse por fim ferozmente. – Tinha tudo para viver feliz.

Sam atirou-se para uma cadeira.

– A depressão maníaca é uma doença grave. Leilani disse-me que estava a tomar os medicamentos, mas... – Encolheu os ombros. – Parece que não estava.

Preshy foi ajoelhar-se aos seus pés, olhando ansiosamente para ele.

– Porém, agora já tens a tua resposta. A polícia não fará mais qualquer pergunta logo que ler isto.

– Mas nunca lerão.

– O que queres dizer com isso? Claro que lhes vais mostrar a carta.

– Não! – A resposta foi feroz. – Não quero que leiam as últimas palavras de Leilani. Foram-me destinadas apenas a mim.

Ela apoiou a cabeça com ternura contra o joelho dele.

– É a única saída, Sam – disse docemente. – Tens de fazer isso.

Empurrando-a, ele levantou-se e começou a deambular pela sala.

– Não revelei antes a doença de Leilani e a sua vulnerabilidade aos polícias e não vou fazê-lo agora.

– Mas tens de o fazer – retorquiu Preshy obstinada. – Isto é grave, Sam. Viste *como* era grave esta tarde quando eles te interrogaram. Se não lhes mostrares a carta, prendem-te como assassino. E não é isso que Leilani pretendia que acontecesse. *Sabes* que não é.

Fitaram-se com os olhos presos um no outro durante um longo momento e a seguir ele suspirou e declarou que, claro, ela tinha razão.

Preshy foi até à cozinha e encheu dois copos com o vinho tinto da Carolina e depois voltou para junto de Sam.

– Vamos fazer um brinde – anunciou quando ele aceitou o copo.

Sam sabia o que ela ia dizer e disse-o por ela:

– À minha adorada mulher, Leilani. Uma presença delicada na minha vida.

E ergueram os copos num brinde a Leilani e beberam.

77

SAM telefonou à polícia. Mostrou-lhes a carta de Leilani e eles compararam-na com outros exemplos da sua caligrafia. Devolveram-lhe o casaco vermelho e a aliança, afirmaram que lamentavam a sua perda e que o caso estava agora encerrado. Acabou tão depressa, que era quase como se nunca tivesse acontecido.

Preshy ficou na casa de praia com Sam. Sentiam-se bem um com o outro, amigos, altercando suavemente como sempre faziam, mas com calma agora, já não eram adversários. Davam grandes passeios ao vento, cozinhavam refeições simples, bebiam vinho junto à lareira e conversavam interminavelmente pela noite dentro. Ela contou-lhe histórias da vida dela e escutou histórias da dele. Era como se se tivessem conhecido um ao outro desde sempre, ligados como estavam pela tragédia.

O tempo passou, uns dias, depois uma semana... Mais. Mas Preshy sabia que não podia ficar aqui, no limbo, uma amiga mas não uma amante. Tinha de regressar a Paris.

Então um dia, ao fim da tarde, Sam agarrou-lhe a mão e disse:

– Vamos dar um passeio, ver o pôr do Sol.

Desta vez o vento amainara e tudo estava sereno. Até o mar só murmurava, em vez de rugir como sempre fazia. Andorinhas do mar picavam sobre as ondas e havia no ar uma sugestão de maresia e de pinheiros marítimos. A mão de Sam ainda segurava a sua com força e Preshy sentia-lhe o calor reconfortante enquanto trepavam pelas dunas até chegarem a uma cavidade protegida. Sam largou-a então e atirou-se para a areia, deitando-se, com as mãos atrás da cabeça, a olhar para ela.

– Vem para o pé de mim – disse com um sorriso.

E ela assim fez, deitando-se ao lado dele, estendida ao comprido junto dele, a fitarem o céu dourado do princípio da noite, tingido de coral devido ao pôr do Sol. Muito depressa terminou. O Sol fora-se e também, sabia Preshy, o seu tempo com Sam. Teria de regressar a casa.

– Rafferty?

Preshy virou o rosto para ele.

– Sim?

– És uma boa amiga.

Ela assentiu.

– Fico contente por dizeres isso.

– Mas...

Esperou, mas ele não continuou.

– Mas... o quê?

– Tenho receio de dizer isto... tenho medo de que possa arruinar a nossa amizade.

Preshy endireitou-se, olhando-o fixamente.

– Dizer... o quê?

– Creio que estou apaixonado por ti, Rafferty.

– Ohhhh... – O rosto dela iluminou-se num sorriso. – E eu creio que também estou apaixonada por ti.

– Poderá ser a sério, o que achas?

Ela encolheu os ombros.

– Não sei. – Depois sorriu. – Mas não me interessa.

Sam devolveu-lhe o sorriso.

– A mim também não. Estava só a apalpar terreno, para ter uma saída caso dissesses que não. Porque, sabes, eu sei que te amo. És única, incomparável, uma rapariga num milhão. Não me deixes, Rafferty, nunca iria encontrar outra como tu.

– Ohhh...

Murmurou ela de novo, mas por esta altura os seus lábios estavam apenas a centímetros dos dele. E então os braços dele envolveram-na e

311

estava a beijá-la e ela a devolver-lhe o beijo. A areia fria entrou-lhe pela gola da camisola, mas as mãos quentes dele puxaram-na por baixo, ainda mais para perto. Nem sequer se importou com a areia no cabelo. Porque era disto que se tratava. O começo hesitante do «amor».

Amaram-se pela primeira vez sob o céu estrelado do início da noite, só com o som do mar e a brisa a varrer-lhes os corpos nus e apenas as primeiras estrelas a olhar por eles. Era, pensou Preshy, um belo começo.

Nessa noite, mais tarde, sentaram-se no alpendre fechado, copos de vinho na mão, a contemplar as grandes ondas cinzentas a rolar interminavelmente para a praia, ao mesmo tempo que o vento mais suave sussurrava por entre as tamargueiras.

— Tenho uma confissão a fazer — declarou ela, em tom preocupado.

— Oh? E o que poderá ser? — Sam sorria quando se virou para olhar para ela.

Envergonhada, Preshy disse:

— Suspeitei que tivesses alguma coisa a ver com a morte de Lily. Pensei que pudesses até conhecer Bennett, estar envolvido. Claro que não te conhecia realmente nessa altura — acrescentou apressadamente, fazendo-o rir-se.

— Então não voltes a fazê-lo — retorquiu ele.

— Não volto — prometeu.

— É só isso?

— A minha confissão? Sim, é só isso.

— Está bem. Perdoo-te. Tendo em conta as circunstâncias — disse e depois riu-se. — Ora, Rafferty. Está tudo bem. Tinhas todo o direito de desconfiar do que eu pretendia. Mas agora acabou.

— Sim — concordou ela, sentindo o alívio a envolvê-la de novo. O passado era agora verdadeiramente o passado e a vida tinha de continuar.

— O que vais fazer agora? — perguntou.

Sam pensou naquilo.

— Vou vender este sítio. Sigo em frente, talvez arranje outro barco, outro cão... tente escrever outra vez.

— Parece-me bem.

Ele virou a cabeça para olhar para ela.

– E então tu?

– Oh. – Ela ergueu os ombros num movimento desprendido. – Suponho que irei simplesmente para casa. De volta a Paris.

– A cidade mais linda do mundo.

Os olhos de ambos prenderam-se. Ele estendeu a mão, agarrou a dela.

– Não me deixes, Rafferty – disse baixinho.

– Porque não?

– Porque estou apaixonado por ti.

As palavras animaram-na.

– Estranha maneira de o demonstrar – retorquiu com um fulgor nos olhos. – Porque não vens dar-me um beijo?

Foi o que ele fez. E uma coisa levou à outra e tudo somado passou-se outra semana até seguirem finalmente para «casa», para Paris e para uma nova vida. Juntos.

78

PARIS

PRESHY fora-se embora há muito tempo e *Maou* sentia-se sozinha e aborrecida. Estava sentada no centro exacto da cama de Preshy, as patas elegantemente juntas, um olhar implacável no focinho estreito, como se estivesse a tramar alguma coisa. Passado um tempo, levantou-se e esticou uma comprida pata esbelta cor de chocolate à sua frente, a seguir fez o mesmo com a outra. Depois foi à procura de acção.

A primeira paragem foi na cozinha, onde cheirou a comida que a porteira deixara essa manhã e decidiu não a ingerir. Saltou para a bancada e passeou-se por ela, entrecruzando elegantemente as patas, transpondo a tampa do fogão, até chegar à pequena embalagem de cartão com ovos que a porteira deixara de fora, junto com uma forma de pão, para o regresso de Preshy.

Maou achou aquilo interessante. Farejando e empurrando com a pata, em breve a abriu. Seis ovos castanhos, como bolas com que podia brincar, esperavam-na. Conseguiu puxar um para fora e rolou-o pela bancada. Espetando a cabeça por cima da borda, viu-o cair com um chape satisfatório no chão de ladrilhos. Fitou curiosa a pequena bola que se transformara agora numa mancha amarela, e depois virou-se para ir buscar outro ovo. Rolou-o até à borda, observou-o a estatelar-se com um chape. Trotou para a embalagem de cartão mais quatro vezes, até ficarem seis ovos esborrachados no chão da cozinha. Depois procurou outra coisa para fazer.

Com a cauda no ar – as caudas siamesas andam sempre no ar – aproximou-se silenciosamente da sala de jantar, um pouco cansada depois de tanta actividade. A grande e bonita taça de vidro antiga no centro tentou-a. Era exactamente do tamanho certo para se enroscar lá dentro. Colocou as patas dianteiras hesitantes na beira e depois preparou o salto. A taça antiga inclinou-se, caiu sob o seu peso e partiu-se numa dúzia de pedacinhos. *Maou* contemplou-a intrigada e depois caminhou cautelosamente por entre os cacos, saltou de novo para o chão e foi ver o que se passava na sala.

De pé no banco da janela, observou o trânsito e as pessoas. Aborrecida, arranhou a pata no vidro, procurando uma via de escape. Impossível.

Presa de uma súbita energia feroz, girou numa posição agachada. Depois lançou-se pela sala, pulando por cima dos sofás, nas costas da cadeira, para o quarto, voando para cima da cama num salto gigantesco, rodando, amarfanhando a colcha num monte confuso, precipitando-se de novo por cima da cama, por cima do sofá, saltando para as prateleiras, espalhando fotografias e artefactos.

Sentou-se na prateleira, com as patas juntas, a graciosa destruidora, parecendo muito satisfeita consigo mesma. Pousou a cabeça na estátua de terracota do guerreiro Xi'an, esfregando nela a orelha. Apoiou-se com mais força. O guerreiro cambaleou por um momento e tombou. Ficou pendurado na beira. Depois deslizou lentamente para a frente. Interessada, *Maou* inclinou-se também para a frente, ao mesmo tempo que a estatueta deslizava os últimos centímetros. E então caiu. *Maou* avançou até à beira da prateleira olhando para baixo, para a estatueta quebrada no chão em centenas de pedacinhos.

Era estranho, mas tal como os ovos que tinham começado por ser bonitas bolas castanhas e acabado como massas amarelas, a estátua não era também tudo o que parecia.

Aborrecida outra vez, voltou ao assento da janela, andou à volta algumas vezes e instalou-se por fim na sua almofada favorita à espera que Preshy regressasse a casa.

79

A CAMINHO DE PARIS

SAM dormiu durante a maior parte do voo para «casa». Era o sono de um homem aliviado, pensou Preshy, observando-o com ternura. Apostava que não dormia assim há anos. Mas agora, com um novo começo, os dois a iniciarem as suas vidas juntos, com o horror de ser um suspeito de homicídio e a tristeza da morte de Leilani finalmente para trás das costas, e com Bennett por fim eliminado, Preshy sabia que a vida ia mudar para ambos.

A palavra *felicidade* bailou-lhe diante dos olhos. Seria finalmente *feliz*? E Sam? Lançando-lhe uma olhadela, acreditou que seria.

Paris surgiu por baixo deles, ainda salpicada aqui e ali de neve e ainda a cidade mais linda da Terra.

O piloto informou-os de que iam fazer-se à pista e ela acotovelou Sam com suavidade.

– Estamos quase em casa – disse, sorrindo enquanto ele esfregava os olhos e lhe devolvia meio grogue o olhar. – Sabes que mais – continuou inspirada. – Hoje à noite vou fazer-te a melhor omeleta que já comeste na vida.

– Parece óptimo – retorquiu ele com um sorriso.

* * *

– NÃO HÁ NADA MELHOR DO QUE VOLTAR A casa – afirmou Sam quando, algum tempo depois, ela destrancou a porta.

Lá fora nevava ligeiramente e fazia muito frio, mas em casa de Preshy os radiadores assobiavam calor e ouviu-se o grito delicioso da gata que saltou para eles da escuridão.

– *Maou*, querida *Maou*.

Preshy apertou a gata nos braços, rindo ao mesmo tempo que tentava apoiar o cotovelo no interruptor da electricidade. Os candeeiros explodiram de luz e os dois fitaram, atordoados, a cena de destruição.

– Parece que houve aqui uma corrida de carros de choque – disse Sam, abismado.

– Oh, *Maou*, o que fizeste? – Preshy fitou horrorizada a dispendiosa taça de vidro antiga desfeita em cacos em cima da mesa e as fotografias e artefactos partidos. No quarto, a colcha estava calcada num monte enrodilhado e havia ovos por todo o chão da cozinha.

– Lá se vão as omeletas – observou Sam da cozinha.

Mas Preshy estava a inspeccionar a destruição na sala.

– Sam, anda cá – chamou com urgência.

O colar cintilava no chão dentro do pedaço de seda escarlate em que fora embrulhado.

– É o colar da avó – disse Preshy, espantada. – Lily deve tê-lo escondido dentro da estatueta e enviou-mo por precaução. Olha, Sam, é magnífico.

Apanhando-o, correu um dedo hesitante pela pérola gigante. Estava fria e, recordando-se de onde viera, pousou-a apressada em cima da mesa da sala de jantar. Ficaram os dois a contemplar o colar.

– Foi por isto que Bennett matou Lily – raciocinou Sam. Vale provavelmente uma fortuna. Aposto que matou também a mulher pelo dinheiro dela e quando não o conseguiu, teve de descobrir outra fonte de rendimento. Infelizmente, Rafferty, foste tu. Quando isso falhou – acrescentou – Bennett interessou-se pelo colar, mas Lily interpunha-se entre ele e o dito. Quando não lho entregou, matou-a. Mas continuava a não ter o colar. E a pista conduzia, via Mary-Lou Chen, outra vez a ti.

– E agora?

Olhou para a sinistra pérola do cadáver, a brilhar como luar sobre a mesa de vidro preto. Agarrando no colar, Sam apertou-lho à volta do pescoço. As jóias cintilavam escuras.

– É magnífico – exclamou ele, maravilhado.

Preshy estremeceu.

– Não me pertence. Foi roubado a uma imperatriz morta. Faz parte da História. Deve voltar para onde pertence, regressar à China. Vou doá-lo. Talvez o coloquem num museu.

Sam assentiu.

– Eu contacto a embaixada. Tenho a certeza de que vão ficar entusiasmados com a tua oferta.

Preshy pegou na gata.

– Se não fosses tu, *Maou* malandra, nunca o teríamos descoberto – disse, beijando-lhe as orelhas macias cor de chocolate.

Maou enganchou as patas nos ombros de Preshy e espreitou triunfante para Sam. Podia ter jurado que a gata estava a rir-se dele. Passou à cozinha e começou a limpar os ovos. Não haveria omeletas esta noite.

Preshy seguiu-o e Sam virou-se para a fitar. Um sorriso iluminou-lhe o rosto fino e magro.

– Pousa essa gata e vem cá, Rafferty – chamou, estendendo os braços.

Maou, do seu lugar em cima da bancada, observou Preshy a caminhar direita a Sam. E depois os seus rostos fundiram-se num beijo.

A vida ia ser um pouco diferente por aqui, futuramente.

Agradecimentos

Quero agradecer, claro, à minha editora, Jen Enderlin. Deixá-la-ia alegremente editar toda a minha vida. E também à minha agente, Anne Sibbald, e à sua equipa na Janklow & Nesbit Associates, que zelam por mim com solicitude e afecto – o que retribuo com gratidão. E a *Sweat Pea* e *Sunny*, os meus gatos lindos e travessos (um dos quais poderão reconhecer neste livro) que me fazem companhia durante essas longas horas de escrita.